SCHERZ KRIMI

# Paul Engleman

# Tod von zarter Hand

Roman

SCHERZ

Einzig berechtigte Übertragung aus dem Amerikanischen
von Mechtild Sandberg-Ciletti
Titel des Originals: »Murder-In-Law«
Umschlaggestaltung: Adolf Bachmann
Umschlagbild: Henri de Toulouse-Lautrec/AKG, Berlin

2. Auflage 1998, ISBN 3-502-51642-1

Gesamtherstellung: Ebner Ulm

# 1

Es war einer jener herrlichen Frühlingstage, die die Fernsehmeteorologen so selbstgefällig anzukündigen pflegen, als hätten sie persönlich sie herbeigezaubert. Gleich als ich aus meiner Wohnung in der West 72. Straße trat, spürte ich, daß die ganze Stadt unerträglich froher Laune war. Die Kellnerin im *Chock Full O'Nuts* zwinkerte mir zu. Die Herren in den Nadelstreifenanzügen wichen den Wermutbrüdern mit freundlicher Nachsicht aus. Sogar die Taxifahrer waren höflich und besannen sich ihrer Bürgerpflichten, indem sie ab und zu bei Rot hielten.

Es war ein Wetter, wie ich es nicht mal mag, wenn ich keinen Kater habe.

Am Abend zuvor hatte ich tatenlos zusehen müssen, wie die Boston Bruins meine New York Rangers niedergemacht und den Stanley Cup gewonnen hatten. Ich pflege die Niederlagen meines Eishockey-Teams mit einer Flasche Tequila zu begießen, darum lief ich nur auf zwei Zylindern statt wie sonst auf drei, als ich auf dem Weg zu Jim Downey's Steakhaus die Eigth Avenue überquerte.

Als ich aus dem qualvoll hellen Sonnenschein in die wohltuende Düsternis von Downey's Bar trat, war ich im ersten Moment wie blind. Aber dann entdeckte ich den Mann, den ich suchte.

Mike O'Leary hing, wie er versprochen hatte, auf dem zweiten Hocker von hinten, auf demselben Platz, wo er gesessen hatte, als ich ihn vier Jahre zuvor das letztemal gesehen hatte.

Das war 1968 gewesen. Vieles hatte sich seitdem verändert. Zum einen war ich nicht mehr mit seiner Tochter verheiratet. Zum anderen war er nicht mehr mein Anwalt. Und drittens hatten wir seither kein Wort mehr miteinander gesprochen.

Bis zum gestrigen Tag.

Sein Anruf hatte mich überrascht, wie das Anrufe dieser Tage häufig tun. Ich krieg' so selten welche. Das ist im allgemeinen ein schlechtes Zeichen bei einem Privatdetektiv. Aber mir machte es nichts aus.

Sechs Monate zuvor hatte ich ein stattliches Sümmchen geerbt, zumindest an meinen Maßstäben gemessen, und ich

habe noch nie eingesehen, warum man arbeiten soll, wenn es nicht absolut notwendig ist. Ich habe auch nie zu denen gehört, die meinen, man müsse für den Lebensabend was auf die hohe Kante legen. Aber nach meinem vierzigsten Geburtstag im vergangenen Jahr sagte ich mir, es wäre vielleicht an der Zeit, endlich die Dinge wie ein erwachsener Mensch zu sehen. Nach mehreren tödlich langweiligen Abenden mit diversen Versicherungsvertretern und Börsenmaklern, entwickelte ich kurzentschlossen meinen eigenen Anlageplan.
Ich sag' Ihnen gratis, wie er aussieht: Es gibt derzeit einen mündelsicheren Traber namens Albatross, der wahrscheinlich das beste Pferd in der Geschichte des Trabrennsports ist. Jedesmal wenn er läuft, setze ich fünftausend Dollar auf Sieg und Platz. Die Gewinne, die ich einstreiche, sind bescheiden, aber dafür ist der Einsatz ohne jedes Risiko.
Ich weiß selber nicht, wieso ich mich angesichts meiner zufriedenstellenden finanziellen Verhältnisse darauf einließ, mich mit meinem Ex-Schwiegervater zum Mittagessen zu treffen. Wahrscheinlich wollte ich nur das Telefongespräch so rasch wie möglich beenden. Oder – das gebe ich gar nicht gern zu – ich hatte vielleicht ein bißchen Sehnsucht nach den Tagen, als Mike O'Leary und ich auf den letzten zwei Hokkern in Downey's Bar trübe Winternachmittage mit ein paar Gläsern Whisky aufzuhellen pflegten.
O'Leary empfing mich mit dem für ihn typischen Gnomengrinsen. Ich sah, daß auf dem Tresen schon ein Glas Bourbon auf mich wartete. Er reichte mir die Hand, so klein wie ich sie in Erinnerung hatte, aber ein bißchen schwammiger.
»Ich nehme an, du trinkst immer noch Grand-Dad.«
»Seit heute morgen nicht mehr. Jetzt ist Baseball-Saison.«
»Ach, stimmt ja, Gin und Tonic.« Er wollte dem Barkeeper winken.
»Laß nur«, wehrte ich ab. »Ich tu' einfach so, als wär' noch Eishockey-Saison.«
»Hast du das Spiel gestern abend gesehen?«
»Ich war dort.«
O'Leary lachte, und mir fiel ein weiterer Grund ein, warum ich nie wieder mit ihm hatte reden wollen. Er war ein Fan der Boston Bruins, das Ekelhafteste, was es überhaupt gibt.

»Ich hab' mir's im Fernsehen angeschaut«, bemerkte er. »Tolles Spiel.«
»Zum Kotzen.«
»Für dich, ja, kann ich mir vorstellen.«
»Ich hoffe, du hast mich nicht hergebeten, um mit mir über Eishockey zu reden«, versetzte ich. »Wenn ich mich nämlich recht erinnere, ist das eines von vielen Themen, von denen du überhaupt nichts verstehst.«
»Wunderbar! Du bist so sarkastisch wie eh und je.«
O'Leary hatte immer noch dieses blöde Grinsen auf. Man kann es ihm nur vom Gesicht wischen, indem man ihm eins auf die Nase gibt. Das weiß ich aus persönlicher Erfahrung. Das einzige Mal erlebte ich O'Leary ohne das Grinsen, als ich ihn von dem Hocker kippte, auf dem er jetzt saß. Es war eine Wohltat gewesen. Nur später war's nicht mehr so wohltuend. Mike O'Leary ist zwanzig Jahre älter als ich und ungefähr dreißig Zentimeter kleiner. Er ist gebaut wie der sprichwörtliche Hydrant. Man könnte vielleicht sagen, daß ich damals die Beherrschung verlor. Das kann einem bei Mike O'Leary leicht mal passieren.
Er haute mir auf den Rücken. »Lange her, was?«
»Vielleicht nicht lang genug.«
»Ach, komm doch. Du bist doch nicht etwa immer noch sauer auf mich? Ich hab' lediglich die Interessen meiner Kleinen wahrgenommen. Das kann man einem Vater nicht verübeln.«
Sicher nicht. Nur war O'Learys »Kleine« inzwischen dreiunddreißig Jahre alt. Sie war fünfundzwanzig, als ich sie heiratete. Sie hatte die Schönheit ihrer Mutter und die schlechten Gewohnheiten ihres Vaters geerbt. Die herausragendste unter ihnen war ein Hang zum Alkohol und das Unvermögen, ihn zu verkraften. Wir lernten uns in McCabe's Bar in der West 72. Straße kennen. Kathy arbeitete hinter dem Tresen, ich davor. 1964 machten wir die große Dummheit. Bei ihr war's das erstemal, bei mir das zweitemal. Die Ehe hielt bis 1968.
Die Trennung sollte eigentlich kurz und schmerzlos vor sich gehen. Dachte ich. Schön dumm. Vor dem Scheidungsrichter spielte O'Leary ein paar Karten aus, die mich ganz nett in die Bredouille brachten. Zwei Jahre lang mußte ich jeden Monatsersten blechen. Nach einer Weile tat ich es einfach nicht

mehr. Ich zog zwei wertvolle, wenn auch teure Lehren aus dieser Sache: erstens, traue niemals einem Rechtsanwalt; zweitens, traue niemals deinem Schwiegervater.
Wieso hockte ich dann jetzt wieder mit dem Kerl zusammen? Vielleicht weil ich, wie meine Mutter zu sagen pflegte, ein Spätzünder bin. Vielleicht aber verschaffte es mir auch eine gewisse Genugtuung zu wissen, daß O'Leary schon schwer in der Tinte sitzen mußte, wenn er mich um Hilfe angehen mußte – und daß ich ihn abblitzen lassen konnte.
Doch als ich über den Rand meines leeren Glases hinweg den grinsenden kleinen Gnom ansah, ging mir auf, daß es einen ganz simplen Grund hatte. Ich mochte ihn einfach.
»Nein, ich bin nicht mehr sauer auf dich, Mike. Du bist zwar ein altes Schlitzohr, aber gar nicht so übel.«
Er versetzte mir einen freundschaftlichen Rippenstoß. »Na also. Los, trinken wir noch eine Runde.«

## 2

»Und was sagst du zu meiner guten alten Nase?« fragte er und drehte den Kopf, um sich im Profil zu zeigen.
Auf meinen Vorschlag hin hatten wir uns ins Restaurant gesetzt und Steaks bestellt. Ich hielt es für geraten, mir für die vielen Whiskys, die zweifellos noch folgen würden, eine Unterlage zu schaffen.
»Sieht aus wie immer«, antwortete ich. »Knollig, rot und häßlich.«
»Du hast sie mir ja auch gleich zweimal gebrochen. Hat mich zwei Riesen gekostet, sie richten zu lassen.«
»Reg dich nicht auf. Das ist nur die Hälfte von dem, was du mir an Unterhalt abgeknöpft hast.«
»Ach was, komm schon. Sagen wir, daß wir quitt sind. Du hättest die Mäuse sowieso auf der Rennbahn oder in der Kneipe verbraten.«
»Ganz im Gegensatz zu Kathy, die das Geld bestimmt sehr sinnvoll angelegt hat.«
»He, sei vorsichtig. Sie ist seit zwei Jahren trocken.«

»Ja, hab' ich gehört. Sehr gescheit von ihr.«
»Du hast sicher auch gehört, daß sie wieder geheiratet hat.«
Ich nickte, und er seufzte.
»Der Bursche, den sie geheiratet hat, ist ja ein netter Kerl, aber stinkfade. Und trinken tut er auch nicht. Sie haben sich in Verona, ganz in meiner Nähe, ein Haus gekauft. Manchmal fahr ich sonntags rüber, aber ich halt's kaum aus. Die haben nicht mal eine Dose Bier im Haus. Ich krieg' jedesmal Entzugserscheinungen, wenn ich dort bin.«
Ich werde auch ab und zu sentimental, aber mir fehlten die alten Zeiten nicht so wie O'Leary. Im Gegensatz zu ihm war ich froh, daß sie vorbei waren.
»Wie wär's, wenn du mir jetzt mal erzählst, was du eigentlich willst, Mike.«
Er sah auf seine Uhr. »Wieso hast du es so eilig? Laß uns doch erstmal ein bißchen von den schönen alten Zeiten reden, eh' wir aufs laufende kommen.«
Nach drei Drinks brauchte O'Leary im allgemeinen Stunden, um aufs laufende zu kommen, und man kam dabei keinen Schritt vorwärts.
»In Erinnerungen können wir später schwelgen«, sagte ich. »Mir wär's lieber, du sagst mir jetzt, wo du noch halbwegs nüchtern bist, was du für Schwierigkeiten hast.«
»Schwierigkeiten? Wie kommst du denn auf die Idee?«
»Aus zweierlei Gründen, mein Lieber. Du wärst wahrscheinlich überhaupt nicht extra nach New York gekommen, wenn's nicht wichtig wäre. Und du wärst schon gar nicht hier in die Kneipe gekommen, um ausgerechnet mit mir zu reden, wenn du nicht auf dem letzten Loch pfeifen würdest. Also, was ist passiert? Bist du ins Fettnäpfchen getreten?«
»Nein, Schlaumeier, das bin ich nicht. Die Sache ist total legitim. Ich brauch' einen guten Detektiv, und da hab' ich eben an dich gedacht. Ich mein', nur weil du ein lausiger Ehemann warst, bist du ja nicht auch gleich ein lausiger Detektiv.«
»Du bist auch nicht gerade der Welt bester Schwiegervater«, versetzte ich bissig. »Ehrlich gesagt, bist du nicht mal ein mittelmäßiger Anwalt.«
Er prustete mir eine Ladung Scotch ins Gesicht. Auf Knalleffekte hatte sich Mike immer schon verstanden. Ein Kellner

und ein Page stürzten zu uns an den Tisch, zweifellos in der Hoffnung, wir wären nun endlich zu zahlen bereit.
Mike enttäuschte sie. »Noch mal das gleiche«, sagte er und wandte sich wieder mir zu. »Ich kann in deinem Interesse nur hoffen, daß du's nie mit einem *guten* Anwalt zu tun kriegst, Renzler. Wenn es schon so ein Ausbund an Mittelmäßigkeit wie ich mühelos schafft, dir das Fell über die Ohren zu ziehen.«
Ich wartete, bis sein wieherndes Gelächter nachgelassen hatte, ehe ich sagte: »Kommen wir zur Sache, Mike.«
»Was denn? Willst du anfangen, Doppelte zu trinken?«
Er wollte zur nächsten Lachsalve ansetzen, aber dazu ließ ich es nicht kommen. »Hör endlich auf mit dem Quatsch«, fuhr ich ihn an und wunderte mich wieder einmal darüber, daß ich diesem Burschen in vier Jahren der Bekanntschaft nur einmal eins in die Fresse gegeben hatte.
»Okay, okay. Es geht um Dwight Robinson. Sagt dir der Name was?«
Jeder, der sich auch nur am Rande für Baseball interessiert, hat von Dwight Robinson gehört. Ich neige, was diesen Nationalsport angeht, zum Fanatismus; selbstverständlich war Robinson mir ein Begriff.
Vor zwei Jahren war er die Nummer eins bei den New Yorker Yankees gewesen, der größte Star seit Mickey Mantle. So nannte man ihn auch – den schwarzen Mickey Mantle. Ein Naturtalent, ein absolutes Phänomen und der lebende Beweis dafür, daß die klassische amerikanische Erfolgsgeschichte immer noch möglich war.
Er wuchs in einer Wohnsiedlung in Paterson auf, so ziemlich der schlimmsten Stadt von ganz New Jersey, und wenn Sie Newark, Trenton oder Camden kennen, wissen Sie, was das heißt. Als Robinson mit siebzehn Jahren von der *high school* abging, hatte er fast sämtliche Baseballrekorde gebrochen – darunter auch einen von mir aufgestellten, aber das ist eine andere Geschichte.
1971 kam Dwight Robinsons rasanter Aufstieg vor einer Hamburger-Bude in Wayne Township zu jähem Halt. Ich kenne auch diesen hübschen Teil des Garden State, wenn ich auch seine Entwicklung nicht mit dem gleichen Eifer verfolgt

habe wie Robinsons. Meine Eltern lebten in den frühen fünfziger Jahren eine Weile in der Gegend, lange bevor man überhaupt daran dachte, die Felder und Wiesen umzuackern und mit Betonklötzen zu bepflanzen.
Robinson wurde mit Marihuana erwischt, und zwar in Mengen, die vermuten ließen, daß er weiterverkaufen wollte. Er nahm sich einen erstklassigen Anwalt – nicht Mike O'Leary – und kam mit Bewährung davon. Aber die Yankees beschlossen, ihrem Star den Laufpaß zu geben. Es gab Gerüchte, daß andere Vereine sich für Robinson interessierten, aber der Commissioner of Baseball erstickte alles Gerede im Keim. Er verwies Dwight Robinson auf Lebenszeit des Feldes.
Es gab Leute, die diese Strafe, mit der ein Exempel statuiert werden sollte, zu streng fanden. Ich gehörte auch zu ihnen; ich kann trotz meiner vierzig Jahre manchmal überraschend liberal sein. Außerdem hatte ich während meiner kurzen Karriere als Baseballspieler bei einem der kleineren Vereine genug gesehen, um zu wissen, daß Dwight Robinsons Vergehen nicht einmalig war.
Die Geschichte wird noch schlimmer. Der Ausschluß aus dem Baseballverband war eine Lappalie im Vergleich zu dem Absturz, der folgte. Am Dienstag, dem 9. Mai, fand Robinson den Zeitungen zufolge, als er abends nach Hause kam, seine einundzwanzigjährige Frau Cynthia tot im Wohnzimmer seines Hauses. Er alarmierte die Polizei, die ihn nach einer ersten Untersuchung prompt unter Mordverdacht festnahm.
Ich habe ganz allgemein meine Zweifel an der Tüchtigkeit der Bullen. Mit gutem Grund. Ich war mal eine Zeitlang bei der New Yorker Polizei. Aber nach allem, was ich gelesen und gehört hatte, war dies einer der wenigen Fälle, wo die Bullen auf Anhieb den Richtigen geschnappt hatten.
»Klar weiß ich von der Sache mit Robinson«, sagte ich zu Mike. »Die Zeitungen sind ja seit einer Woche voll davon. Aber was hast du mit der Geschichte zu tun?«
»Ich soll ihn verteidigen.«
»Heiliger Strohsack!« Diesmal war ich es, der dem Kellner winkte. »Da wirst du schwer zu schaffen haben.«

»Stimmt.« Er grinste breit. »Und du auch.«
Ich hob abwehrend den Arm. »Moment mal! Nicht so hastig. Ich finde, du bist ein bißchen voreilig.«
Er zuckte die Achseln. »Kann schon sein. Aber du hattest immer schon ein Herz für die aussichtslosen Fälle. Und schau dir doch mal die Ähnlichkeiten an: ein Junge aus dem Norden von New Jersey. Angehender Baseballstar. Die Karriere endet, noch ehe sie angefangen hat. Abgesehen von ein paar Ausnahmen könnte das deine Geschichte sein.«
»Abgesehen von ein paar *großen* Ausnahmen, mein Lieber. Ich hab' meiner Karriere nicht selber ein Ende gemacht. Jemand anderer beendete sie für mich. Und ich hab' meine Frau nicht umgebracht.«
»Dwight Robinson seine auch nicht«, entgegnete Mike. »Der Junge ist unschuldig.«
»Woher willst du das wissen? Soviel ich weiß, hat er kein Alibi.«
»Doch, er hat eins. Er hat nur keinen Gebrauch davon gemacht.«
»Und warum nicht?«
»Darüber darf ich nichts sagen.«
Ich zog noch einmal an meiner Zigarette, dann drückte ich sie aus. »Wie bist du überhaupt an den Fall gekommen?«
»Ich hab' mir praktisch alle Spiele mit Robinson angesehen. Meiner Meinung nach hat der Baseballverband ihn ganz gemein in die Pfanne gehauen. Heutzutage raucht doch praktisch jeder zweite mal Marihuana. Der Junge tat mir leid.« Wieder dieses gnomenhafte Grinsen. »Und ich hab' genau wie du ein Herz für aussichtslose Fälle.«
»*Pro bono*?«
Er nickte. »So ziemlich.«
»Blödsinn. Du hast in deinem ganzen Leben noch nichts umsonst getan.«
Mike spielte den Gekränkten. »Vielleicht hab' ich mich in den letzten Jahren verändert.«
»Wenn ja, dann höchstens zum Schlechten. Wer hat dich beauftragt?« Er grinste jetzt von einem Ohr zum anderen. »Ja, ja, ich weiß schon«, sagte ich. »Darüber darfst du nichts sagen.«
»Stimmt genau.«

Mike hob seine schwarze Aktentasche vom Boden auf, ein Prachtstück aus Kunstleder, das ihn midestens fünf Dollar gekostet hatte und in seiner Schäbigkeit kaum noch als Aktenmappe zu erkennen war.

»Ich hab' hier alles, was du brauchst, um gleich anfangen zu können«, sagte er und schob mir ein Bündel Papiere über den Tisch. »Polizeibericht, Zeugenaussagen, Hintergrundinformationen. Eine Liste der Leute, mit denen du dich mal unterhalten solltest, ist auch dabei. Ich dachte mir, du könntest dir die Unterlagen übers Wochenende mal durchsehen.« Er hielt kurz inne. »Lesen kannst du doch, oder?«

»Ja doch. Ich hab' sogar zwei Jahre College. Vielleicht setz' ich mich eines Tages sogar noch hin und mach' mein Diplom. Du erinnerst dich wohl nicht zufällig, wo du deines bekommen hast?«

Er schlug mir lachend auf den Arm. »Wie in alten Zeiten, hm?«

»Genau, Mike. Wie in alten Zeiten.«

»Wenn du nach der Lektüre Fragen hast, können wir die bei einem Drink besprechen.«

»Klar, wunderbar. Wie wär's morgen früh um neun?«

»Ich glaub' nicht, daß das nötig sein wird. Das können wir auch telefonisch erledigen. Aber ein anderer Punkt wäre jetzt gleich zu besprechen.«

Er zog seine Brieftasche heraus. Sie paßte vorzüglich zu der Aktenmappe.

»Das war mir klar.« Er legte zwei Fünfziger auf den Tisch. »Fünfzig pro Tag, wenn ich mich recht erinnere.«

»Du hast ein hervorragendes Gedächtnis. Aber in Jersey kostet es das Doppelte.«

Er zuckte die Achseln. »Okay, kein Problem.«

»Und da du der Auftraggeber bist, kostet es das Dreifache.«

»Du willst mich wohl verarschen?«

Ich lächelte wie die Unschuld vom Lande. »Würde ich dich verarschen, Mike?«

## 3

Ich hockte fast den ganzen Samstag über den Papieren, die Mike O'Leary mir mitgegeben hatte. Das heißt, der Tag war schon halb um, als ich es endlich schaffte, mich aus dem Bett zu wälzen und ins Wohnzimmer zu wanken, das mir gleichzeitig als Büro dient. Unterwegs schluckte ich mehrere Aspirin und goß vier Tassen Kaffee nach. Das Mittagessen mit Mike hatte sich bis Mitternacht hingezogen.

Wenn es ans Sammeln von Informationen geht, ist Mike genauso gründlich wie beim Trinken; es mangelte also nicht an Lesematerial. Vieles davon war mir jedoch bereits bekannt. Mord findet bei den Zeitungen immer Anklang, jedenfalls bei denen, die ich lese. Und Gattenmord, besonders wenn die Ehefrau eine Weiße und der Ehemann ein Schwarzer ist, wird mit besonderer Vorliebe ausgeschlachtet. Da kriegt man einfach alles zu lesen, ob man will oder nicht.

Doch der Fall Robinson war noch mehr als nur ein Zeitungsknüller; hier war der amerikanische Traum in einen Alptraum umgeschlagen. Stoff für einen großen Hollywood-Film. Es hätte mich interessiert, ob Mike O'Leary schon daran gedacht hatte, sich die Verfilmungsrechte zu sichern.

Dwight Robinson heiratete Cynthia Vreeland am 13. Juni 1970. Er war einundzwanzig, sie neunzehn Jahre alt. Man könnte sagen, daß sie einiges gemeinsam hatten. Er war der zweite Mickey Mantle, sie war die Schönheitskönigin ihrer *high school.* Beide wuchsen sie in New Jersey auf; er in einer Wohnsiedlung für unterprivilegierte Familien in Paterson; sie in einem Nobelviertel namens Mountain Lake in Wayne Township.

Sie lernten sich im Mountain Lake Golfclub kennen, den ihr Vater gegründet hatte und wo Dwight als Caddy arbeitete. Er stand auf der gesellschaftlichen Leiter mindestens zwei Sprossen unter ihr, aber er war bereit, eine höher zu steigen, wenn sie sich dazu durchringen konnte, eine tiefer zu steigen. Sie einigten sich auf ein Einfamilienhaus in einem gutbürgerlichen Wohnviertel von Wayne. Keine zwei Jahre nach ihrer Heirat war er nicht mehr auf dem Baseballfeld und sie nicht mehr auf dieser Welt.

Dwight behauptete, Cynthia wäre schon tot gewesen, als er am Dienstag abend kurz vor Mitternacht nach Hause gekommen war. Sein älterer Bruder Dexter war bei ihm, als er die Polizei anrief. Sie erklärten, sie wären zusammen in einer Kneipe gewesen. Zu Dwights Pech stellte sich heraus, daß Dexter allein in der Kneipe gewesen war.
Die Bullen hatten schnell mehrere Zeugen gefunden, die Dexter gesehen hatten. Danach gab Dexter bald zu, daß Dwight ihn angerufen und gebeten hatte, zu ihm zu kommen. Und als man ihm noch etwas härter auf den Zahn fühlte, gestand er, sie hätten das Haus verwüstet, um den Anschein eines Einbruchs zu erwecken.
Das Ganze war absolut dilettantisch.
Dem Coroner zufolge war Cynthia an der Wirkung eines schweren Schlags auf den Kopf gestorben. In einer Mülltonne auf dem Nachbargrundstück fanden die Bullen eine von Dwights Baseballtrophäen aus der Zeit, als er noch in der Jugendliga gespielt hatte. Sie wies weder Fingerabdrücke noch Blutspuren auf. Man brauchte kein Genie zu sein, um darauf zu kommen, daß sie gründlich abgewischt worden war.
Wenn die Polizei jemanden unter Mordverdacht festnimmt, sucht sie gleich nach einem Motiv. In Robinsons Fall fand sie ein durchaus überzeugendes: Zwei Wochen vor dem Mord hatte Cynthia ihrem Vater mitgeteilt, sie wolle sich scheiden lassen. Thomas Vreeland hatte ausgesagt, sie hätte vorgehabt, ihrem Mann dies am Abend des Mordes zu eröffnen.
Dann waren da die Zeugen.
Robinsons nächste Nachbarin, eine alte Dame namens Anna Paslawski, hörte Dwight und Cynthia am frühen Abend streiten. Gegen sieben, als sie auf dem Weg zur Kirche war, sah sie ihn wegfahren. Um zehn Uhr herum hörte sie ihn zurückkommen und ein paar Minuten später mit quietschenden Reifen wieder davonbrausen.
Alte Damen, die abends zur Kirche gehen, sind nicht immer die besten Zeugen. Männer, die aus Langeweile im Fenster liegen, sind oft nicht übel. Warren Shepherd gehörte zu dieser Sorte; er hatte sich um zehn Uhr abends die Zeit damit vertrieben, aus dem Fenster zu schauen.
Shepherd wohnte den Robinsons gegenüber. Er sah, wie Ro-

binson etwas in Anna Paslawskis Mülltonne warf und dann in seinem Wagen, der am Bordstein hinter Shepherds geparkt war, davonfuhr. Als er abzischte, nahm er das linke Rücklicht von Shepherds Pontiac mit. Später stellten die Bullen fest, daß an Dwight Robinsons weißem Cadillac der rechte vordere Scheinwerfer eingeschlagen war.

Es war beruhigend zu wissen, daß Robinson ein geheimes Alibi hatte. Um seinetwillen konnte ich nur hoffen, daß es hieb- und stichfest war. Trotz der Informationen, die Mike O'Leary mir gegeben hatte, fiel es mir schwer, an die Unschuld seines Mandanten zu glauben.

Als ich mit der Lektüre fertig war, rief ich meinen Freund Nate Moore an. Ich wollte sehen, ob ich ihn nicht zu einer Fahrt nach New Jersey verlocken konnte.

Nate ist seit fünfzehn Jahren mehr oder weniger mein Geschäftspartner. Für ihn ist das Detektivspielen ein Hobby und eine Abwechslung. Hauptberuflich ist er Maler. Kunstmaler, nicht Anstreicher. Zum Glück ist er nicht von meinen Aufträgen abhängig; da müßte er nämlich des öfteren von Wasser und Brot leben. Und das wäre nichts für ihn.

Nate hat einen gesegneten Appetit. Er ist ein großer, kräftiger Mann, so ziemlich der stärkste Bursche, den ich kenne. Was für eine Hilfe er mir da in meinem Gewerbe sein kann, brauche ich Ihnen wohl nicht zu sagen.

Im vergangenen Sommer wurde Nate mir auch noch zum finanziellen Wohltäter. Zu meinem vierzigsten Geburtstag schenkte er mir ein Riesengemälde mit dem Titel »The Garden State«. Es zeigt einen großen grünen, scheußlichen Müllcontainer, aus dem ein einsamer Löwenzahn sprießt. Und an dem Löwenzahn tut sich ein Käfer von der Größe einer Taube gütlich.

Künstlerisch gesehen gehört das Werk nicht zu Nates besten. Aber die Wege der Kunstszene sind wie die Gottes und der Verbrecherwelt unerforschlich. Vorheriger Vereinbarung gemäß wurde »The Garden State« neben einigen Andy Warhols in einer Galerie im West Village ausgestellt. Am Tag nach der Eröffnung rief mich ein Sammler an und bot mir fünfzehntausend für den Schinken. Ich sagte, es wäre unverkäuflich. Worauf er zwanzigtausend bot.

Als ich Nate davon erzählte, kriegte er fast einen Anfall. »Mensch, bist du blöd? Verlang fünfundzwanzigtausend, und ich male dir noch mal das gleiche.«
Wir teilten uns den Erlös. Seitdem kann Nate sich vor Aufträgen kaum retten. Er ist der Mann der Stunde. Die Frauen reißen sich plötzlich um ihn, jede Talk-Show will ihn haben, er muß Vorträge halten und die Zeitschrift *Rolling Stone* will einen großen Bericht über ihn bringen.
Mein Freund nimmt den ganzen Rummel ziemlich gelassen hin. Trotz aller Hektik findet er die Zeit, samstags hin und wieder mit mir zum Trabrennen zu gehen.
»Wie war's denn mit deinem Ex-Schwiegervater?« erkundigte er sich. »Hast du's dir verkneifen können, ihm eine runterzuhauen?«
»O ja. Ich war sehr höflich. Ich hab' mich sogar breitschlagen lassen, einen Auftrag für ihn zu übernehmen.«
»Na, das ist aber die Aussöhnung ein bißchen weit getrieben, meinst du nicht?«
Ich stimmte ihm zu. Mike O'Leary gehörte nicht zu den Leuten, an denen Nate einen Narren gefressen hatte.
»Aber es ist ein interessanter Fall«, erklärte ich. »Mikes Mandant ist Dwight Robinson.«
»Das ist wirklich interessant. Und Pech für Mr.Robinson. Wenn O'Leary ihn verteidigt, landet er wahrscheinlich auf dem elektrischen Stuhl *und* in der Gaskammer.«
»Ich könnte Hilfe gebrauchen, Nate. Hast du Lust auf ein bißchen harte Realität oder liefert dir deine derzeitige Freundin Hortense davon genug?«
»Ha, ha. Sehr witzig. Es wird dich freuen zu hören, daß Hortense zu ihrem Bildhauer in Queens zurückgekehrt ist. Da ich mich jedem Gedanken an den Eintritt in den heiligen Ehestand energisch widersetzt habe.«
Nate ist, wie Sie wahrscheinlich dieser Bemerkung entnommen haben, eingefleischter Junggeselle.
»Das heißt doch, daß wir nach New Jersey müssen«, sagte er.
»Natürlich. Gleich am Montag morgen.«
»Was hab' ich in New Jersey zu suchen?« Nate läßt sich gern bitten.

»Na, diesem hübschen Staat hast du immerhin deine Berühmtheit zu verdanken.«
»Und weiter?«
»Ich lade dich zum Mittagessen ein.«
»Das ist schon überzeugender. Laß mich mal in meinem Kalender nachschauen.«
Bis zum Ausbruch seines plötzlichen Ruhms im vergangenen Jahr wußte Nate kaum je das Datum. Jetzt hat er gleich zwei Terminkalender; einen auf seinem Schreibtisch und einen kleinen, den er immer bei sich trägt.
»Ich bin die ganze Woche frei außer Mittwoch«, sagte er. »Da muß ich zu den Aufnahmen für *Joe Franklin.*«
Das war eine regionale Talk-Show, die seit mindestens fünfundzwanzig Jahren lief. Offiziell hieß sie »Straße der Erinnerung« und präsentierte dem Publikum ehemalige Berühmtheiten, deren Glanz trübe geworden war, und Unbekannte, die allenfalls zu bescheidenem Ruhm bestimmt waren.
»Was ist denn los? Ist dein Stern schon im Sinken?«
»Blödsinn. Das war immer mein Traum. Einmal bei Joe Franklin. Sag mal, stammt Robinsons Frau nicht aus einem Ort namens Mountain Lake?«
»Doch. Warum?«
»Weil ich gerade eine Einladung bekommen habe, da am *Memorial Day,* am 30. Mai, an einem Golfturnier teilzunehmen, zu dem nur berühmte Leute geladen sind.«
So klein ist die Welt. »Kommt Joe Franklin auch?«
»Keine Ahnung. Aber ich werd' ihn fragen.«

## 4

Nieselregen empfing uns in New Jersey, als wir gegen den Strom des morgendlichen Berufsverkehrs über die George-Washington-Brücke fuhren. Nates wegen waren wir mit Verspätung weggekommen. Er hatte eine Kühltasche mitgenommen und mußte unbedingt noch Eis und Bier besorgen, ehe wir die Stadt verließen. Die Vorstellung, daß ihm das Bier ausgehen könnte, ist höchst beängstigend für ihn.

»Nur für den Fall«, erklärte er, als er sich in meinen Corvair zwängte.
»Wir fahren doch höchstens fünfundvierzig Minuten«, versetzte ich. »Und Bier kannst du da drüben an jeder Ecke kaufen.«
»Tatsächlich? Und was ist, wenn diese alte Rostlaube plötzlich stehenbleibt? Dann dauert's womöglich Tage, ehe man uns findet.«
Ganz unberechtigt war der Einwand nicht. Der Corvair hatte zwar erst fünfzigtausend Meilen auf dem Tacho, aber ich fuhr ihn seit elf Jahren. Wenn er Mucken machen sollte, würde ich mir wahrscheinlich ein neues Auto kaufen müssen. Einer, der sich auf dem Gebiet auskennt, hatte mir gesagt, daß es kaum noch Ersatzteile gibt. Und das war 1967 gewesen.
Wegen einiger Baustellen waren wir etwas länger unterwegs, als ich geschätzt hatte, und kamen erst um Viertel nach zehn in Paterson an. Es gibt wahrscheinlich üblere Unterkünfte als das Bezirksgefängnis dort, aber auf Anhieb fiel mir nichts Schlimmeres ein. Nach allem, was Mike O'Leary mir berichtet hatte, würde es für die nächsten Monate Dwight Robinsons Zuhause sein. Man hatte seine Kaution auf fünfhunderttausend Dollar festgesetzt. Selbst wenn es Mike gelingen sollte, sie zu drücken, worum er sich bemühte, würde es schwierig sein, die zehn Prozent des festgesetzten Betrags aufzubringen, die hinterlegt werden mußten, um ihn aus dem Knast zu holen.
»Ich glaub', das ist der Laden, wo Mike Bloomfield im letzten Sommer saß«, bemerkte Nate, während wir die schmutzige Backsteintreppe hinaufstiegen.
»Wer ist das?«
»Hast du nie von ihm gehört? Er leitete eine Band mit Namen *Electric Flag* und wurde hier in der Gegend mit Drogen erwischt.« Nate war stolz auf seinen Kontakt zur Welt der Jugend. Das ließ ihn vergessen, daß er in zwei Jahren fünfzig werden würde.
»Bist du für solchen Kram nicht ein bißchen alt?«
»So kann man's sehen. Ich seh's so, daß ich zu früh geboren wurde.«
Wir mußten es uns gefallen lassen, daß zwei bullige Wärter,

denen ihre Arbeit offensichtlich Spaß machte, uns durchsuchten. Nate, der's nicht mag, wenn ihm einer zu nahe kommt, war stocksauer.
»Kommt der Proktologe auch noch?« fragte er.
Der Mann, der ihn durchsuchte, hielt inne und starrte ihn verständnislos an. »Soll das komisch sein?«
Nate zuckte die Achseln. »Das müssen schon Sie mir sagen.«
»Hä?« der Wärter wandte sich ratsuchend seinem Kollegen zu, aber der hatte die Bemerkung offensichtlich auch nicht verstanden.
»Laß sie rein. Sie sind sauber«, sagte der Mann, der mich durchsucht hatte, und winkte einem dritten sauertöpfischen Kerl, der uns durch einen langen tristen Korridor in einen kleinen tristen Raum führte, wo Mike O'Leary und Dwight Robinson warteten.
Ich hatte in den Zeitungen Bilder von Robinson gesehen, aber sie wurden seiner imposanten Physis nicht gerecht. Er war nur knapp drei Zentimeter größer und vielleicht vier Kilo schwerer als ich mit meinen eins fünfundachtzig und neunzig Kilo Lebendgewicht, aber er wirkte wesentlich größer und kompakter. Vielleicht lag es an den Muskelpaketen, die sich unter den Ärmeln seines T-Shirts abzeichneten. Das kantige Gesicht mit den großen, forschenden Augen wirkte kalt und mißtrauisch.
Nachdem Mike uns miteinander bekannt gemacht hatte, setzten wir uns Robinson gegenüber an einen Aluminiumtisch, auf dem ein schmutziger Plastikaschenbecher stand. Daneben lag ein Taschenbuch von George Jackson mit dem Titel *Soledad Brother*. Offenbar hatte Robinson beschlossen, sich in die Welt der Bücher zu flüchten. Weit vorgedrungen war er allerdings noch nicht; dem Einmerker nach höchstens bis Seite 10.
Mike blieb mit verschränkten Armen in der Ecke des kleinen Raumes stehen. Er grinste wie immer, aber ich wußte, daß er längst nicht so redseliger Stimmung war wie am Freitag zuvor, als wir zusammen gegessen hatten. Doch das würde sich ändern – nach dem Mittagessen.
»Renzler und Nate können Ihnen eine große Hilfe sein, Dwight«, erklärte er mit einem väterlichen Unterton in der Stimme. »Wenn sie rauskriegen können, wer Cynthia getötet

hat, läßt sich der Fall schnell erledigen. Ich dachte mir, es könnte nicht schaden, wenn sie Sie persönlich kennenlernen, ehe sie mit ihren Nachforschungen anfangen.«

Mike hatte mich schon darauf aufmerksam gemacht, daß sein Mandant nicht sehr gesprächig war. Ich kann nur sagen, das war eine Untertreibung.

Auf seine Worte zuckte Dwight nur stumm die Achseln und fixierte mich mit leerem Blick. Ich starrte so lange zurück, bis er unruhig wurde und zur Wand schaute.

Ich erwartete nicht viel von dem Gespräch mit ihm, zumal ich Mike hatte versprechen müssen, daß ich keinerlei Fragen über Dwights geheimes Alibi stellen würde. Das paßte mir zwar gar nicht in den Kram, aber manchmal kann man über einen Menschen auch eine ganze Menge erfahren, wenn man ihn sich mit wachen Augen ansieht. In Dwight Robinson beispielsweise ließ sich lesen wie in einem offenen Buch. Er sah mir ganz danach aus, als wäre er ohne weiteres fähig, seiner Ehefrau den Schädel mit einem Siegerpokal einzuschlagen, wenn er erst einmal richtig in Wut geriet.

»Ich würde Ihnen gern ein paar Fragen stellen«, sagte ich.

»Bitte. Ich hab' Zeit.«

»Ich habe den Polizeibericht gelesen. Ist Ihnen, seit man Sie verhört hat, noch irgend etwas eingefallen, irgendeine Erinnerung gekommen, die uns weiterhelfen könnte?«

Dwights Blick schweifte weiterhin über die kahlen Wände. Seine Antwort bestand in einem kaum wahrnehmbaren Achselzucken. Zeit, ins Detail zu gehen.

»Ich würde gern wissen, warum Sie das Haus verwüstet haben. Warum haben Sie nicht einfach die Polizei alarmiert, sobald Sie nach Hause kamen?«

Dwight drehte sich nach Mike um. »Was soll der Quatsch, Mike? Ich dachte, die beiden sollen mir helfen.«

Mike warf mir einen Blick zu, der sagte, ich hab' dich gewarnt. »Erzählen Sie ihnen einfach, was Sie mir erzählt haben«, antwortete er geduldig.

Dwight seufzte einmal resigniert und fixierte mich wieder mit seinen schwarzen Augen. »Sie sind wohl hinterm Mond, Mann? Haben Sie schon mal mit den Bullen zu tun gehabt? Bilden Sie sich vielleicht ein, die glauben einem lausigen Nigger?« Er zeigte mit dem Finger auf mich, als wollte er mich durchbohren. »Sie müssen noch viel lernen.«

Ich schnitt ein Gesicht. So würde das also laufen. Na ja, wenigstens machte er endlich den Mund auf.

»Sie dachten sich also, man würde Sie auf jeden Fall unter Anklage stellen; deshalb versuchten Sie, es als Einbruch darzustellen«, sagte ich.

»Dachte? Mann, ich wußte es! Ein stinkender Nigger mitten im Weißen-Viertel! Die hatten's schon von dem Tag an, als ich einzog, drauf abgesehen, mich hochgehen zu lassen. Ich hatte überhaupt keine Chance.«

Nach allem, was ich über Wayne Township wußte, konnte ich mir vorstellen, daß er recht hatte. Aber schließlich war er ja freiwillig dorthin gezogen, und für seinen ausgesprochen dummen Versuch, ein Verbrechen zu vertuschen, das er nicht begangen hatte, war das auch keine Entschuldigung.

»Es gab keinerlei Spuren gewaltsamen Eindringens«, bemerkte ich. »Wer außer Ihnen hatte einen Schlüssel zum Haus?«

»Wir haben nie abgeschlossen. Wir wohnten schließlich in einem anständigen, *weißen* Viertel, wo man nichts zu fürchten brauchte.«

»Bis Sie dort einzogen«, warf Nate grinsend ein.

Dwight rang sich ein dünnes Lächeln ab. »Stimmt genau«, antwortete er.

»Was ist mit dem Pokal?« fragte ich. »Haben Sie den gesehen, als Sie nach Hause kamen?«

»Mann, das hab' ich doch den Bullen schon gesagt. Ich weiß nichts von einem Pokal.«

»Die Polizei fand ihn in der Mülltonne Ihrer Nachbarn«, entgegnete ich. »Wie glauben Sie, daß er dahin gekommen ist?«

Dwight warf die Hände in die Höhe und schlug sie dann vor sein Gesicht. Einen Augenblick später sprang er auf und begann wie ein gefangenes Tier hin und her zu laufen.

»Er vermutet, daß die Polizei damit zu tun hat«, bemerkte Mike.

»Sie glauben, die Polizei will Ihnen was anhängen?« fragte

ich. Ein interessanter Gesichtspunkt, den ich bisher noch nicht bedacht hatte. Er erklärte allerdings nicht, wer Cynthia getötet hatte.
»Gerechtigkeit der Weißen«, knurrte Dwight. Er kam zum Tisch zurück und setzte sich wieder. »Wissen Sie, was das ist, die Gerechtigkeit der Weißen? Haben Sie mal von Hurricane Carter gehört?«
Wir nickten beide. Das hinderte Dwight nicht, uns die Geschichte zu erzählen.
»Rubin Carter wurde von der weißen Justiz verurteilt. Er hätte Weltmeister im Mittelgewicht werden können. Man behauptete, er hätte in einer Kneipe irgendwelche Weißen umgelegt. Er war nicht mal in der Nähe der Kneipe. Den Bullen in Paterson hat's einfach gestunken, daß ein dreckiger Nigger in einem Klasseschlitten in ihrer Stadt rumkutschierte und ihnen dauernd unter die Nase rieb, daß er's weiter gebracht hatte als sie. Da haben sie ihm eben was angehängt. Genauso war's bei mir. Die Fälle sind total gleich.«
Nate seufzte. Er wird leicht ungeduldig, wenn er einen leeren Magen hat, und wir hatten am Morgen das Frühstück ausfallen lassen.
»Sie können nur hoffen, daß die Fälle nicht total gleich sind«, meinte er. »Rubin Carter hat lebenslänglich bekommen.«
Das stimmte Dwight nachdenklich. Ich hatte den Eindruck, daß er bisher nicht hinreichend darüber nachgedacht hatte. Ich wußte zwar nicht, wie sein geheimes Alibi aussah, aber wenn er sich die Sache mit der weißen Justiz etwas gründlicher durch den Kopf gehen ließ, würde er vielleicht zu der Erkenntnis gelangen, daß es keine Garantie dafür gab, daß die Geschworenen im Fall eines Prozesses ihm die Geschichte, die er zu erzählen hatte, abnehmen würden. Schon gar nicht, wenn er sich, wie Hurricane Carter, vor zwölf weißen Geschworenen verantworten mußte.
»Was glauben Sie denn, wer Ihre Frau getötet hat?« fragte ich.
Dwight starrte einen Moment ins Leere, dann sah er mich an und antwortete: »Shake Johnson.«
»Und wer ist das?«
»Der Obercaddie im Mountain Lake Golfclub.«
»Warum glauben Sie, daß er Cynthia getötet hat?« Als ich ge-

hört hatte, daß Dwights Frau vorgehabt hatte, sich scheiden zu lassen, war mir gleich der Verdacht gekommen, daß ein anderer Mann im Spiel war. Wenn Dwight von ihm gewußt hatte, war das vielleicht die Erklärung dafür, daß Cynthias Tod ihn nicht sonderlich zu erschüttern schien. In den Medien allerdings war nie von einem anderen Mann die Rede gewesen. Vielleicht hatte Cynthias Familie dafür gesorgt, daß nichts ans Licht kam. Vielleicht hatte Cynthia selbst das Verhältnis geheimgehalten. Und vielleicht hatte wirklich nicht Dwight, sondern der heimliche Geliebte sie getötet.
»Ich habe meine Gründe«, sagte Dwight.
»Wollen Sie uns die nicht verraten?« Ich rechnete nicht damit, daß er darauf eingehen würde. Doch er überraschte mich.
»Ich hab' ihm Geld geschuldet.«
Und darum sollte der Mann Cynthia umgebracht haben? Das schien mir wenig wahrscheinlich.
»Wieviel schuldeten Sie ihm?«
»Ungefähr tausend.«
»Wofür?«
»Wir haben gespielt«, antwortete er ungeduldig. »Und ich hatte eine Pechsträhne.«
»Haben Sie die Polizei auf Johnson aufmerksam gemacht?« fragte ich.
Dwight verdrehte die Augen. »Hören Sie mir doch mit den Bullen auf, Mann. Ich hab' Ihnen gesagt, was von denen zu erwarten ist.«
Mike sah auf seine Uhr. »Die Zeit ist gleich um.« Ich war mir nicht sicher, ob er damit sagen wollte, daß Dwight in die Zelle zurück müsse, oder ob er nach einem alkoholisierten Mittagessen lechzte.
Das Eintreten des Wärters schaffte Klarheit.
»Nur noch eine Frage«, sagte ich, als Dwight aufstand. »Wie haben Sie den Scheinwerfer an Ihrem Wagen kaputtgeschlagen?«
»Haben Sie vor, mit Shake zu sprechen?«
Ich nickte.
»Dann fragen Sie doch ihn.«
Ich atmete auf, als wir ins Freie traten. Nach einer Stunde in dem häßlichen, kahlen Raum war ich mir selber wie ein Ein-

gesperrter vorgekommen. Ich fragte mich, wie es für Dwight Robinson sein mußte, der nicht einfach aufstehen und gehen konnte.
Mike wurde putzmunter, als wir gingen. Wahrscheinlich freute er sich aufs Mittagessen.
»Der Junge ist eine harte Nuß«, bemerkte er.
»Was du nicht sagst«, antwortete ich. »Ich würde dir raten, ihm ein bißchen Benimm beizubringen, ehe du ihn vor den Geschworenen antanzen läßt.«
»Soweit wird's gar nicht kommen, wenn's nach mir geht. Deshalb hab' ich euch beide ja zugezogen.«
»Dann wünschen Sie uns lieber Glück«, meinte Nate. »Wir hätten etwas mehr Grund zu Optimismus, wenn Sie uns über sein Alibi aufklären würden.«
»Das kann ich nicht«, entgegnete Mike. »Aber ich kann euch zum Essen einladen. Ich weiß ein Lokal, wo's für fünf Dollar ein anständiges Steak gibt und die Drinks nur fünfzig Cents kosten.«
Nate warf mir einen Blick des Protests zu. Es wäre gar nicht nötig gewesen. Ich hatte sowieso keine Lust, Mike noch länger zu genießen.
»Deine Großzügigkeit ist überwältigend«, sagte ich, »aber unser Arbeitstag ist noch länger.«
»Schön blöd«, sagte er nur und machte sich davon.
An der Windschutzscheibe des Corvair klebten ein Strafzettel und ein Reklameflugblatt irgendeines Nachtlokals. Nate zog sie herunter und sah sich nach einem Mülleimer um. Ich sagte ihm, er stünde mitten drin. Er zuckte die Achseln und ließ die Papiere zu Boden flattern. »Ja, ein paar Fetzen Papier werden das ästhetische Gleichgewicht hier wohl kaum stören.« Und dabei befanden wir uns in einem der besseren Viertel.

## 5

In Paterson kann man sich ohne Mühe hoffnungslos verfahren. Es ist der älteste Ort von New Jersey und sieht auch so aus. Alexander Hamilton und eine Gruppe seiner Anhänger

gründeten die Siedlung 1790, ungefähr zehn Jahre bevor er drüben in Weehawken bei einem Duell mit Aaron Burr ums Leben kam.
Nach der dritten Nachfrage bei einer Tankstelle gelang es uns wunderbarerweise, die Preakness Avenue zu finden, die breite Straße, die über die Hügelkuppe, von Paterson nach Wayne führt.
Wayne gehört zu den ehemals ländlichen Gegenden, die nach dem Krieg von cleveren Geschäftemachern mit Einfamilienhäusern und Einkaufszentren zugepflastert wurden. Vor zehn Jahren hatte die Gemeinde dreißigtausend Einwohner; 1970 waren es fünfzigtausend. In Paterson leben dreimal soviel Menschen, aber sie sind auf engstem Raum zusammengedrängt. Wayne hingegen ist ein weitläufiger Ort, der eine Fläche von 25 Quadratmeilen einnimmt. Und zwischen den beiden Nachbarorten – Paterson und Wayne – bestehen gewaltige kulturelle Unterschiede.
Dwight Robinson war vermutlich nicht der erste Schwarze, der sich in Wayne niedergelassen hatte, aber er gehörte zweifellos einer verschwindend kleinen Minderheit an. Clifton, der Ort, wo ich aufgewachsen bin, hat ungefähr achtzigtausend Einwohner, aber man mußte schon nach Passaic hinüberfahren, wenn man ein schwarzes Gesicht sehen wollte.
Nachdem wir in einem Howard Johnson's zu Mittag gegessen hatten, kaufte ich im nächsten Laden einen Stadtplan, mit dessen Hilfe wir innerhalb weniger Minuten Willow Way fanden, die Straße, in der Dwights Haus stand. Es befand sich im älteren Teil des Ortes, und die Gegend erinnerte mich an das Viertel, wo – früher einmal – meine Eltern gelebt hatten: bescheidene Häuser in kleinen Gärten, dicht an die Straße gebaut. Bemerkenswert war, daß es hier noch Bäume gab, wo doch heutzutage bei Baubeginn einer neuen Wohnsiedlung routinemäßig erst mal alles abgeholzt wird, was für frische Luft sorgt. Wenn man dann später doch einen Baum auf seinem Grundstück haben will, geht man zu Woolworth und kauft sich einen.
Die Straßen waren schmal, ohne Bürgersteige. Nur wenige Häuser hatten Einfahrten. Während ich das braunweiße Haus musterte, das Dwight Robinson gehörte, ging mir der Ge-

danke durch den Kopf, daß es für Cynthia eine ebenso große Umstellung gewesen sein mußte, hierher zu ziehen, wie für Dwight. Eingedenk der Tatsache, daß ihr Vater ein gutbetuchter Immobilienhändler war, hätte ich etwas Imposanteres erwartet. Aber vielleicht war Daddy einfach nicht bereit gewesen, Geld herauszurücken. Ich erinnerte mich an die Worte, die der schmerzerstarrte Vater gesagt hatte, als er in der vergangenen Woche von einem Fernsehreporter interviewt worden war. Er hätte von Anfang an gewußt, erklärte er, daß seine Tochter einen Riesenfehler machte, als sie Dwight Robinson heiratete.

Nachdem wir minutenlang am Nachbarhaus geklingelt hatten, ohne daß sich etwas rührte, beschlossen wir resigniert, Anna Paslawski fürs erste *ad acta* zu legen; doch als wir die grauen Betonstufen vor dem Haus hinunterstiegen, drehte Nate sich noch einmal um und bemerkte hinter dem Vorhang am Wohnzimmerfenster eine verstohlene Bewegung.

Wir kehrten um. Als die Paslawski sah, daß sie entdeckt war, kam sie zur Haustür und inspizierte uns durch ein großes rautenförmiges Fenster in der Tür. Aber sie machte nicht auf. Im Gegenteil. »Verschwinden Sie, oder ich hole die Polizei«, rief sie. Sie hatte für ihr Alter eine ausgesprochen kräftige Lunge.

»Wir sind von der Polizei«, schrie ich zurück und hielt meinen Ausweis hoch. Bei jungen Leuten wirkt das immer. Warum sollte es nicht auch bei einer Seniorin wirken? »Wir haben nur ein paar Fragen.«

Ganz langsam zog sie die Tür einen Spalt auf. Die äußere Glastür war abgeschlossen; sie war also immer noch geschützt für den Fall, daß wir uns als zwei Lustmörder entpuppen sollten. Um sie zu beruhigen, stiegen wir eine Stufe tiefer.

Anna Paslawski, meiner Schätzung nach um einiges über siebzig, war in einen abgetragenen blauen Morgenrock gehüllt. Einige Haarsträhnen gleicher Farbe stahlen sich unter der Duschhaube hervor, die sie auf dem Kopf trug, und das pinkfarbene Gestell ihrer Bifokalbrille war farblich genau auf ihren Pyjama abgestimmt, dessen Hosenbeine unter dem Morgenrock hervorschauten. Sie zog die Tür gerade so weit

auf, daß sie sich in den Spalt stellen konnte, und lehnte sich an den Türpfosten.
»Sie sind von der Polizei? So sehen Sie aber nicht aus.«
Ich erklärte, wir wären Privatdetektive.
»Ach so!« Sie schlug die Hände zusammen. »Wie *Mannix*, meinen Sie?«
»Genau.« Ich lächelte wie Prinz Charming persönlich. Bei alten Damen komme ich eigentlich immer an. Nur bei den jüngeren Semestern habe ich Schwierigkeiten.
Ich hielt meinen Ausweis hoch und nannte ihr unsere Namen.
»Wir hätten Ihnen gern ein paar Fragen gestellt, wenn Sie einen Moment Zeit haben.«
Sie musterte erst den Ausweis, dann mich und sagte: »Okay, fragen Sie.«
»Es handelt sich –«
»Es handelt sich bestimmt um den Mord an dem armen jungen Ding von nebenan.«
»Richtig. Ich weiß, daß Sie mit der Polizei gesprochen haben –«
»Schrecklich! Ganz schrecklich.« Sie schüttelte den Kopf. »Es steht uns nicht zu, die Werke des Herrn in Frage zu stellen, aber manchmal muß man sich doch fragen, warum er solche Dinge geschehen läßt.«
Ich hatte sofort das Gefühl, daß Anna Paslawski zu den Leuten gehörte, die gar nicht mehr aufhören zu reden, wenn man ihnen einmal ein Stichwort gegeben hat. Vermutlich eine Auswirkung von zuviel Fernsehen und zuviel Gottesdienst; besonders wenn man allein lebt.
»Und was glauben Sie, warum Gott so was zuläßt?«
»Vielleicht hat er gerade geschlafen, als es passierte«, meinte Nate. Ich glaube nicht, daß sie die Bemerkung hörte. Und ich glaube auch nicht, daß sie sah, wie ich ihn ins Schienbein trat.
»Dieser Kerl, den sie geheiratet hat! Ich wußte gleich, daß er nichts taugt. Furchtbar, einfach furchtbar. Ich werde nie verstehen, warum sie ihn geheiratet hat. Ich finde, so was sollte verboten werden. Sie war so ein nettes, hübsches Ding. Und sie kam aus einer so guten Familie. Ihr Vater ist ein prächtiger Mensch.«
»Oh, Sie kennen also Thomas Vreeland«, sagte ich.

»Natürlich! Ihm haben Ed und ich doch das Haus hier abgekauft.« Sie schien höchlichst überrascht, daß wir darüber nicht informiert waren. Ich hütete mich wohlweislich zu fragen, wer Ed sei.
»Und kannten Sie Cynthia gut?«
»Aber sicher. Wir lebten doch Tür an Tür. Wir haben immer Zeitschriften ausgetauscht. Ich hab' ihr allerdings immer mehr Hefte gebracht als sie mir. Ach, sie war wirklich ein hübsches Ding. Aber Gott meinte wohl, sie hätte es verdient. Er wollte ihr vielleicht eine Lektion erteilen.«
»Und ihren Mann?« fragte ich. »Kannten Sie den auch so gut?«
Sie warf mir einen ungläubigen Blick zu. »Diesen Taugenichts? Mit dem habe ich nicht ein Wort gewechselt. So wenig wie mit den anderen Kerlen, die ständig in dem Haus aus und ein gingen. Mir ist völlig schleierhaft, wie sie das ausgehalten hat.«
»Die anderen Kerle waren auch Schwarze?« fragte Nate.
»Ganz recht.« Sie rückte ihre Brille zurecht. »Die kamen und gingen zu jeder Tages- und Nachtzeit.«
»Wahrscheinlich seine Freunde«, meinte Nate.
»Nicht nur seine. Ihre auch. Das ist ja das Komische.«
»Woher wissen Sie das?« fragte ich.
»Na, er war immer wieder mal weg, wenn er irgendwo Baseball gespielt hat, wissen Sie. Keine Ahnung, wo, aber jedenfalls nicht hier in der Nähe. Und wenn er verreist war, kamen die anderen trotzdem. Also müssen es auch ihre Freunde gewesen sein. Finden Sie das nicht komisch?«
Ich nickte. Es war zum Kaputtlachen. »Haben Sie sie mal nach den Leuten gefragt?«
»Na hören Sie mal! Nie im Leben.« Sie begann zu kichern. Es klang wie das Gackern eines alten Huhns. Ed, wer immer er sein mochte, tat mir leid. Dann hörte sie abrupt auf zu lachen. »Junger Mann, ich bin weiß Gott keine neugierige Person. Meine Devise war immer, daß jeder sich um seine eigenen Angelegenheiten kümmern soll.«
»Da bin ich völlig Ihrer Meinung«, sagte ich, Lüge mit Lüge quittierend.
Sie öffnete den Riegel der äußeren Tür und stieß die Tür ein Stück auf. Unser Charme wirkte offenbar.

»Soll ich Ihnen mal was sagen?« Sie neigte sich näher und senkte die Stimme. »*Ich* glaube, sie haben Drogen genommen. Und mit Drogen gehandelt. Ist das nicht furchtbar?«
Ich antwortete mit einer Gegenfrage. »Wieviel Leute waren das denn, die regelmäßig kamen?«
Sie neigte den Kopf nach rückwärts und überlegte einen Moment. »Manchmal nur einer, manchmal zwei oder drei.«
»Und es waren immer dieselben Leute?«
Sie gackerte wieder. Lauter diesmal. »Ja, was glauben Sie denn? Die kann doch kein Mensch auseinanderhalten.«
Ich wartete geduldig, bis das gackernde Gelächter versiegte. »Sie sagten der Polizei, Sie hätten Dwight Robinson am Abend des Mordes weggehen sehen.«
»Stimmt. Ich war auf dem Weg zur Abendandacht. Er hatte es unerhört eilig. Die beiden hatten wieder mal gestritten. Die haben nämlich dauernd gestritten, wissen Sie.«
»Und worum ging der Streit?« fragte Nate. »Konnten Sie das hören?«
»Nein! Natürlich nicht. Es würde mir nicht einfallen zu lauschen. Aber es war ein Riesenkrach. Und wer läuft mir über den Weg, als ich zur Kirche will? Er! Natürlich hat er mich keines Blickes gewürdigt. Er hat mich nie angeschaut. Sie schimpfte noch hinter ihm her, als er zu seinem Wagen lief.«
»Sie war also eindeutig noch am Leben, als er wegging«, stellte ich fest.
»Ganz klar. Er hat sie erst umgebracht, als er zurückkam.« Sie sagte das in einem Ton, als wäre es absolut selbstverständlich.
»Und wann war das?«
»Punkt zehn.« Sie trug keine Uhr, aber sie deutete auf ihr Handgelenk.
»Haben Sie ihn kommen sehen?« fragte ich.
»Nein, es war ja dunkel. Aber ich hörte ihn über meine Einfahrt gehen. Er ist immer über meine Einfahrt gegangen. Und dann hörte ich ihn durch die Seitentür ins Haus gehen.«
Entweder hatte Anna Paslawski nun rückhaltloses Vertrauen zu uns gefaßt oder sie vergaß in der Aufregung über ihre Geschichte alle Vorsicht. Sie trat durch die Tür auf die kleine Veranda und ging an uns vorbei die paar Stufen hinunter – durchaus behende, obwohl sie sich am Geländer festhielt.

Wir folgten ihr ein paar Schritte den Weg entlang, bis sie stehenblieb.
»Es war genau da«, erklärte sie und wies auf die Seitentür des anderen Hauses. »Er ist immer durch die Tür da reingegangen.«
»Hörten Sie wieder Streit?« fragte ich.
»Nein. Er hat sie einfach umgebracht und ist abgehauen.« Sie wies auf ein heruntergekommenes Haus auf der anderen Straßenseite. »Mr. Shepherd hat ihn weggehen sehen. Und er hat die Mordwaffe in *meine* Mülltonne geschmissen! Eiskalt!«
»Finden Sie es nicht merkwürdig, daß die beiden nicht wieder gestritten haben?« Wir stiegen jetzt wieder zur Veranda hinauf.
Anna Paslawski blieb abrupt stehen, warf mir einen Blick zu und hob einen spitzen Finger in die Luft. »Wieso? Wenn's Vorsatz war! Das war eben sein *modus operandi.* Sie oder ich, wir hätten's vielleicht anders angefangen. Aber er hatte eben seine eigene Art. Ich halte ihn nicht für sehr gescheit. Er stürzte einfach rein und schlug ihr den Pokal auf den Kopf, ehe sie überhaupt wußte, wie ihr geschah.« Sie schwang den Arm in die Höhe, um es uns zu demonstrieren. »Ruckzuck, und sie war tot. Und dann nichts wie raus aus der Bude.«
Sie schien ein Krimifan zu sein.
»Nur noch eine Frage«, sagte ich, als wir wieder bei der Treppe waren. »Um welche Zeit sind Sie an dem Abend von der Kirche heimgekommen?«
»Um neun. Wie immer. Die Andacht fängt um sieben an und ist um acht aus. Ich bleib' immer länger und bete noch einen Rosenkranz und einen Kreuzweg. Dazu brauche ich eine Dreiviertelstunde.«
»Aha.« Die alte Dame schien gut in Form zu sein. Wenn Sie mal einen Kreuzweg gebetet haben, wissen Sie, was ich meine. »Dann also vielen Dank. Sie waren uns eine große Hilfe.«
»Sie wollen schon gehen? Wollen Sie nicht noch einen Moment reinkommen? Ich habe gerade einen Topf Krautsuppe gemacht. Das war Eds Lieblingsgericht.«
Vielleicht weilte Ed darum nicht mehr unter den Lebenden.
»Danke, nein«, erwiderte ich, »wir müssen –«

»Also ehrlich gesagt«, warf Nate ein, »würde ich ganz gern mal Ihre Toilette benützen, wenn ich darf?«
Sie gackerte erfreut vor sich hin, während wir ihr ins Haus folgten. Drinnen roch es muffig und verstaubt.
Sie nahm Nate beim Arm und führte ihn in den Flur. »Es ist gleich rechts um die Ecke. An der Tür ist ein Schild, wo draufsteht ›Eds Kabinett‹.« Sie drehte sich lächelnd nach mir um. »Er hockte immer stundenlang drin und las die Zeitung. Da hab' ich eines Tages unten in dem Laden an der Route 23 das Schild machen lassen. Wissen Sie, welchen ich meine?«
»Pinky's?«
»Genau. Da kriegt man wirklich alles.«
Ja, vom Stadtplan bis zum Türschild. Ich sah mich um. Das Haus war klein und eng. Ed Paslawski war offensichtlich kein Großverdiener gewesen. Oder aber seine Frau hockte auf einem dicken Geldsack. Der Fernsehapparat stand wie der Hausaltar in der Mitte des Wohnzimmers, davor ein bequemer alter Sessel. Auf dem Beistelltisch neben dem Sessel stand ein halbvoller Teller Suppe, daneben lag eine Packung Zigaretten und eine Zeitschrift des Titels *Inside Detective.*
Interessante Lektüre für einen Montagnachmittag. Sie kaufte die Hefte wahrscheinlich bei Pinky's. Ob Cynthia Robinson dieses Zeug auch gelesen hatte?
Nate kehrte in Rekordzeit aus Eds Kabinett zurück. Ich sah ihm an, daß er Mühe hatte, das Lachen zu unterdrücken. Bis ich Anna Paslawski nochmals für ihre Hilfe gedankt hatte, war er schon zur Tür hinaus.
Auf dem Weg über die Straße zum Haus von Warren Shepherd sagte Nate: »Wenn wir mal ein paar Stunden Leerlauf haben, dann erinnere mich daran, daß ich dir von Eds Kabinett erzähle.«
»Ist es so gut?«
»Besser als du dir vorstellen kannst.«

6

Ich erwartete nicht, daß Warren Shepherd mitten am Tag zu Hause sein würde, aber da wir nun schon mal in der Gegend waren, meinten wir, es könnte nicht schaden, einen Versuch zu machen.

Und er war tatsächlich da. Er machte uns sogar schneller auf als Anna Paslawski. Doch er war nicht weniger argwöhnisch.

»Was wollen Sie?« knurrte er so unwirsch wie ein Bär, den man aus seligem Schlummer geweckt hat. Vielleicht hatten wir ihn tatsächlich aus dem Schlaf gerissen. Sein rundes Gesicht wirkte reichlich zerknittert. Er mußte meiner Schätzung nach Mitte Fünfzig sein, und das schwarze Toupet, das er sich aufs Haupt gedrückt hatte, um seine Glatze zu verbergen, ließ ihn auch nicht wesentlich jünger erscheinen.

Zu karierten Shorts trug er ein ärmelloses Unterhemd mit Grauschleier und zahllosen Flecken älteren und neueren Datums. Es war bis zum Zerreißen gespannt über dem Fettwulst, der sich über seinem Hosenbund wölbte.

»Wir sind Privatdetektive«, sagte ich und hielt meinen Ausweis hoch. Er öffnete die Tür einen Spalt, und ich reichte ihm den Ausweis durch. »Wir möchten Ihnen ein paar Fragen in Zusammenhang mit dem Mord an Cynthia Robinson stellen.«

Er kam auf die Veranda heraus. »Ich hab' der Polizei schon alles gesagt«, erklärte er und gab mir meinen Ausweis zurück.

»Ich weiß. Ich habe den Bericht gelesen. Aber ein paar Punkte wollte ich gern noch einmal überprüfen.«

Er schüttelte seufzend den Kopf. »Schlimme Geschichte. War ein verdammt hübsches Mädchen, die Kleine. Ich versteh' bis heute nicht, wie sie einen Nigger heiraten konnte.« Plötzlich sah er mich scharf an. »Für wen arbeiten Sie – für die Vreelands?«

Ich schüttelte den Kopf.

Er prustete verächtlich. »Für den Kerl also«, brummte er.

»Für seinen Anwalt«, berichtigte ich.

»Das ist doch das gleiche.«

»Können wir einen Moment reinkommen?«

Er zuckte die Achseln. »Aber machen Sie's kurz. Ich hab' auch noch was anderes zu tun.«

Wir folgten ihm in sein Wohnzimmer, wo er sich in einen Sessel fallen ließ, den die Heilsarmee nicht mal genommen hätte. Das Haus schien die gleiche Einteilung zu haben wie das von Anna Paslawski, nur war es nicht halb so sauber. Der Fernsehapparat stand ungefähr an der gleichen Stelle, und auf dem häßlichen Tisch neben dem häßlichen Sessel stand neben einer Packung Chesterfield-Zigaretten ein Teller Suppe, der nur halb ausgelöffelt war. Ob es sich um Krautsuppe aus Anna Paslawskis Küche handelte, konnte ich nicht feststellen. Im Fernseher lief die Familie Feuerstein, und der Ton war auf volle Lautstärke aufgedreht. Warren Shepherd war anscheinend ein Typ, der sogar einen Atomkrieg verschlafen hätte.
Er beugte sich vor und stellte den Ton leiser.
»Bei Tag läuft da nichts als Mist«, bemerkte er, griff sich die Bierdose, die auf der Armlehne des Sessels stand, und trank einen Schluck. Uns bot er nichts an. Ich hatte es auch nicht erwartet.
»Keine Arbeit heute«, sagte ich unvermittelt, mehr Feststellung als Frage.
»Genau. Freier Tag«, antwortete er und warf mir einen Blick zu, der sagte, geht Sie einen Dreck an.
Hätten wir uns setzen wollen, so hätten wir erst seine Garderobe von den Sitzgelegenheiten entfernen müssen. Also blieben wir stehen.
»Was arbeiten Sie?« fragte Nate wie beiläufig, aber doch mit einem autoritären Unterton.
»Ich fahr' den Gabelstapler.« Er wies mit der Bierdose über seine Schulter. »Bei der Felsway Corporation drüben am Riverview Drive.«
»Interessante Arbeit, wie ich höre«, sagte Nate.
Shepherd warf ihm einen mißtrauischen Blick zu, während ich zum Erkerfenster hinüberging.
»Dem Polizeibericht zufolge«, sagte ich, ohne ihn anzusehen, »standen Sie hier, als Sie Robinson am Abend des Mordes aus seinem Haus kommen sahen.«
»Stimmt. Er rannte über Mrs. Paslawskis Einfahrt und schmiß den Pokal in ihre Mülltonne. Dann sprang er in seinen Wagen und brauste ab. Und dabei hat er mir noch das Rücklicht an meinem Auto eingeschlagen.«

»Wo stand Ihr Wagen?« fragte ich.
»Auf der Straße.«
Ich drehte mich um.
»Vielleicht würden Sie uns die Stelle zeigen«, sagte Nate.
Shepherd hievte sich ächzend aus dem Sessel und trottete zum Fenster. Ich konnte mir vorstellen, was für eine Wonne es war, mit diesem Burschen zusammenzuarbeiten.
»Mein Wagen stand drüben auf der anderen Seite, direkt vor ihrem Haus. Da, wo er jetzt auch steht.« Er wies auf einen angerosteten gelben Pontiac, der ungefähr drei Meter von Anna Paslawskis Einfahrt entfernt stand. »Und sein Wagen stand direkt hinter meinem. Dahinter stand noch ein Auto.«
»Und wem gehörte das?« fragte ich.
Er zuckte die Achseln und schlurfte zu seinem Sessel zurück. »Keine Ahnung.«
»Was für einen Wagen fährt Robinson?«
Er grinste höhnisch. »Soll das eine Fangfrage sein? Er fährt genau so einen Zuhälterschlitten wie alle anderen Nigger auch. Und bezahlt ist er bestimmt auch nicht.«
»Haben Sie ihn vor dem Haus vorfahren sehen?«
»Mann, ich bin doch nicht der Wachhund hier.«
»Dann wissen Sie also nicht, wie lange er im Haus war.«
»Nein, aber Mrs. Paslawski hat ihn heimkommen sehen. Er war keine fünf Minuten drinnen.«
»Haben Sie wegen des Unfalls die Polizei geholt?«
»Klar, wofür halten Sie mich! Die Bullen kamen gleich raus und haben die Sache aufgenommen.«
»Sie waren vermutlich ziemlich verärgert«, bemerkte Nate.
Shepherd verdrehte die Augen. »Aber nein, ich hab' Freudentänze aufgeführt.«
Nate lächelte. »Ganz schön sarkastisch. Sind Sie aufgeblieben, bis Robinson nach Hause kam?«
»Was?«
»Na, um ihn zur Rede zu stellen.«
»Einen Nigger? Das Schwein ist dreißig Jahre jünger als ich und ein Supersportler. Außerdem trägt er bestimmt ein Messer. Nein, ich bin ins Bett gegangen. Bis dann plötzlich die Bullen bei mir aufkreuzten und mir einen Haufen Fragen stellten. Haben *Sie* jetzt noch Fragen?«

»Ja«, sagte ich. »Haben Sie ab und zu mit Robinson oder seiner Frau gesprochen?«
»So wenig wie möglich. Ich kümmere mich um meine eigenen Angelegenheiten.«
»Und Ihre Frau?«
Shepherd stand auf, Zeichen, daß er uns hinauskomplimentieren wollte. »Ich hab' keine Frau.«
Das hatte ich schon vermutet. Ich hatte mich nur vergewissern wollen. Es ist manchmal von Nutzen, solche Einzelheiten zu wissen.
»Mrs. Paslawski hat uns erzählt, daß bei Robinson noch ein paar andere Schwarze regelmäßig verkehrten«, sagte ich. »Haben Sie die auch gesehen?«
»Ich bin doch nicht der Revierwachhund. Aber wenn sie's gesagt hat, wird's schon stimmen.«
»Dann ist sie wohl der Revierwachhund?« erkundigte sich Nate.
Shepherd beantwortete die Frage, indem er die Fliegengittertür öffnete. Als wir draußen waren, überkam ihn eine plötzliche Anwandlung von Freundlichkeit.
»Ich kann Ihnen nur wünschen, daß Sie ein gutes Honorar kriegen«, sagte er. »Sonst wird sich Ihre Arbeit nämlich überhaupt nicht lohnen.« Er schloß die Gittertür. »Tut mir leid, daß ich Ihnen nicht helfen konnte.«
»Oh, im Gegenteil, Sie waren uns eine große Hilfe«, behauptete ich. Das stimmte nicht, aber es kann nie schaden, einen Zeugen ein bißchen zu verunsichern.
Unten, am Ende der Treppe, drehte ich mich noch einmal um. »War es am Abend des Mordes eigentlich dunkel?« fragte ich.
Die Frage überraschte ihn. Er mußte erst mal überlegen. Ich sah seinem Gesicht an, wie er sich den Kopf zerbrach, ob es darauf eine korrekte Antwort gab.
»Nicht dunkler als an anderen Abenden auch«, antwortete er schließlich. Keine schlechte Antwort. Vor Gericht hätte er natürlich genauer sein müssen.
»Das interessiert uns deshalb, weil Mrs. Paslawski sagte, im Dunklen, ohne Straßenbeleuchtung, könne man sie kaum sehen.«

Shepherd runzelte die Stirn, dann verzog er den Mund zu einem dünnen Lächeln.
»Ja«, bemerkte Nate. »Soviel ich weiß, haben manche Leute sogar Schwierigkeiten, sie bei Tag auseinanderzuhalten.«
Warren Shepherd lachte nervös hinter seiner Fliegengittertür. Im Hintergrund konnten wir Fred Feuerstein »Wilma-a-a« brüllen hören, als wir ins Auto stiegen.
»Was meinst du?« fragte ich Nate. »Wir haben noch Zeit für einen weiteren Hausbesuch.«
Er öffnete zwei Bierdosen und reichte mir eine. »Ich hab' für heute die Nase voll.

## 7

Pünktlich um neun holte ich am nächsten Morgen Nate und seine Kühltasche ab. Wir waren um elf mit Hal Pucinsky, dem Chief of Police von Wayne, verabredet, und ich wollte keinesfalls zu spät kommen.
Auf meinen Anruf hatte sich Pucinsky gnädig bereit erklärt, uns fünfzehn Minuten »zu opfern«. Ich konnte dem Mann zwar glauben, daß er mehr zu tun hatte als Warren Shepherd, aber daß der Posten als Dorfpolizist von Wayne so anspruchsvoll war wie er tat, konnte ich mir nicht vorstellen. In dem Nest gab es vielleicht alle fünf Jahre einen Mord, und der letzte war in Pucinskys Augen schon geklärt. Abgesehen davon gab es in Wayne für die Polizei wahrscheinlich nicht viel mehr zu tun, als marihuanarauchende Jugendliche festzunehmen und Radarfallen zu installieren. Streß konnte man das weiß Gott nicht nennen.
»Du solltest dir gelegentlich mal ein Auto kaufen, in dem ein Erwachsener Platz hat«, schimpfte Nate, als er sich hinter das Armaturenbrett klemmte.
»Sei froh, daß du nicht den Bus nehmen mußt«, konterte ich.
»Na, da würd' ich noch eher von der Brücke springen.«
»Du hast wohl schlecht geschlafen, Süßer?«
»Das kannst du laut sagen.«

»Nachts um drei hat mich Hortense angerufen. Sie denkt wieder mal an Selbstmord.«
»Ach, und warum?«
»Ihr Bildhauer aus Queens hat ihr wieder mal den Laufpaß gegeben, und jedesmal, wenn das passiert, beschließt sie, sich umzubringen.«
»Was hast du ihr zum Trost gesagt?«
»Ich hab' gesagt, so ein Selbstmord hätte seine Vor- und Nachteile, müßte aber auf jeden Fall reiflich überlegt sein.«
»Du solltest Psychotherapeut werden.«
»Ich sollte meine Telefonnummer ändern.«
Die Fahrt ging so glatt, daß wir uns in Clifton noch ein zweites Frühstück genehmigen konnten, ehe wir zur Polizeidienststelle von Wayne weiterfuhren. Hier sah ich meinen Verdacht hinsichtlich Pucinskys Arbeitsüberlastung augenblicklich bestätigt. Als der wachhabende Sergeant uns in sein Büro führte, war Pucinsky gerade dabei, einen Putter in seine Golftasche zu packen. Er war ein stämmiger, untersetzter Mann mit sonnengebräuntem Gesicht und rotbraunem Haar. Die große Nase sprang wie ein scharf gebogener Schnabel unter den buschigen Augenbrauen hervor, die an der Nasenwurzel fast zusammenwuchsen.
Bei der Begrüßung war er etwas freundlicher als am Telefon. »Ich hab' gerade ein bißchen geübt«, erklärte er leicht verlegen. »Wir haben hier demnächst ein großes Turnier.«
»Drüben im Mountain Lake Country Club?« erkundigte sich Nate.
»Richtig.« Pucinsky lehnte sich in seinem Sessel zurück und zündete sich eine Zigarette an. Ich hatte den Eindruck, daß wir ihm nicht unsympathisch waren. »Haben Sie da mal gespielt?«
»Nein, aber ich habe eine Einladung bekommen.«
»Dann müssen Sie zur Prominenz gehören.«
»Man scheint es dort zu glauben«, versetzte Nate.
»Ich hab' gehört, daß dieses Jahr die große Starparade stattfinden soll«, fuhr Pucinsky fort. »Es heißt, sogar Frank Sinatra und Dean Martin würden kommen. Ich nehme an, sie sind Freunde von Mr. Vreeland.«
»Thomas Vreeland?« fragte ich.

»Ja. Er hat das Turnier überhaupt erst ins Leben gerufen. Zusammen mit dem Abgeordneten Winchester. Zum Gedenken an Mrs. Vreeland, die Schwester des Abgeordneten. Dieses Jahr ist die Stimmung natürlich ziemlich gedrückt. Das haben wir Ihrem Klienten zu verdanken, diesem feigen Schwein, diesem Mörder.«

Pucinsky gab's mir plötzlich volle Pulle. Es war, als pfiffe unversehens ein eisiger Wind durchs Zimmer. Ich widerstand der Versuchung, Pucinsky darauf aufmerksam zu machen, daß jeder Angeklagte unschuldig ist, solange seine Schuld nicht erwiesen ist; ich wollte keinen Streit.

»Hören Sie, Renzler«, sagte er am Schluß seiner Tirade, »ich hab' mich mit George Grimaldi über Sie unterhalten. Er sagte, Sie wären in Ordnung.«

Grimaldi war früher stellvertretender Chief of Police in Wayne gewesen. Ich lernte ihn 1961 kennen, als ich einen Baseballspieler vor einer Bande von Wucherern beschützte. George mag mich, weil ich ihm damals zu einigen Festnahmen verhalf, die ihn in ganz Jersey zum berühmten Mann machten. Seither schickt mir seine Frau jedes Jahr eine Weihnachtskarte. Grimaldi ist zwar schon seit einigen Jahren im Ruhestand, aber ich hatte vorsorglich mal seinen Namen erwähnt, als ich mit Pucinsky telefoniert hatte. Es hatte offensichtlich nicht geschadet.

»Ich halte eine Menge von George«, fuhr Pucinsky fort, »und auch von seinen Ansichten. Aber ich muß sagen, diesmal hab' ich meine Zweifel. Ich weiß nicht, wie Sie an Robinson und diesen O'Leary geraten sind, aber –«

»Er ist sein Schwiegervater«, warf Nate ein.

»Ex-Schwiegervater«, korrigierte ich.

»Aha, so ist das.« Pucinsky nickte mit einer Miene, die jahrelange Erfahrung im Umgang mit Schwiegervätern und ähnlichen Subjekten verriet. »Kurz und gut, wenn George sich nicht so freundlich über Sie geäußert hätte, hätte ich Sie überhaupt nicht reingelassen.« Er sah auf seine Uhr. »Ich gebe Ihnen genau fünf Minuten.«

Reizend. Beziehungen sind doch immer eine Hilfe.

»Sie scheinen davon überzeugt zu sein, daß Dwight Robinson seine Frau getötet hat«, begann ich.

»Ganz recht. Darum ist dieses Gespräch die reine Zeitverschwendung für Sie und für mich. Der Fall ist klar.«
»Robinson glaubt aber, daß ein gewisser Shake Johnson die Hand im Spiel gehabt haben könnte. Haben Sie mit dem mal gesprochen?«
»Natürlich hab' ich mit dem gesprochen.« Pucinsky stand auf und marschierte im Zimmer auf und ab. »Ich kann Ihnen einiges über Dwight Robinson erzählen.« Er blieb abrupt stehen und deutete mit ausgestrecktem Zeigefinger auf Nate und mich.
Ich lehnte mich in meinem Sessel zurück, bereit, den Sermon über mich ergehen zu lassen.
»Der Bursche hat schon immer nichts als Scherereien gemacht. Vor ungefähr fünf Jahren haben er und sein Bruder drüben auf dem Golfplatz einer Vierergruppe die Schläger getragen. Plötzlich merkt der eine der Männer, daß ihm fünfzig Dollar fehlen, die er in seiner Golftasche hatte. Also frag' ich Dwight danach. Ganz freundlich, verstehen Sie. Er geht sofort hoch, sagt, der Mann hätte die fünfzig Dollar wahrscheinlich nie in der Tasche gehabt und hätte sich das alles nur ausgedacht. Da haben Sie Dwight Robinson! Der geborene Lügner.«
»Zwischen Diebstahl und Mord ist ein großer Unterschied«, bemerkte Nate.
»Ach, das reicht Ihnen noch nicht? Na, dann will ich Ihnen ein bißchen mehr erzählen. Seit Robinson nach Wayne gezogen ist, wurde er dreimal wegen Fahrens mit überhöhter Geschwindigkeit erwischt. Zweimal haben wir ihn uns wegen Erregung öffentlichen Ärgernisses vorgeknöpft. Wir hätten ihn wegen Amtsbeleidigung und tätlichen Angriffs verknakken können, aber wir haben Milde walten lassen. Das war unser Fehler. Wenn man solchen Leuten den kleinen Finger gibt, nehmen sie immer gleich die ganze Hand.«
Pucinsky ging zu seiner Golftasche und nahm den Putter wieder heraus. »Im letzten Jahr haben wir ihn mit einer Ladung Marihuana erwischt, die ausgereicht hätte, den ganzen Ort high zu machen. Wir haben ihm noch mal eine Chance gegeben. Wenn sich Mr. Vreeland nicht immer wieder für ihn verwendet hätte, hätten wir ihn längst eingelocht, das kann ich

Ihnen sagen. Aber Mr. Vreeland wollte nicht auf mich hören. Jetzt tut's ihm leid.«

Der ehrfürchtige Ton, in dem Pucinsky von Robinsons Schwiegervater sprach, fiel mir auf. Es hätte mich interessiert, ob Dwight Robinson der einzige war, für den Vreeland sich bei den Polizeibehörden »verwendet« hatte.

»Letzte Woche hatten Mr. Vreeland und ich ein offenes Gespräch miteinander«, berichtete Pucinsky weiter. »Dabei erzählte er mir, daß Robinson ständig gespielt hat. Cynthia mußte ihren Vater immer wieder um Geld angehen, um seine Schulden zu bezahlen. Außerdem hat Robinson seine Frau geschlagen, wenn er besoffen war. Das hat Tommy, Mr. Vreelands Sohn, uns erzählt. Er wußte es von Cynthia selber.«

Pucinsky steckte den Putter wieder weg und kam zu seinem Schreibtisch zurück. Er setzte sich und zündete sich eine frische Zigarette an, obwohl er die vorige gerade erst ausgedrückt hatte. Ein nervöser Typ.

»Der große Baseballstar! Prügelt seine eigene Frau.« Er rollte wild die Augen. »Na, was halten Sie davon?«

Keiner von uns beiden antwortete. Über einen Mann, der seine Frau prügelt, läßt sich nicht viel sagen – immer vorausgesetzt, die Geschichte entsprach der Wahrheit.

»Und was ist mit Shake Johnson?« fragte ich.

»Ach, das ist auch so einer. Aber der hat Cynthia bestimmt nicht umgebracht. Er ist praktisch Tommys bester Freund. Mr. Vreeland mag ihn auch. Er ist oben in Mountain Lake der Obercaddie.«

»Sie haben ihn überprüft?« Es war mehr eine Feststellung als eine Frage, aber Pucinsky regte sich dennoch auf.

»Natürlich haben wir ihn überprüft. Wir prüfen alles. Shake hat ein Alibi.« Er lächelte.

»Wollen Sie uns nicht einweihen?«

»Aber gern. Er war in der Kneipe. Mit Cynthias Bruder. Drüben in Mountain View. Sie gehört Pete Becker. Das ist der Golflehrer in Mountain Lake.«

»Sie sagten, Vreeland hätte Ihnen erzählt, daß Dwight Spielschulden hatte«, warf Nate ein. »Wissen Sie, wer ihn unter Druck setzte?«

Pucinsky schüttelte den Kopf. »Keine Ahnung. Ich weiß es nicht, und es ist mir auch egal.«
Merkwürdige Einstellung für einen Chief of Police, fand ich. Immerhin ist das Glücksspiel verboten.
»Shake könnte es nicht gewesen sein?« fragte ich.
»Glaub' ich nicht. Wahrscheinlich seine Freunde aus Paterson. Hier in Wayne haben wir solches Gesindel nicht.«
O nein, hier nicht.
»Wo können wir Shake Johnson erreichen?« fragte ich.
»Er wohnt in Mountain View, aber Sie können ihn wahrscheinlich auf dem Golfplatz treffen.«
»Und die Vreelands?«
»Jetzt hören Sie mir mal zu.« Pucinsky stand wieder auf. »Ich sag' Ihnen das jetzt ein für allemal: Ich hab' nichts dagegen, wenn Sie sich mit den Leuten hier unterhalten, aber machen Sie keinen Ärger. Davon haben wir nämlich schon genug.«
»Ehrenwort«, sagte ich und hob die rechte Hand wie zum Schwur. Ich sah keinen Vorteil darin, ihn darauf hinzuweisen, daß wir das gute Recht hatten, zu reden, mit wem wir wollten.
»Hat Ihnen schon mal jemand gesagt, daß Sie eine ziemlich üble Einstellung haben?« fragte er mich.
Ich lächelte so gewinnend wie möglich. »Viele.«
Pucinsky drückte seine Zigarette aus. »Die Vreelands wohnen in Mountain Lake, am Hogan Drive. Aber ich kann mir nicht vorstellen, daß Sie am Wachposten vorbeikommen.«
»Die haben einen Wachposten vor ihrem Haus?« fragte Nate.
»Sie haben einen Posten am Tor zum Ort. Wenn man in Mountain Lake jemanden besuchen will, muß man einen Termin haben.«
»Wohnen Sie auch da?« fragte ich.
»Machen Sie sich nicht lächerlich. Bei meinem Gehalt? Woher soll ich das Geld nehmen?«
Ich verkniff mir das Angebot, ihn mit ein paar New Yorker Bullen meiner Bekanntschaft zusammenzubringen, die ihm einige Tips hätten geben können.
Er sah wieder auf seine Uhr. »Die Zeit ist um. Lange schon.«
Nate stand auf. »Und Sie müssen noch ein bißchen üben, wie?«
Pucinsky grinste. Ich weiß nicht, wie Nate es macht, aber er

läßt seine Sarkasmen immer so los, daß die Opfer sie gar nicht kapieren. Wenn es mir gelingen würde, diesen Ton zu finden, würden sich vielleicht nicht mehr so viele Leute über meine Einstellung beschweren.

»Ich hab' die letzten beiden Jahre bei den Männern gewonnen«, sagte Pucinsky. Er wies auf zwei Pokale in einem Bücherregal, dem es an Büchern mangelte. »Gesamtsieger wurde natürlich Terry Vreeland – das ist Mr. Vreelands andere Tochter. Sie ist nicht zu schlagen.«

»Hat Cynthia auch Golf gespielt?«

»Wenig. Sie hat eigentlich immer nur rumgesessen und sich bewundern lassen.«

»Muß man in Mountain Lake ansässig sein, um auf dem Platz spielen zu dürfen?«

»Eigentlich schon. Aber ich habe eine Sondergenehmigung.«

Nate gab ihm die Hand. »Vielleicht sehen wir uns beim Turnier.«

»Würde mich freuen.« Er sah mich an. »Spielen Sie auch?«

Ich schüttelte den Kopf. »Für mich gibt's keine Sonderregelung. Aber wir sehen uns sicher noch einmal. Ich ruf' Sie an, wenn wir rausgekriegt haben, wer Cynthia Robinson getötet hat.«

## 8

Nach dem Mittagessen beschlossen Nate und ich, Dwight Robinsons Mutter einen Besuch abzustatten. Sie lebte zusammen mit seinem älteren Bruder Dexter in dem entzükkenden Städtchen Singac, gleich jenseits der Ortsgrenze von Wayne. Mir ging es eigentlich mehr darum, mit Dexter zu sprechen. Er war am Mordabend in Dwights Haus gewesen, und ich hoffte, er würde bereit sein, mir davon zu erzählen.

Singac war bestimmt eine Stufe besser als die Sozialsiedlungen von Paterson, aber in Luxus schwelgte Dahlia Robinson weiß Gott nicht. Ihr winziges Holzhaus stand in einer engen Gasse hinter Willowbrook, einem riesigen Einkaufszentrum, nur einen Katzensprung vom Passaic River entfernt. Keinem vernünftigen Menschen würde es heute noch einfallen, in diesen Flüssen zu baden, aber die Einwohner von Orten wie Singac und Mountain View können sich vor dem Schmutzwasser der beiden Flüsse nicht schützen. Alle zwei Jahre pflegen die Flüsse im Frühjahr über ihre Ufer zu treten und die umliegenden Häuser zu überschwemmen. Dafür durften die Betroffenen dann ihre im Wasser stehenden Häuser auf den Fotos bewundern, mit denen die New-Jersey-Beilage der *New York Times* ihre Berichte über das Naturereignis illustrierte. War die Überschwemmung besonders katastrophal, so widmete man ihnen gar die Titelseite.

Dexter arbeitete, wie wir hörten, in einer Eisdiele im Einkaufszentrum. Aus reiner Höflichkeit zogen wir nicht gleich wieder ab, sondern unterhielten uns noch ein paar Minuten mit seiner Mutter.

Dwight, erzählte sie, sei immer ein guter Junge gewesen. Sie sei absolut sicher, daß er seine Frau nicht getötet hatte. Ein Glück, meinte sie, daß er diesen netten Anwalt hätte, der zweifellos seine Unschuld beweisen würde, und daß zwei so nette Herren wie wir versuchten, ihm zu helfen. Das Haus, in dem sie lebte, hatte Dwight mit dem Geld gekauft, das er nach der Vertragsunterzeichnung mit den Yankees erhalten hatte. Sie hatte eine Hypothek aufnehmen wollen, um für Dwights Kaution aufzukommen, aber das hatte er ihr verboten. Nun konnte sie nur für ihn beten.

Dwight hatte das Haus von Thomas Vreeland gekauft. Es war eine verzwickte Transaktion gewesen, die sie schon damals nicht verstanden hatte. »Und jetzt«, fügte sie hinzu, »kenne ich mich überhaupt nicht mehr aus.«

»Wie meinen Sie das?« fragte ich.

»Mr. Vreeland wollte mir das Haus wieder abkaufen und es einer anderen Frau geben. Er sagte, er würde mir tausend Dollar extra zahlen, und ich müßte auch nicht ausziehen. Aber dann rief er mich eines Tages wieder an und sagte, er wolle das Haus nun doch nicht kaufen, weil die andere Frau vielleicht nicht so vertrauenswürdig wäre. Er sagte, ich könnte mir was dazuverdienen, wenn ich bereit wäre, auch

noch andere Häuser zu übernehmen. Ich hab' überhaupt nichts begriffen, aber ich sagte natürlich ja; Geld kann man ja heute nie zuviel haben.«
Nate und ich tauschten verwunderte Blicke, während Dahlia Robinson eine kurze Atempause einlegte.
»Aber jetzt«, fuhr sie dann fort, »wird Mr. Vreeland wohl nicht mehr daran denken, mit uns Geschäfte zu machen. Ich hab' ja gehört, wie er im Fernsehen über meinen Sohn geredet hat.«
»Wie lange ist das her, daß er Sie angerufen hat?« fragte ich.
»Ach, ungefähr zwei Monate. Einzelheiten weiß ich sowieso nicht, weil er nur das eine Mal davon gesprochen hat.«
Ehe wir gingen, zeigte sie uns noch ihren stolzesten Besitz, einen kleinen Geschirrschrank mit Glastüren. Auf den Borden dahinter standen akkurat aufgereiht blank polierte Pokale und Silberteller.
»Die hat fast alle Dwight gewonnen«, erklärte sie. »Aber es sind auch ein paar von Dexter dabei.«
Wir zollten den Trophäen gebührende Bewunderung, dann steuerte Nate auf die Haustür zu. Ich hatte den Eindruck, daß Dahlia Robinson uns gern noch bei sich behalten hätte. Ich sah, wie ihre Augen feucht wurden. Sie hatte schöne Augen, groß und dunkel. Sie war eine hübsche Frau.
»Bitte helfen Sie meinem Sohn«, sagte sie. »Ich weiß, daß er Probleme hat und oft Dummheiten gemacht hat, aber niemals würde er einen anderen Menschen umbringen.«
»Wir werden alles tun, was in unserer Macht steht«, versprach ich ihr. »Und hören Sie nicht auf zu beten.«
»Seit wann bist du so fromm?« fragte Nate, als wir die holprige Straße hinunterrumpelten.
»Und da sagen die Leute, *ich* hätte eine miese Einstellung«, versetzte ich.
Wir wanderten ewig in dem gigantischen Einkaufszentrum herum, ehe wir die Eisdiele fanden, wo Dexter Robinson arbeitete. Hinter einer Theke auf der linken Seite des Ladenraumes entdeckten wir einen großen Schwarzen mit weißer Mütze, der gerade einer niedlichen Blondine im geblümten Kleid ein Eis zurechtmachte. Dexter war viel dünner als sein jüngerer Bruder, aber die Ähnlichkeit der kantigen Gesichter war nicht zu übersehen.

Wir erreichten die Theke gerade in dem Moment, als er sich darüber neigte und dem Mädchen eine riesige Eistüte in die Hand drückte.
»Die schenk ich dir, weil du so hübsch bist.«
»He, das ist nett. Vielen Dank«, sagte das Mädchen.
»Gern geschehen.« Lächelnd neigte er sich noch etwas weiter über die Theke. »Triff mich heute abend nach der Arbeit, dann kriegst du noch was viel Besseres von mir«, sagte er mit einem zweideutigen Grinsen.
»Ekelhaftes Schwein«, fuhr das Mädchen ihn an und ging.
Dexters Gesicht verfinsterte sich, aber als er uns bemerkte, versuchte er, Nonchalance zu zeigen. »Weiber!« Er zuckte die Achseln. »Die wissen eben nicht, was gut ist.«
»Wenn Sie's weiter umsonst verteilen, werden Sie Ihren Job bald los sein«, sagte ich.
»Na, wenn schon! Den beschissenen Job brauch' ich sowieso nicht. Was hätten Sie beide denn gern? Der Boß ist gerade beim Essen, da kann ich Ihnen fürs Rumeis einen guten Preis machen. Sie müssen mir allerdings Ihren Ausweis zeigen, damit ich sehen kann, ob Sie auch über achtzehn sind.«
Er war überrascht, als ich ihm tatsächlich meinen Ausweis unter die Nase hielt. »Sie sind Dexter, stimmt's?«
»Und wer sind Sie?«
Mein Dienstausweis hatte ihn anscheinend so erschreckt, daß er vergessen hatte, den Namen zu lesen. Ich hielt ihm das Papier noch einmal hin. »Ihre Mutter hat uns gesagt, daß wir Sie hier finden. Wir wollen Ihrem Bruder helfen.«
»Ach ja? Wie geht's ihm denn, dem alten Sportsfreund?«
»Er hockt im Knast, verdammt noch mal«, fuhr Nate ihn an.
»Hoppla!« Dexter zuckte zurück. »Mann, ist Ihr Freund aggressiv.«
»Genau wie ich. Wir versuchen rauszukriegen, wer Cynthia umgebracht hat.«
»Da brauchen Sie mich nicht anzuschauen. Ich war's nicht.«
»Ihr Bruder auch nicht.«
»Ja, ich weiß, daß er das sagt.«
»Heißt das, daß Sie ihm nicht glauben?«
»Aber klar doch, Mann. Natürlich glaub' ich ihm. Er ist

schließlich mein Bruder. Ich hab' versucht, ihm die Stange zu halten. Ich hab' ihm ein Alibi gegeben. Hab' den Bullen erzählt, wir wären zusammen in der Kneipe gewesen.«
»Das haben wir gehört. Und wir haben auch gehört, daß Sie an dem Abend allein in der Kneipe gesehen worden sind.«
»Stimmt. Aber das war am frühen Abend. Ich hätte gut später woanders mit ihm gesessen haben können.«
»Aber das war nicht der Fall«, sagte Nate.
Er nickte. »Stimmt.«
Ein dicker Mann kam zur Theke gewatschelt und verlangte zwei Kugeln Heidelbeereis. Die Tüte, die Dexter ihm reichte, war beträchtlich kleiner als die, die er vorher dem Mädchen gegeben hatte. Der Mann legte ihm das Geld abgezählt auf die Theke. Dexter wollte es schon in seine Tasche schieben, da fiel sein Blick auf uns und er legte es in die Kasse. Sein Chef hatte bestimmt keine Ahnung, wie teuer ihn sein tägliches Mittagessen tatsächlich kam.
»Also, wo waren wir?« fragte Dexter, als der Dicke gegangen war.
»Sie waren in der Kneipe«, erinnerte Nate ihn.
»Richtig. Bei *Pete.*«
»Das ist der Laden in Mountain View?« fragte ich. »Der dem Golflehrer gehört?«
Dexter nickte. »Genau.«
»Ihr Bruder meinte, ein gewisser Shake Johnson könnte Cynthia getötet haben«, bemerkte ich.
»Könnte sein«, bestätigte Dexter. »Ich hab' ihn an dem Abend bei *Pete* gesehen, aber ich bin um neun gegangen. Shake ist ein mieser Typ. Dwight schuldete ihm Geld, wissen Sie, und Shake wollte nicht warten. Letzte Woche hat er Dwight an seinem Wagen den Scheinwerfer eingeschlagen.«
»Haben Sie das gesehen?«
»Nein, mein Bruder hat mir's erzählt. Und Shake hat auch noch damit angegeben. Er hat Dwight sogar damit gedroht, daß er sich seine Bezahlung bei Cynthia holen würde.«
»Was meinte er damit?«
»Dreimal dürfen Sie raten.« Dexter schloß Daumen und Zeigefinger der linken Hand zum Kreis und stach mit dem rechten Zeigefinger hinein.

»Wir haben gehört, daß Shake mit Tommy Vreeland befreundet ist«, sagte Nate.
Genau der Gedanke war mir durch den Kopf gegangen. Was mußte das für ein Mensch sein, der auch nur im Scherz damit drohte, die Schwester seines Freundes zu vergewaltigen.
»Ja, die zwei sind viel zusammen.« Dexter zuckte die Achseln. »Tommy hält ihn vielleicht für seinen Freund, aber Shake ist niemands Freund.«
Aus dem Hinterzimmer rief ein Mann nach Dexter.
»Ich hab' jetzt keine Zeit mehr«, sagte er. »Mal sehen, was das alte Ekel jetzt wieder will.«
»Nur noch eine Frage«, sagte ich. »Waren Sie oft bei Dwight zu Hause?«
»Klar.«
»Sind Sie auch rübergefahren, wenn Dwight nicht zu Hause war?«
»Um Cynthia zu besuchen, meinen Sie?« Dexter warf einen Blick über die Schulter, als sein Chef erneut nach ihm rief. »Selten. Nur, wenn sie mich eingeladen hat. Dann haben wir ein bißchen miteinander gequatscht.« Er drehte sich um. »Also dann . . .«
»An dem Abend, als sie umgebracht wurde, waren Sie nicht zufällig drüben, um mit ihr zu quatschen?« rief Nate ihm nach.
Dexter bleib stehen und wirbelte herum. Jetzt, wo er nicht mehr grinste, sah er seinem Bruder sehr ähnlich.
»Was glauben Sie denn, Mann? Das ist ja wohl der reinste Blödsinn.«
»Das fragt sich«, murmelte Nate, als wir uns zum Gehen wandten.
Ich war ganz seiner Meinung.

## 9

Wir fuhren auf der Route 23 in nördlicher Richtung und landeten mitten im dicksten Stau.
»Na, bist du jetzt nicht froh, daß ich das Bier mitgenommen

habe?« fragte Nate, während wir im Schneckentempo vorwärtskrochen.
»Es sind ja nur zwei Meilen«, meinte ich, nahm aber trotzdem ein schönes eisgekühltes Bier.
»Ich hätte gleich einen ganzen Kasten mitnehmen sollen. Woher kommen diese Massen überhaupt?«
»Die wohnen hier«, antwortete ich.
»Und ich dachte immer, auf dem Land geht's geruhsam zu.«
Ich kreuzte zwei Fahrspuren und fuhr an der Ausfahrt Mountain View ab. Das wütende Hupen einiger Staugenossen, die sich übervorteilt fühlten, beantwortete Nate mit eindeutigem Fingerzeichen.
»Plauderstündchen mit Shake?« fragte er.
»Ich wollte eigentlich erst Thomas Vreeland und seinem Sohn meine Aufwartung machen.«
»Hast du einen Termin?«
»Nein, aber du mußt dich für das Golfturnier anmelden.«
»He, das gehört nicht zu meinem Aufgabenbereich.«
»Was ist los mit dir? Hast du keine Lust, Frank Sinatra persönlich kennenzulernen?«
»Nur, wenn er Sammy Davis jr. mitbringt.«
»Ist der nicht Franks Caddie?«
»Du meinst Jack Carter. Sammy Davis ist *Nixons* Caddie.«
»Ach ja, richtig.« Wie hatte ich das nur vergessen können.
»Wie dem auch sei, dir täte es bestimmt gut, wenn du zur Abwechslung mal an die frische Luft kommst und deine steifen Glieder ein bißchen bewegst.«
»Das ist die Frage. Ich hab' in meinem Leben noch nie Golf gespielt. Ich hab' keine Schläger. Ich kenne nicht mal jemanden, der welche hat.«
»Ach, Schläger kriegen wir bestimmt irgendwo her für dich.«
Er runzelte die Stirn, dann grinste er plötzlich.
»Okay, ich mach' mit, aber nur, wenn du mir die Schläger trägst.«
»Aber selbstverständlich.« Ich hatte gewußt, daß das kommen würde.
Kurz vor dem Bahnübergang in Mountain View kamen wir an einem tristen einstöckigen Bau aus Löschbeton vorüber, über dessen Tür in Leuchtschrift der Name einer Brauerei prangte.

Auf einem der großen Fenster stand: »Bei Pete – die gemütliche Kneipe«.
»Wirklich sehr gemütlich«, stellte Nate fest.
»So gemütlich wie der ganze Ort«, sagte ich.
Mountain View war ein dreckiges kleines Nest mit ungefähr acht engen Straßen und achtzig Kneipen, von denen eine finsterer war als die nächste. In der Ortsmitte gab es einen kleinen Platz mit ein paar heruntergekommenen Läden und mindestens fünfzehn Waschsalons. Zwei Seitenstraßen waren mit Autoreparaturwerkstätten und leerstehenden Ladenbauten gesäumt. Nur ein Geschäftshaus war frisch gestrichen – Vreeland & Sohn, Immobilien.
Zwei Straßen und vier Kneipen hinter dem Bahnübergang bogen wir nach rechts ab und fuhren die kurze, gewundene Straße nach Mountain Lake hinauf. Nach einem knappen Kilometer versperrte uns eine grüngestrichene Schranke den Weg. Aus dem Häuschen am Straßenrand dröhnte uns Rockmusik von ohrenbetäubender Lautstärke entgegen.
Wir hielten an. Ein pickeliger Junge beugte sich aus dem Häuschen. Er sah aus wie höchstens sechzehn, aber vermutlich war er älter; sonst hätte er nämlich in der Schule sein müssen.
»Zu wem wollen Sie?« brüllte er.
»Das ist Nate Moore«, brüllte ich zurück. »Er muß sich für das Golfturnier anmelden.«
Der Junge schaute mit zusammengekniffenen Augen durch das Wagenfenster und inspizierte Nate. Er drehte das Radio herunter, aber die Musik war immer noch laut genug, um sämtliche Trommelfelle in der näheren Umgebung zu gefährden.
»Die Anmeldung müssen Sie mit der Post schicken.«
»Das weiß ich«, schrie Nate. »Das wollte ich auch, aber meine Katze hat mitten auf die Unterlagen gekotzt. Das passiert jedesmal, wenn ich ihr das billige Futter kaufe.«
Der Junge schaute einen Moment lang, als könnte er seinen Ohren nicht trauen, dann fing er an zu lachen.
»Ich hab' mir gedacht, daß Tom Vreeland sich bestimmt nicht freuen würde, wenn sein Briefkasten plötzlich wie ein alter Nachttopf riecht«, fuhr Nate fort. »Darum bin ich selber her-

gefahren. Ich dachte, da könnte ich mir auch gleich mal den Platz ansehen.«

»Okay. Aber erst muß ich in der Liste nachschauen. Kann ein paar Minuten dauern.«

Es dauerte länger. Er machte sich daran, einen Stapel von Papieren durchzusehen, studierte jedes einzelne so angestrengt, als müßte er Hieroglyphen entziffern.

»Die haben sie anscheinend schon wieder oben. Da muß ich erst im Klubhaus anrufen.«

»Spar dir die Mühe.« Ich zog einen Zehner aus meiner Brieftasche und winkte damit zum Fenster hinaus.

»Ich weiß nicht.« Sein Ton war zögernd; die Hand, die nach dem Schein griff, war es nicht.

»Ist schon in Ordnung«, beruhigte ich ihn. »Kauf dir ein Päckchen Panama Red dafür.«

Der Junge grinste dümmlich. Dann fummelte er an einem Schalter, und die grüne Schranke ging in die Höhe. Am liebsten hätte ich ihm geraten, sich gleich auch noch eine Creme gegen Akne zu kaufen, aber ich hielt mich zurück. So eine Bemerkung kann bei einem jungen Menschen ein lebenslanges Trauma auslösen.

»Sonst kostet's immer einen Zwanziger«, rief der Knabe frech, als wir anfuhren, »aber bei Ihnen mach' ich eine Ausnahme.«

So anspruchsvoll Mountain Lake sich gab, es war bei weitem nicht so prächtig wie das Land des Zauberers Oz, auch wenn es ebenso wie dieses eindeutig das Produkt eines bösen Traums war. Die breiten Straßen waren nicht mit Gold gepflastert, sondern knallig grün gestrichen. Die Häuser waren alle riesengroß, aber einschläfernd trist.

»He, schau mal!« Nate wies auf ein Straßenschild. »Sam Snead Drive. Das nenn' ich Golfenthusiasmus.«

An dem Pfosten waren noch zwei weitere Schilder angebracht; das eine zeigte ein stilisiertes Segelboot, das andere einen Golfball; beide waren mit Pfeilen versehen. Wir folgten den Pfeilen, die den Weg zum Golfplatz wiesen, fuhren ein Stück den Arnold Palmer Way entlang und bogen dann nach links in die Gene Sarazen Street ab. Auf der Ostseite des kleinen künstlichen Sees, am Ende des Dwight D. Eisenhower Court, war der Country Club.

»Der Name paßt nicht so ganz«, bemerkte Nate.
»Eisenhower war ein leidenschaftlicher Golfspieler«, klärte ich ihn auf.
»Muß ein Golfplatz nicht sechzehn Löcher haben?« fragte er, als ich den Corvair zwischen zwei dicken Lincolns parkte.
»Achtzehn.«
»Hier steht, daß dieser Platz nur neun Löcher hat. Ziemlich mickrig, findest du nicht?«
»Sag das dem ehrenwerten Mr. Vreeland.«
Im Clubhaus empfing uns ein junger Kerl, der ein Bruder des Burschen draußen am Torhäuschen hätte sein können. Es dauerte fast eine halbe Stunde, ehe Nate endlich für das zehnte Sarah-Winchester-Gedenkturnier angemeldet war. Zum Beweis seiner Zulassung bekam er einen ganzen Packen Werbematerial in die Hand gedrückt.
»Ist Mr. Vreeland hier?« fragte ich den Jungen.
»Vorhin war er noch da. Er hat mit Tommy und Mr. Winchester gespielt. Vielleicht sitzen sie noch in der Bar. Kann aber auch sein, daß sie heimgefahren sind.«
»Wollen wir mal nachsehen?« fragte Nate und wies mit dem Kopf zum Eingang zur Bar.
»Da müssen Sie Mitglied sein«, sagte der Junge.
Nate wedelte mit dem Getränkebon, den er zusammen mit seiner Anmeldekarte bekommen hatte.
»Der gilt nur am Turniertag.«
»Hab' mir ja gleich gedacht, daß da ein Haken dabei ist.«
Flüchtig erwog ich, dem Jungen einen Zehner zuzustecken. Aber dann war mir mein Geld zu schade.
»Und ich dachte, ich gehöre zur Prominenz«, brummte Nate enttäuscht. »Dean Martin hätte bestimmt rein gedurft.«
Ich erinnerte ihn daran, daß wir genug Bier im Auto hatten, aber das konnte seinen Durst nach Hochachtung nicht stillen.
»Eines Tages wird mir dieser Golfplatz gehören, junger Mann«, erklärte er von oben herab.
Wir fanden den Ben Hogan Drive, die Straße, wo Vreeland sein Haus hatte, ohne Mühe. Und auch das Haus fanden wir im Nu – es war das einzige in der ganzen Straße. Sollten die Bewohner von Mountain Lake je nach einem Golfplatz mit achtzehn Löchern Sehnsucht bekommen, brauchten sie nur

Thomas Vreelands Vorgarten mit ein paar Fähnchen und Sandbunkern auszustatten. Groß genug war er. Man hätte auf dem Weg von der Straße bis zur Garage leicht mehrere Dosen Bier leeren können. Vor dem Haus wuchsen Rosenbüsche, und rechts und links von der breiten Marmortreppe standen lebensgroße Statuen ehemaliger Golfgrößen.

»Ich hab' so das Gefühl, daß Golf im Leben dieses Mannes eine wichtige Rolle spielt«, bemerkte Nate.

Eine korpulente Schwarze im dunklen Kleid mit weißem Schürzchen öffnete uns die Tür auf unser Läuten. Sie führte uns in ein Foyer, das so groß war wie Dahlia Robinsons ganzes Haus. Dann ging sie davon und kehrte Augenblicke später mit einem großen, grauhaarigen Mann zurück.

Thomas Vreeland, tief gebräunt, schlank und elastisch, mochte etwa sechzig Jahre alt sein. Ihm folgte ein zweiter Mann, der wie sein Abziehbild aussah, nur war sein Haar blond, und er war höchstens Ende Zwanzig. Als ich zu sprechen begann, bemerkte ich eine junge Frau, die um die Ecke des Flurs kam und hinter Vater und Sohn stehen blieb.

Die Vorstellung ging glatt. Aber weiter kamen wir nicht. Noch ehe ich mit meiner Erklärung, daß wir im Auftrag von Dwight Robinsons Anwalt tätig waren, zu Ende gekommen war, lief Thomas Vreelands Gesicht tiefrot an.

»Wie können Sie es wagen, sich hier blicken zu lassen!« donnerte Vreeland. »Sie arbeiten für diesen gemeinen Mörder –«

»Wir haben guten Grund zu glauben, daß Dwight Robinson Ihre Tochter nicht ermordet hat«, unterbrach ich ihn. »Ich weiß, daß es für Sie schwer ist –«

»Raus!« brüllte Tommy Vreeland und trat einen Schritt auf uns zu.

Ich spürte, wie Nate neben mir sich zum Kampf bereitmachte, und hoffte, so weit würde es nicht kommen.

Thomas Vreeland versperrte seinem Sohn mit ausgestrecktem Arm den Weg.

»Verschwinden Sie auf der Stelle aus meinem Haus, sonst lasse ich Sie wegen Hausfriedensbruch festnehmen«, rief er.

Ich verstand ihre Erregung, aber soviel Feindseligkeit hatte ich nicht erwartet. Vreeland hatte seine Tochter verloren; doch wenn sich herausstellte, daß Dwight sie nicht getötet

hatte, so hieß es, daß der Mörder noch auf freiem Fuß war. Und er war wiederum nicht so gramgebeugt, daß ihm die Lust zum Golfspielen vergangen war.
Mit einer Hand zog ich die Haustür auf, mit der anderen kramte ich eine Visitenkarte aus meiner Jackentasche. »Wir wollen keinen Ärger machen«, sagte ich und bot mit ausgestrecktem Arm meine Karte an. Aber niemand nahm sie. »Vielleicht würden Sie sich später mit mir –«
»Raus jetzt, Sie Schwein!« brüllte Tommy.
Nate maß ihn mit herablassendem Lächeln. »Wir sind schon unterwegs, Kleiner.«
Ich ließ die Karte los und sah zu, wie sie zu Boden flatterte und kurz vor Tommy Vreelands Füßen landete. Das Dienstmädchen lief eilig hin und hob sie auf.
»Reizende Leute«, sagte Nate, als wir draußen waren. »Beim Junior sind's vielleicht die Drüsen.«
Ich blickte über die Schulter zurück. Thomas Vreeland und sein Sohn standen auf der weiß leuchtenden Marmortreppe und verfolgten uns mit finsteren Blicken.
»Vielleicht sind's auch die Gene«, sagte ich.

## 10

Ich war auf der Rennbahn Bowie in Maryland und stand in der Schlange vor dem Wettfenster, weil ich fünfzig Riesen auf ein Pferd namens Bremer's Boy setzen wollte. Genau in dem Moment, als ich an der Reihe war, fiel am Wettfenster eine Jalousie herunter. Auf ihr war ein großes Buntfotot von George Wallace, dem Gouverneur von Alabama. Ich drängte mich durch das Menschengewühl zur Tribüne. Unterwegs fragte ich einen dicken Mann, der einen Strohhut mit einem Bild Wallaces darauf auf dem Kopf hatte, ob ich das dritte Rennen verpaßt hätte. Er antwortete mir mit typischem Südstaaten-Akzent.
»Sie wollten zum Pferderennen? Hier findet kein Pferderennen statt, Goldjunge. Das ist das Rennen um die Präsidentschaft hier. Sie sind offenbar auf der falschen Bahn.«

Er hatte recht. Als ich mich umschaute, sah ich, daß alle außer mir diese blöden Hüte trugen. Und oben auf dem Zielrichterhaus stand George Wallace und brüllte in ein Megaphon. Auch er trug einen dieser blöden Hüte.
Er schrie, die Leute sollten sich diesen mundfertigen Kerlen in ihren Nadelstreifenanzügen, die in der Wall Street mit ihren Aktenköfferchen herumliefen, nicht unterlegen fühlen.
»Die Burschen sehen vielleicht wichtig aus«, rief er, »aber wißt ihr, was sie in ihren schnieken Aktenköfferchen herumtragen?«
Die Menge wurde still. Offenbar war ich der einzige, der die Antwort auf diese Frage wußte. Ich hatte die Rede schon einmal gehört.
»Nichts haben sie in ihren Aktenkoffern. Nichts als ein Erdnußbutterbrot!«
Die Menge brüllte vor Lachen, bis plötzlich links von mir Maschinengewehre zu knattern begannen. Ich ging in Deckung und fand sie – in meinem Bett unter der Decke.
Das Maschinengewehr auf meinem Nachttisch knatterte weiter. Aber es war natürlich kein Maschinengewehr, sondern nur das Telefon. Meiner Meinung nach ein ebenso tödliches Instrument. Besonders, wenn es früh um sieben läutet.
Ich kroch aus der Deckung und hob den Hörer ab. Mike O'Learys Stimme traf mein Ohr wie eine Granate.
»Aufgewacht, Dornröschen. Zeit, an die Arbeit zu gehen.«
»Weißt du eigentlich, wie spät – oder besser, wie früh es ist? Was willst du jetzt schon von mir, du gottverdammter Ruhestörer?«
»Ich hab' eine angenehme Nachricht, die ich dir mitteilen wollte.«
»Was denn?« Vor dem Frühstück neige ich zur Einsilbigkeit. Ich sagte Mike, er solle einen Moment warten, und ging zum Herd, um Kaffeewasser aufzusetzen.
»Ich hab's gestern noch geschafft, Dwights Kaution auf die Hälfte zu drücken. Nur noch eine Viertelmillion.«
»Das ist immer noch ein Haufen Kohle.«
»Aber eine Verbesserung. Wenn wir jetzt irgendwo zweitausendfünfhundert Dollar herkriegen können, kriegen wir ihn frei.«

»Verkauf doch sein Haus.«
»Das Haus gehört ihm nicht. Hab' ich dir das nicht gesagt?«
»Nein.«
»Strenggenommen gehört es Cynthia. Ihr Vater hat für die gesamte Finanzierung gesorgt. Wenn er nicht gewesen wäre, hätten sie niemals in dieses Viertel ziehen können.«
»Wieso nicht?«
»Überleg mal 'ne Sekunde, Einstein.«
»Ach so, ja.«
»Es gibt Gesetze, die Minderheiten vor Diskriminierung schützen, aber damit ist das Problem nicht aus der Welt geschafft. Kein Gesetz kann die Immobilienmakler daran hindern, ihr eigenes Süppchen zu kochen.«
Besten Dank für die Lektion, Herr Rechtsanwalt. Ich bin nicht blöde, nur verschlafen. Aber das würde sich gleich ändern. Ich schlürfte jetzt meinen Kaffee und steckte mir eine Zigarette an. Achtung Welt, ich komme!
»Hast du inzwischen Fortschritte gemacht?« erkundigte sich Mike.
»Ich hab's immerhin geschafft, aus dem Bett zu kriechen, falls du das meinen solltest.«
»Nein, das meine ich nicht. Verschwende das bißchen Energie, das du morgens aufbringst, lieber nicht an klägliche Versuche, witzig zu sein. Erzähl mir, was sich bisher bei dir getan hat? Hast du ein paar andere Verdächtige gefunden?«
»Ein oder zwei mögliche Kandidaten, aber im Grunde genommen sind wir keinen Schritt weitergekommen. Und so wird's voraussichtlich auch bleiben, wenn du mich nicht in dein süßes Geheimnis einweihst.«
»Das kann ich nicht.«
»Na gut. Schönen Tag dann.« Ich hörte Mike brüllen, als ich Anstalten machte, aufzulegen. Ich wartete, bis er fertig war, ehe ich den Hörer wieder ans Ohr drückte.
»Ich brauche mehr Handfestes, Mike. Wir haben noch nicht mit Shake Johnson gesprochen, aber Pucinsky von der Polizei sagt, er hätte ein Alibi. Ich bin durchaus bereit, Dwights Bemerkungen über die Gerechtigkeit der Weißen zu glauben, aber bis jetzt ist er immer noch der Hauptverdächtige. Willst du wissen, wer gleich nach ihm kommt?«

»Wer?«
»Sein Bruder Dexter.«
»Ach, hör auf. Das ist doch lächerlich.«
»Verrat mir Dwights Alibi, Mike.«
Mike seufzte. »Ich kann dir ein bißchen was dazu sagen, aber nicht alles.«
»Dann los.«
»Die Person, die mich engagiert hat, war an dem Abend des Mordes mit Dwight im Bett. Sie ist eine wohlhabende Frau, die einen guten Ruf zu verlieren hat. Natürlich will sie nicht in diese Sache hineingezogen werden.«
»Natürlich nicht. Die Dame ist vermutlich verheiratet?«
»Das hab' ich nicht gesagt.«
»Dann ist sie also nicht verheiratet.«
»Das hab' ich auch nicht gesagt.«
»Ist es eine Weiße?«
»Ja. Sie hat Dwight über mich fünfzigtausend Dollar anbieten lassen, damit er nichts sagt. Deshalb ist er so zugeknöpft.«
»Bist du auch deshalb so zugeknöpft? Was zahlt sie dir denn?«
»Das geht dich einen Dreck an.«
»Ich hab' eine Idee: Warum stellst du nicht Kaution für ihn?«
»He, ich bin Anwalt, nicht der Weihnachtsmann.«
»Keine Sorge, mit dem verwechselt dich bestimmt keiner. Ist diese wohlhabende Dame der Grund, weshalb Cynthia die Scheidung wollte?«
»Nein, glaube ich nicht. Dwight sagt, Cynthia hatte keine Ahnung, daß er Seitensprünge machte.«
Das konnte stimmen oder auch nicht. Ehefrauen wissen im allgemeinen mehr über die Aktivitäten ihrer Männer, als diese wahrhaben wollen.
»Ist sie bereit, im Fall eines Prozesses auszusagen?«
»Das kommt darauf an.«
»Worauf?«
»Das kann ich nicht sagen.« Er schwieg einen Moment, und ich hörte, wie er Kaffee schlürfte. Zumindest nahm ich an, es wäre Kaffee. Mit dem Alkohol fängt er im allgemeinen erst mittags an. »Wenn du den Mörder ausfindig machen würdest, brauchten wir uns wegen eines Prozesses keine Gedanken zu machen.«

»Warum streckt sie Dwight nicht das Geld für die Kaution vor?« fragte ich.
»Das will sie nicht. Sie scheint zu glauben, in Freiheit wäre er in Gefahr. Außerdem hat sie meiner Ansicht nach Angst, daß er, einmal auf freiem Fuß, eher versucht sein könnte, zu reden.«
»Ich möchte mit ihr sprechen.«
»Pech für dich. Ich hab' dir sowieso schon mehr gesagt, als ich eigentlich durfte.«
»Aber das könnte uns beiden einen Haufen Geld sparen. So wie ich jetzt arbeiten muß, mit null Informationen, wird das ein teurer Spaß.«
»Ach, verdammt, ich will sehen, was ich tun kann. Aber kommen wir jetzt mal zu dir. Was gibt's zu berichten?«
Ich erzählte von unseren diversen Begegnungen – mit Anna Paslawski und Warren Shepherd, mit Hal Pucinsky und Dexter Robinson. Er lachte, als ich ihm von unserem Rencontre mit Thomas Vreeland und Sohn berichtete.
»Hättest du ihn doch k. o. geschlagen«, sagte er. »Vreeland ist ein echtes Arschloch. Aber bei dem mußt du vorsichtig sein. Er hat eine Menge Einfluß. Halb New Jersey gehört ihm. Sein Bruder, Bob Winchester, ist genauso ein übler Typ.«
»Das ist der Kongreßabgeordnete, nicht wahr?«
»Richtig. Aber jetzt kandidiert er für den Senat. Rat mal, wer ihn finanziert?«
Das brauchte ich gar nicht. »Hast du in deiner Kanzlei jemanden, der ein paar Recherchen machen kann?« fragte ich. »Es müßte jemand sein, der sich im Immobiliengeschäft auskennt.«
»Das kann meine Sekretärin erledigen, wenn's nicht zu kompliziert ist.«
Ich berichtete ihm von Thomas Vreelands Angebot an Dahlia Robinson, sie zur mehrfachen Hauseigentümerin zu machen. »Ich möchte eine Liste von allem, was ihm gehört.«
»Das wird nicht klappen. Das hat er bestimmt alles verschleiert. Wir werden nie rauskriegen, was er an Grundbesitz und anderem Vermögen hat.«
Natürlich. Das bewies ja schon sein Angebot an Dahlia Robinson.

»Aber wir können wenigstens die Namen der Hauseigentümer im Überschwemmungsgebiet überprüfen.«
»Ich weiß noch was Besseres«, entgegnete er. »Wir überprüfen sämtliche Häuser an der Zwei-Siebenundachtzig.«
»Was ist das?«
»Ein neuer Highway, der geplant ist.«
»Das ist sicher ein Projekt des ehrenwerten Kongreßabgeordneten Winchester, wie?«
»Du sagst es.«
Im Hintergrund hörte ich plötzlich eine Frauenstimme. Mikes Sekretärin teilte ihm mit, daß er am anderen Apparat verlangt werde.
»Sagen Sie ihr, sie soll einen Moment dranbleiben«, gab Mike zurück. Dann richtete er das Wort wieder an mich. »Der Highway steht zusammmen mit dem Kampf gegen die Abschaffung der Todesstrafe an oberster Stelle auf Bob Winchesters Aktionsliste.«
»Also, ich will dich nicht länger aufhalten«, sagte ich, weniger aus Rücksicht als aus Lust auf eine zweite Tasse Kaffee. »Vielen Dank, Mike. Du bist doch nicht so dumm wie du aussiehst.«
Er ignorierte die Bemerkung. »Hast du nicht Lust, am Sonntag zum Essen zu Kathy zu kommen? Sie hat gesagt, sie würde dich gern mal wiedersehen.«
»Ich nehm' alles zurück. Du bist sogar noch dümmer als du aussiehst.«
»Ach, stell dich doch nicht an. Es wäre wie in alten Zeiten.«
Ich ließ Mike wissen, was ich von den alten Zeiten hielt, indem ich wortlos auflege. Zwei Minuten später läutete das Telefon schon wieder.
»Nein, kommt nicht in Frage«, sagte ich sofort, da ich glaubte, es wäre Mike, der noch einmal nachhaken wollte.
»Aber Sie haben ja mein Angebot noch gar nicht gehört«, erwiderte eine Frau mit einer angenehm dunklen Stimme und lachte. »So schnell hat mich noch nie jemand abblitzen lassen.«
Ich murmelte eine Entschuldigung.
»Sie kennen mich nicht«, fuhr die Frau fort. »Mein Name ist Terry Vreeland. Wir haben uns gestern abend flüchtig gese-

hen. Mein Bruder zerriß Ihre Karte in tausend Fetzen, und ich habe sie in mühevoller Kleinarbeit wieder zusammengesetzt.«
»Wie nett, daß Sie sich die Mühe gemacht haben.«
»Sind Sie immer noch an einem Gespräch über Dwight Robinson interessiert?«
Ich versicherte sie meines glühenden Interesses.
»Kommen Sie morgen früh um neun zum ersten Abschlag in Mountain Lake. Ich warte dort auf Sie.«
»Spielen wir Golf?« Ich konnte den Horror in meiner Stimme nicht ganz unterdrücken.
»Ja. Sie können doch spielen, oder?«
»Ich habe jedenfalls eine Ahnung von den grundlegenden Regeln.«
»Das ist schon allerhand. Bis morgen also.«
»Moment! Wie komm' ich rein?«
»Das haben Sie doch gestern ganz gut geschafft.«
»Das war ein Sonderfall.« Ich wollte ihr nicht sagen, daß es nur eines Zehndollarscheins bedurft hatte. Dann hätte man den Jungen im Wärterhäuschen wahrscheinlich an die Luft gesetzt.
»Ich hinterlasse Ihren Namen am Tor. Wenn Sie trotzdem Schwierigkeiten haben, rufen Sie im Clubhaus an. Die finden mich dann schon.«
Sonderbar, daß Terry Vreeland mich so kurz nach dem Gespräch mit Mike O'Leary angerufen hatte. Ich konnte es nicht für einen Zufall halten. Vielleicht, dachte ich, war sie es gewesen, die bei ihm angerufen hatte, während er noch mit mir telefoniert hatte. Vielleicht war sie die Frau, die ihn engagiert hatte.
Ich schenkte mir eine frische Tasse Kaffee ein und machte eine Liste aller Leute meiner Bekanntschaft, die eine Golfausrüstung besaßen. Ich brachte es auf genau zwei Namen. Dann fiel mir ein, daß der eine der Kandidaten vor drei Jahren gestorben war; das verengte den Kreis beträchtlich.
Mir graute vor dem Anruf, aber wenn ich mit Terry Vreeland ins Gespräch kommen wollte, sagte ich mir, hatte ich kaum eine andere Wahl. Und ich hatte das Gefühl, daß der Ausflug mit Terry Vreeland endlich den Durchbruch bringen würde, den wir brauchten.
Ich hob ab und begann zu wählen, halb hoffend, es würde sich

niemand melden. Flüchtig überlegte ich, wieviel eine Golfausrüstung kosten würde. Dann wandten sich meine Gedanken meinem Schwager zu, und ich fragte mich, ob er mich immer noch so haßte.
Wahrscheinlich. Meine Abneigung gegen ihn war jedenfalls nicht abgeflaut.
Es war besetzt. Vielleicht war er gestorben, und meine Schwester erledigte gerade die Formalitäten für seine Beerdigung. Nichts als Illusion natürlich.
Ich versuchte, mich beim Golfspiel zu sehen. Kein erfreuliches Bild. Ich erinnerte mich an die Zeiten, wo ich als Caddie gejobbt hatte. Auch das nicht erfreulich. Schon der Gedanke an die endlosen Märsche, die ich dabei zurückgelegt hatte, machte mich fußlahm und hungrig. Ich stand auf und schaute mich in der Küche um. Dann tat ich etwas, das ich schon lange nicht mehr getan hatte. Ich strich mir ein dickes Erdnußbutterbrot.

## 11

Ohne Begleitung wurde mir die Fahrt nach Jersey etwas lang. Nate hatte sich für seinen Auftritt bei Joe Franklin freigenommen. Aber er hatte mir seine Kühltasche gegeben. Ich war also nicht völlig solo.
Mike O'Leary hatte gemeint, Ed Gallo, der Baseballtrainer an der Kennedy High School in Paterson, würde mir sympathisch sein. Er hatte in Dwight Robinsons Leben die Rolle des Ersatzvaters inne. Dwights leiblicher Vater war in Korea gefallen, als Dwight noch ein Säugling gewesen war.
Gallo hatte mich eingeladen, zum Training zu kommen, aber ein weiterer Besuch in Paterson lockte mich nicht, darum hatten wir uns in einer Kneipe in Clifton verabredet, ganz in der Nähe von Gallos Haus. Abgesehen davon, daß Clifton meine alte Heimatstadt ist, liegt es nahe am Highway und hat im Gegensatz zu Paterson einige Kneipen, wo man nicht um sein Leben fürchten muß.
Es war nicht schwer, Gallo unter den übergewichtigen Män-

nern, die am Tresen aufgereiht standen, zu erkennen. Er trug ein Sweatshirt mit dem Emblem der Kennedy High School und hatte eine Trillerpfeife um den Hals hängen. Er schien mir etwa in meinem Alter zu sein und hatte eine ähnliche Statur wie ich. Wir bestellten uns jeder ein Bier und suchten uns einen ruhigen Ecktisch.

»Sie erinnern sich wahrscheinlich nicht an mich, aber ich erinnere mich noch genau an Sie.« Er grinste mit schiefen Zähnen und zeigte mir den Ring an seiner rechten Hand. »Montclair High School, Abschlußjahrgang einundfünfzig.«

»Sie haben Baseball gespielt?« fragte ich.

»Ja. Ich war Werfer. Aber gegen Ihre Schläge war kein Kraut gewachsen.«

Ich lachte. »Und da haben Sie's aufgesteckt und sind lieber Trainer geworden?«

Er zuckte die Achseln. »Ich war damals noch in einer der Unterklassen. Ich bin besser geworden, aber nicht spektakulär. Aber Sie haben ganz schön Karriere gemacht – bis zu dem Unfall meine ich.«

Ich nickte. Gallo schien meinen Weg auch über die High School hinaus verfolgt zu haben.

»Das war wirklich Pech«, fuhr er fort. »Ich find's schlimm, wenn einer aufgrund einer Verletzung seine Karriere aufgeben muß. Ich wollte Ihnen damals schreiben, aber ich weiß nicht, aus irgendeinem Grund bin ich nie dazu gekommen. Ich dachte mir, Sie bekämen wahrscheinlich sowieso genug Post, und vielleicht wollten Sie am liebsten gar nicht an die Sache erinnert werden.«

»Da haben Sie genau richtig gedacht«, bestätigte ich. Ich hatte waschkorbweise Post bekommen damals. Anfangs versuchte ich, die Briefe zu beantworten, aber ich gab es bald auf.

Ich hatte den Eindruck, daß Gallo gern gewußt hätte, wie es zu dem Unfall gekommen war, darum erzählte ich ganz kurz. Es machte mir nichts aus, darüber zu sprechen. Aber nach dreiundzwanzig Jahren hatte ich die Geschichte so oft erzählt, daß ich nicht viel Energie für Anschaulichkeit aufbringen konnte.

»Es war ein schneller Ball. Erwischte mich mit voller Wucht am linken Auge«, sagte ich. »Als ich im Krankenhaus aufwachte, sah ich auf dem Auge überhaupt nichts. Das ist bis heute so ge-

blieben. Damals erschien es mir wie die totale Katastrophe. Aber die war's nicht. Ich brauchte wenigstens nicht zum Militär.«
Gallo lachte. »Da bin ich auch drum herumgekommen. Ich hatte vom Football ein lädiertes Knie. Sie waren bei den Richmond Sailors, nicht?«
»Ja. Wir hatten in dem Jahr eine gute Mannschaft. Und wie lief's bei Ihnen?«
»Ich hab eine Zeitlang auf Probe in einem Team der zweiten Liga mitgespielt. Aber es hat nicht gereicht. Jetzt bin ich seit zehn Jahren Trainer an der Kennedy High.«
»Macht es Ihnen Spaß?«
»Ich kann mich nicht beklagen. Es ist immer eine neue Herausforderung, wissen Sie. Gerade mit diesen Jungen aus unterprivilegierten Familien. Die Leute reißen sich nicht um den Job, aber mir gefällt's. Außerdem genieß' ich die langen Sommerferien.«
»Was unterrichten Sie?«
»Geschichte. Aber die Trainingsarbeit mit den Jungen macht mir am meisten Spaß.«
»Haben Sie ein paar Talente dabei?« Mir war jetzt klar, warum er mich eingeladen hatte, zum Training zu kommen, und es tat mir leid, daß ich abgelehnt hatte.
»Seit Dwight Robinson hat sich nichts mehr getan.« Er schüttelte den Kopf. »Der arme Kerl. Er war der beste Baseballspieler, den ich je erlebt habe. Der hätte eine Bombenkarriere gemacht.«
»Sie standen ihm wohl sehr nahe?«
Er seufzte. »Ja, aber der Kontakt war immer schwierig. Dwight ist ein sehr verschlossener Mensch.«
»Ich weiß. Ich habe ihn kennengelernt.«
»Ich habe ihn letzte Woche besucht. Er ist noch abgekapselter als früher. Ich konnte nicht zu ihm durchdringen. Es hat mich unheimlich traurig gemacht.«
Ich hatte den Eindruck, daß niemand von Dwight Robinson enttäuschter war als Ed Gallo.
»Haben Sie seine Frau mal kennengelernt?« fragte ich.
»O ja. Sie haben uns ein paar Mal eingeladen.«
»Er hatte ein Verhältnis mit einer anderen Frau«, sagte ich.

»Tatsächlich? Na, das kann ihm nur gutgetan haben. Sie hat ihm nämlich gar nicht gutgetan.«
»Sie mochten sie wohl nicht besonders?«
»Sie war ein verwöhntes kleines Biest, das keinen Mann in Ruhe lassen konnte. Und da hatte sie sich nun einen großen Baseballstar geangelt. Nachdem Dwight damals mit dem Marihuana erwischt worden war, war sie gar nicht mehr so hingerissen von ihm.«
»Hat Dwight Ihnen das erzählt?«
»Durch die Blume. Man konnte es ganz deutlich an ihrem Verhalten ihm gegenüber sehen. Das Tragische ist, daß Dwight damals meiner Meinung nach ganz zu Unrecht verknackt wurde.«
»Wieso? Glauben Sie nicht, daß er Gras geraucht hat?«
»O doch, sicher hat er geraucht. Die jungen Leute probieren das doch alle. Was für uns in der High School der Alkohol war, ist für die heute das Marihuana. Aber nie im Leben hat er gedealt. Er hatte gar keinen Grund dazu. Meiner Meinung nach war sein Bruder der Dealer. Dem trau ich keinen Schritt über den Weg. Ich habe gehört, daß Dwight das Zeug für Dexter aufbewahrte.«
»Nicht sehr clever.«
»Niemand hat je behauptet, daß Dwight eine Intelligenzbestie ist.«
»Und wer hat Ihnen die Geschichte erzählt? Dwight?«
»Nein, der schaltete auf stur, als ich ihn danach fragte. Ich hörte es von ein paar jungen Leuten in der Schule. So was spricht sich rum. Und zu mir haben sie Vertrauen.«
»Aber warum sollte Dwight Ihrer Meinung nach Dexter geschützt haben?«
Gallo trank seinen letzten Schluck Bier. »Keine Ahnung. Vielleicht glaubte er, er würde mit einem blauen Auge davonkommen und Dexter nicht. Ich bin überzeugt, daß er gründlich reingelegt worden ist. Dexter ist sein ältester Bruder. Er hatte keinen Vater. Unten in den Siedlungen müssen die Familien zusammenhalten, wenn sie überleben wollen.«
Das klang einleuchtend. Ironie des Schicksals, dachte ich, daß Dwight erst in Schwierigkeiten geraten war, nachdem er die Siedlungen hinter sich gelassen hatte.

»Halten Sie es für möglich, daß Dwight Cynthia getötet hat?«
»Nie im Leben.« Gallo drohte mir mit dem Zeigefinger, als hätte ich eine Beschuldigung vorgebracht. »Dwight ist sicher kein Engel, es ist möglich, daß er sie gehaßt hat, aber er hätte sie niemals getötet.«
»Cynthias Bruder hat aber behauptet, Dwight hätte seine Frau geschlagen.«
»Erstunken und erlogen«, sagte Gallo hitzig. »Dieser Tommy Vreeland hat doch nur eine Riesenwut auf Dwight. Er bildete sich ein, er würde als Baseballspieler ganz groß rauskommen. Geschafft hat er gar nichts. Der konnte Dwight nicht das Wasser reichen. Und als sich das zeigte, wurde er eifersüchtig.«
Gallo hielt sein leeres Glas hoch. »Tut mir leid, daß ich gleich so aggressiv geworden bin. Ich hätte das zweite Bier nicht trinken sollen.«
Ich meinte, er solle zur inneren Beruhigung noch ein Glas trinken.
»Nein, lieber nicht. Wenn ich besoffen nach Hause komme, muß ich heute nacht in der Garage schlafen. Haben Sie nicht Lust, zum Abendessen zu uns zu kommen?«
Gallo gefiel mir, aber ich war nicht sonderlich interessiert daran, seine Garage kennenzulernen.
»Danke, das ist nett. Aber ich habe schon was vor.«
»Hat der Anwalt, O'Leary, Ihnen von der Demo erzählt, die wir am Sonntag veranstalten?«
»Ja, er sagte was davon.«
»Wir wollen versuchen, das Geld für Dwights Kaution zusammenzubringen. Selbst wenn wir's nicht schaffen, ist es mindestens eine moralische Unterstützung für Dwight. Ein bißchen Publicity springt bestimmt dabei heraus. Und wird diesen Schweinen wie Vreeland zeigen, daß es eine ganze Menge Leute gibt, die nicht an Dwights Schuld glauben, obwohl es in den Zeitungen so dargestellt wird, als stünde es schon fest, daß er seine Frau umgebracht hat. Er ist ja praktisch schon verurteilt. Es ist zum Kotzen. Da bringt man den Kindern in der Schule bei, daß unserem Rechtssystem zufolge jeder Angeklagte so lange als unschuldig gilt, bis seine Schuld einwandfrei erwiesen ist, und in der Praxis erleben sie's dann ganz anders.«

Gallo packte sein Bierglas, als wolle er es an die nächste Wand schmeißen. »Ach, ich weiß nicht. Die ganze Geschichte stinkt.« Er starrte in sein leeres Glas und wandte dann den Kopf zum Tresen. Ich stand auf, ehe er seinen Entschluß, nicht mehr zu trinken, umstoßen konnte.
»Keine Sorge, Ed«, sagte ich. »Das werden sie Dwight nicht in die Schuhe schieben. Ich finde den Killer schon.«
»Kommen Sie zu unserer Demo«, sagte er und bot mir die Hand. »Wir brauchen Unterstützung.«
Ich versprach es ihm. Als er gegangen war, bestellte ich mir noch ein Bier und ging zum Telefon im hinteren Flur der Kneipe.
Meine Schwester Karen meldete sich beim ersten Läuten.
»Hättest du was gegen einen Schlafgast einzuwenden?« fragte ich.
»So eine Frage! Natürlich nicht. Wann denn?«
»Heute abend.«
»Ach, so ein Pech«, sagte sie. »Da verpaßt du Dick.«
»Warum denn?« Ich bemühte mich, sie nicht merken zu lassen, wie erfreulich ich diese Nachricht fand. Nun würde ich mir die Golfausrüstung meines Schwagers unter den Nagel reißen können, ohne ihn überhaupt fragen zu müssen.
»Er ist geschäftlich verreist. Er hätte sich bestimmt gefreut, dich zu sehen.«
»Da bin ich nach unserem letzten Beisammensein nicht so sicher.«
»Wieso? Was war denn da?«
Drei Jahre zuvor hatte ich Weihnachten bei Karen und ihrer Familie verbracht. Wider besseres Wissen, aber Karen kann sehr beredsam sein. Ich langweilte mich so tödlich, daß ich mich erst mit Whisky vollaufen ließ und dann in meinem Suff einen ihrer blöden Nachbarn zusammenschlug. Ich glaube, er zog gegen Juden und Nigger vom Leder; es kann aber auch sein, daß er nur sagte, er fände die Boston Bruins gut. Das Ganze wäre nicht so schlimm gewesen, wenn seine Kinder nicht bei der Prügelei zugeschaut hätten.
Karen lachte. »Ach, das hatte ich total vergessen.«
Reiner Unsinn. Karen verzeiht leicht, aber vergeßlich ist sie nicht.

»Na, Herbie wird sich auf jeden Fall freuen, wenn du kommst.«
Ach ja, Herbie. Er war mein einziger Neffe. Ein Brocken, dessen einzige Hobbys Essen und Fernsehen waren. Auf beides allerdings verstand er sich meisterlich.
»Wie alt ist der Kleine jetzt?« fragte ich.
»Dreizehn. Und klein ist er nicht mehr.«
Ich verkniff mir die Bemerkung, daß er das nie gewesen war.
»Macht wohl nichts als Dummheiten, was?«
»So schlimm wie du warst, ist er nicht. Er hat angefangen Baseball zu spielen und ist jetzt in der Schulliga.«
»Klasse.« Ich hatte große Mühe, mir Herbie beim Baseball vorzustellen. »Welche Position spielt er?«
Sie lachte. Karen hat ein Lachen, bei dem einem warm ums Herz wird. Sie ist überhaupt ein lieber Mensch. »Meistens sitzt er auf der Bank. Aber manchmal stellen sie ihn auch auf. Rat mal, wer die Mannschaft trainiert.«
Ich versuchte es gar nicht erst.
»Die beiden Jensens.«
»Du lieber Schreck!« Die Jensen-Zwillinge waren mit mir zur Schule gegangen. Wir hatten sie nur Dick und Doof genannt.
»Von wo rufst du eigentlich an?« fragte Karen.
»Vom *Black Forest Inn.*«
»Ehrlich? Da bist du ja gleich um die Ecke. Los, setz dich in dein Auto und komm.«
Fünf Minuten später hielt ich vor dem Haus meiner Schwester in der May Street an. Das Riesenbaby, das auf der Veranda hockte, erkannte ich erst, als es aufsprang und über den Rasen zu meinem Auto gerannt kam. Mein Neffe Herbie war dreißig Zentimeter gewachsen und hatte fünfzehn Kilo zugelegt, seit ich ihn das letztemal gesehen hatte. Sein Gesicht war eine einzige Pickelwiese, und im Mund hatte er Spangen und Klammern im Wert von mindestens zehntausend Dollar. Es lebe die Pubertät!
Herbies eine Hand steckte in einem Baseballhandschuh, in der anderen hielt er einen Ball. Er warf den Ball ungefähr dreißig Meter in die Luft und verpaßte ihn, als er ihn fangen wollte.
»He, Onkel Mark«, rief er, »spielen wir vor dem Essen noch eine Runde?«
Ich hatte gar keine Wahl.

12

Eigentlich hatte ich mich bei meiner Schwester einquartiert, weil ich keine Lust hatte, schon bei Morgengrauen aufzustehen, um meine Verabredung mit Terry Vreeland einhalten zu können. Aber statt zu schlafen, verquatschte ich fast die ganze Nacht mit Karen, und der Whisky floß üppig. Ich war deshalb nicht gerade in Topform, als ich, mit Schwager Dicks Golfschlägern ausgerüstet, die Fahrt nach Mountain Lake antrat.

Der pickelgesichtige Jüngling im Wachhäuschen an der Schranke hatte sein Radio schon voll aufgedreht und streckte sofort die Hand aus, als ich vorfuhr. Er war tief enttäuscht, als ich ihm eröffnete, daß ich auf Einladung Terry Vreelands gekommen war.

»Pech gehabt, Sportsfreund«, sagte ich. »An mir kannst du jetzt nichts mehr verdienen.«

Terry Vreeland winkte mir zu, als ich über den Rasen zum ersten Abschlag humpelte. Mein Schwager hat nämlich nicht nur ein kleines Hirn, sondern auch kleine Füße. Ich spürte schon die dicken Blasen, die ich mir bis zum Ende des Marsches über den Golfplatz geholt haben würde.

Terry war hübscher als ich sie in Erinnerung hatte. Aber ich hatte sie bei unserer ersten Begegnung natürlich auch nur flüchtig gesehen. Sie hatte schulterlanges braunes Haar, das zu einem Pferdeschwanz gebunden war. Die großen grünen Augen verliehen dem klargeschnittenen, sonnengebräunten Gesicht etwas Pikantes. Sie war nicht geschminkt, hatte Schminke auch nicht nötig. Zur weißen Hemdbluse mit aufgekrempelten Ärmeln trug sie gutsitzende graue Shorts, die mir Gelegenheit gaben, ihre schlanken Beine zu bewundern.

»Ein schöner Tag, nicht?« Sie bot mir lächelnd die Hand.

Ich nahm sie und stimmte ihr ohne Einschränkung zu.

»An so einem Tag möchte man gar nicht bei achtzehn aufhören, sondern sechsunddreißig spielen.«

Die Vorstellung entsetzte mich. Trotzdem sagte ich brav: »Hm, ja.«

»Ich habe mir gedacht, wir nehmen einen Wagen«, fuhr sie fort. »Da können wir ungestört sprechen.«

»Wunderbar.« Ganz zu schweigen davon, daß es meine Füße schonen würde.
»Wollen Sie anfangen?«
»Nein, nein. *Ladies first.*« Ich hoffte, ich würde ihr etwas abschauen können, wenn ich ihr den Vortritt ließ.
»Seit zwei Wochen spiele ich nur allein«, bemerkte sie, während sie den Blick über die Bahn schweifen ließ. »Ich habe meinen Partner verloren.«
»Wieso? Was ist denn passiert?«
»Er sitzt im Gefängnis.«
»Kenne ich ihn zufällig.«
Alle ihre Muskeln waren angespannt, als sie sich über den Ball neigte. Sie fixierte ihn einen Moment lang konzentriert, dann schwang sie ihren Schläger mit einer flüssigen Bewegung nach rückwärts in die Höhe, hielt kurz inne und zog den Schläger dann mit kraftvollem Schlag durch. Der Ball flog so weit, daß ich ihn lange bevor er aufschlug aus den Augen verlor.
Ich hatte in meiner frugalen Jugend viele Stunden als Caddie geschuftet, hätte also eigentlich fähig sein müssen, dem Ball mit dem Auge zu folgen. Aber Terry Vreeland lenkte mich ab. Es machte mehr Spaß, die Schönheit ihrer Bewegungen zu beobachten, als den fliegenden Ball.
»Ja, Sie kennen ihn«, sagte sie, als sie vom Abschlag wegging. »Dwight. Wir haben regelmäßig zusammen gespielt. Er ist unheimlich gut. Er hoffte, daß man ihn zu den großen Profiturnieren zulassen würde. Deshalb hat er die Arbeit in der Immobilienfirma aufgegeben. Mein Vater legte das als Faulheit aus.«
Terry wies mit dem Kopf zum Abschlag, Aufforderung an mich, mein Glück zu versuchen. Ich hätte ihr am liebsten vorgeschlagen, sie solle allein spielen, und ich würde mich damit begnügen, den Wagen zu fahren.
»Ihr Vater spielt doch selber sehr viel Golf«, meinte ich, während ich meinen Ball zurechtlegte und so tat, als nähme ich genauestens Maß.
»Ja, natürlich. Aber er ist nicht faul, sondern nur reich. Das ist seiner Meinung nach ein Riesenunterschied.«
»Da hat er nicht ganz unrecht«, meinte ich, während ich ein

paar sinnlose Probeschwünge machte. »Er kann sich das Faulsein leisten.« Ich versuchte, das Unvermeidliche hinauszuschieben. Schließlich senkte ich den Kopf und holte zu einem Donnerschlag aus.

Ich hob den Kopf und spähte die Mitte des Fairway entlang, um den Flug meines Superballs zu verfolgen, aber ich konnte den Ball nicht ausmachen. Mir kam der Gedanke, daß es vielleicht etwas zu optimisitsch von mir war, neben Weite auch noch Genauigkeit zu erwarten, und ich begann rechts und links vom Fairway zu suchen. Weiterhin ohne Erfolg.

Schlimmes schwante mir. Zaghaft holte ich meinen schweifenden Blick ein und richtete ihn auf den Abschlag. Da lag der Ball – ruhig und unberührt.

In tiefer Verlegenheit sah ich auf. Terry versuchte, ein Lachen zu unterdrücken.

»Wann haben Sie das letzte Mal gespielt?« fragte sie.

»Wie kommen Sie darauf, daß ich überhaupt schon mal gespielt habe?«

»Na, Sie haben doch einen guten Schlag.«

»Danke. Das ist wohl die moderne Ermutigungsmethode, wie?«

»Nein, im Ernst. Wenn Sie's jetzt noch mal versuchen, dann halten Sie den Kopf gesenkt und die Augen fest auf den Ball gerichtet. Und forcieren Sie den Schlag nicht. Er muß aus dem Schwung heraus kommen.«

Diesmal klappte es. Ich traf den Ball mit Wucht, und er flog an die zweihundert Meter den Fairway hinunter. Leider hatte ich den Schlag angeschnitten, so daß das blöde Ding nach rechts abdriftete und in einer Baumgruppe landete.

»Nicht übel«, sagte Terry. »Jetzt kommt es nur noch darauf an, daß Sie lernen, die Richtung zu halten.«

»Geben Sie mir ein paar Jahre Zeit.«

Sie stieg auf der Beifahrerseite in den Wagen. »Haben Sie so ein Ding schon mal gefahren?«

Ich setzte mich neben sie ans Steuer. »Ja, aber lange ehe ich meinen Führerschein hatte.«

»Sie haben mal als Caddie gejobbt?«

»Ja. Das waren die besten Jahre meines Lebens.«

Sie lachte. »Dwight hat während seiner ganzen High-School-

Zeit hier gejobbt. Er hat es gehaßt. Er hat mir erzählt, daß er immer auf die Bälle getreten ist, wenn die Leute gerade nicht hingeschaut haben.«
»Der *Chief of Police* erzählte mir, Dwight hätte mal jemandem fünfzig Dollar aus der Golftasche gestohlen.«
»So ein Quatsch«, sagte sie scharf. »Das war Dexter. Außerdem waren's nur zwanzig Dollar. Dexter ist ein mieser Kerl.«
»Ja, ich weiß. Ich hab' ihn kennengelernt.«
Ich brauchte noch drei Schläge, um meinen Ball aufs Grün zu befördern. Terry brauchte nur zwei und lochte mit einem Schlag ein. Ich schaffte es mit zwei Schlägen.
»Sind Sie eigentlich Profi?« fragte ich. »Oder spielen Sie nur zum Privatvergnügen?«
»Ich habe als Amateurin an mehreren Turnieren teilgenommen. Nächstes Frühjahr möchte ich gern bei den Profis mitspielen. Wenn ich's nicht schaffe, häng' ich das Golfen an den Nagel. Dann such' ich mir eine andere Betätigung.«
»Schwebt Ihnen da schon was vor?«
Sie seufzte. »Ich könnte jederzeit ins Immobiliengeschäft einsteigen.«
»Wohnen Sie bei Ihrem Vater?«
»Um Gottes willen, wo denken Sie hin! Nein, ich habe in Packanack Lake ein Haus gemietet – von meinem Vater. Da wohne ich seit drei Monaten. Vorher habe ich zwei Jahre in Florida gelebt. Da kann man das ganze Jahr hindurch Golf spielen. Es ist paradiesisch.«
Jeder nach seinem Geschmack. Ich persönlich kann Florida nichts abgewinnen.
»Und Sie haben das Paradies aufgegeben, um nach New Jersey zurückzukommen?«
Sie zuckte die Achseln. »Ganz schön blöd, nicht? Aber ich hielt es damals für das Beste – unter den Umständen.«
Ich fragte nicht, was für Umstände das gewesen waren. Nachdem sie auch vom zweiten Abschlag einen vollendeten Ball geschlagen hatte, sagte sie es mir von selbst.
»Ich lebte mit einem Mann zusammen. Wir hatten Schwierigkeiten.«
»So ein Pech. Für ihn, meine ich.«

Sie lächelte. »Das ist nett gesagt. Aber Sie haben keine Ahnung, wie chaotisch das Zusammenleben mit mir sein kann.«
Schlimmer als meine beiden geschiedenen Frauen konnte sie kaum sein, aber das sagte ich nicht.
»Wer führt denn die Geschäfte Ihres Vater, wenn er beim Golfen ist?«
»Mein kleiner Bruder. Das heißt, inzwischen ist er natürlich nicht mehr klein – nur dumm. Das war Dwights anderes Problem. Er konnte meinen Bruder nicht als Chef akzeptieren.«
Ich jagte eine weitere Rakete den Fairway hinunter. Diesmal hatte sie einen scharfen Linksdrall. Terry stellte sich hinter mich, legte ihre Arme um meine Körpermitte und demonstrierte mir, wie ich beim Durchziehen stehen mußte. Mir lag wenig daran, mein Spiel zu verbessern, aber ich empfand ihre Belehrung als sehr angenehm.
»Ich will ja nicht neugierig sein, aber ich habe den Eindruck, daß Sie sich mit Ihrem Vater und Ihrem Bruder nicht gerade glänzend verstehen.«
Sie strich sich eine Haarsträhne aus dem Gesicht.
»Das«, erwiderte sie, »ist die Untertreibung des Jahres.«
»Hat das etwas mit Dwight Robinson zu tun?«
»Auch. Aber es ist nicht der einzige Grund, warum ich mit den beiden kaum noch rede.« Sie seufzte. »Unsere Familie ist nicht normal.«
Ich bat sie nicht um eine nähere Erklärung.
»Sie glauben nicht, daß Dwight Robinson Ihre Schwester getötet hat, nicht wahr?«
»Nein. Ich kenne Dwight. Er hat Cynthia vielleicht gehaßt, aber er hat sie nicht getötet.«
»Auch nicht versehentlich?« Ich wußte, daß das eine dumme Frage war. Man schlägt nicht versehentlich einen Menschen mit einem schweren Gegenstand tot. Aber es hätte ja sein können, daß Cynthia zuerst mit dem Pokal auf ihn losgegangen war, daß er ihn ihr abgenommen und dann in blinder Wut zugeschlagen hatte. Das ist fast ein Versehen oder Unfall.
Terry schüttelte den Kopf. »Bestimmt nicht. Dwight ist zu so etwas Schrecklichem gar nicht fähig.«
»Sie haben ihn offenbar sehr gern.«
»Ja. Wir sind Freunde.«

Ich hatte den Eindruck, daß sie mehr als Freunde waren, aber ich sagte nichts. Terry war sehr offen. Wenn sie die Frau war, mit der Dwight am Abend des Mordes zusammen gewesen war, würde sie es mir wahrscheinlich früher oder später sagen.

Ich hielt die Lochflagge, während sie aus einer Entfernung von vier Metern einlochte.

»Sie bringen mir Glück«, stellte sie fest.

»Den meisten Leuten mach' ich Ärger«, versetzte ich. »Hat Dwight denn Ihre Schwester gehaßt?«

»Ich weiß nicht. Da müßten Sie ihn selbst fragen.«

»Dwight ist nicht gerade sehr aufgeschlossen.«

»Ich weiß. Er ist sehr zurückhaltend und mißtrauisch. Er hat auch allen Grund dazu. Man muß Geduld haben, wenn man ihm näherkommen will. Aber wenigstens spricht er mit Mike O'Leary. Das ist ein gutes Zeichen.«

»Sie kennen O'Leary?« So ein Zufall.

»Nein, persönlich nicht. Dwight hat mir von ihm erzählt. Ich habe ihn gestern besucht. Er hat mir auch von Ihnen erzählt. Ihr Freund scheint ihm zu gefallen.«

Ich entnahm der Bemerkung, daß er mich nicht besonders mochte, aber ich ließ mich davon nicht kränken.

»Hat er Ihnen etwas über den Abend erzählt, als der Mord verübt wurde?«

»Nein. Wir haben eigentlich nur über Golf geredet. Ehrlich gesagt, ich möchte die Einzelheiten gar nicht wissen.«

Ich brauchte zwei Schläge, um einzulochen.

»Ich hörte, daß Dwight etwas mit einer anderen Frau hatte.«

»Tatsächlich?« Ihr Abschlag hatte einen kleinen Drall, aber der Ball blieb auf dem Fairway, während meiner wieder mal den Schatten der Bäume suchte.

»Darüber wissen Sie nicht zufällig Näheres?« fragte ich.

Sie schüttelte den Kopf. »Ich bin erst seit drei Monaten wieder hier und kümmere mich tunlichst nur um meine eigenen Angelegenheiten. Aber wenn Dwight wirklich was mit einer anderen Frau hatte, wird Cynthia das fuchsteufelswild gemacht haben. Sie war ja schon eifersüchtig, weil wir regelmäßig zusammen Golf spielten.«

»Hat Dwight Ihnen das erzählt?«

»Nein, mein Vater. Er sagte mir ziemlich unverblümt, ich solle aufhören, mit Dwight zu golfen. Er hatte Angst, die Leute würden tratschen. Die meisten Clubmitglieder hier interessiert der Sport weniger als der Klatsch und der Whisky.«
»Dem Polizeibericht zufolge soll Cynthia Ihrem Vater mitgeteilt haben, sie wolle sich scheiden lassen. Wissen Sie, ob sie einen anderen hatte?«
»Keine Ahnung. Mich sollten Sie nach solchen Dingen nicht fragen. Ich halte mich wirklich soweit wie möglich aus allem heraus. Das von der Scheidung wußte ich. Mein Vater hat es mir erzählt. Aber erst nach Cynthias Tod. Mit mir hat sie nie darüber gesprochen. Sie hat sowieso alles immer nur mit meinem Vater besprochen. Zwischen den beiden gab es keine Geheimnisse.«
»Ihr Bruder hat der Polizei erzählt, Dwight hätte Cynthia geschlagen.«
»Dieser gemeine Kerl. Das ist gelogen.« Terry rammte ihren Schläger in den Boden. Sie zitterte am ganzen Körper. Als ich ihr die Hand auf dem Arm legte, um sie zu beruhigen, sah ich, daß sie Tränen in den Augen hatte.
»Entschuldigen Sie. Ich werde nicht leicht so emotional. Aber das ist alles so gräßlich. Mein Bruder und mein Vater sind überzeugt, daß Dwight Cynthia getötet hat. Die schrecken vor keiner Behauptung zurück, um ihn ins Zuchthaus zu bringen. Aber sie können sagen, was sie wollen, ich glaube einfach nicht, daß er das getan hat.«
Sie hielt einen Moment inne. Sie schien sich wieder gefangen zu haben. »Aber wenn er sie tatsächlich geschlagen hat, dann hat sie es bestimmt verdient.«
Ich zog die Augenbrauen hoch. »Ist das nicht ein bißchen hart?«
»Mr. Renzler, Sie kannten meine Schwester nicht.«
Ich schlug vor, wir sollten zu den Vornamen übergehen. »Sie haben sich wohl auch mit Cynthia nicht gut verstanden?«
»Von Kindheit an nicht.« Wir standen uns am Rand des Grüns gegenüber. »Unsere Familie ist einfach nicht normal.«
»Ja, das sagten Sie schon.«
Sie berührte meinen Arm und neigte sich näher. Die Sonne spiegelte sich in ihren grünen Augen, so daß sie beinahe

durchscheinend wirkten. Sie sah mich so intensiv an, daß mir ein kleiner Schauder über den Rücken rann. »Sie ist vollkommen verkorkst«, sagte sie.

## 13

Terry Vreeland lächelte. Sie hatte gerade aus zehn Meter Entfernung am siebenten Loch geputtet und war wieder einen Schlag unter der festgesetzten Schlagzahl geblieben. Wenn sie immer so gut spielte, konnte sie sämtliche Profis in die Tasche stecken.

Ich applaudierte, doch sie tat ihre Leistung mit einem Achselzucken ab. »Ich kenne hier auf dem Golfplatz jeden Stock und Stein«, sagte sie. »Ich bin ja praktisch darauf aufgewachsen.«

Ich zog den Wagen herum, um sie zum achten Abschlag zu bringen. »Wann wurde er angelegt?« fragte ich.

»Wollen Sie die Familiengeschichte hören?«

»Da fragen Sie noch?« Ich hatte den Eindruck, daß es sie drängte, sich mir mitzuteilen.

»Gut, ich mach's kurz. Mein Großvater machte ein Vermögen mit Immobilien. Er verkaufte Sommerhäuser am Fluß. Als er starb, übernahm mein Vater die Firma.«

»In welchem Jahr war das?«

Sie blickte den Fairway hinunter, wo ein paar alte Knaben nach einem verschlagenen Ball suchten. Es war das erstemal, daß wir warten mußten. Es stimmte, was sie gesagt hatte, der Platz fand weniger Anklang als das Clubhaus.

»Mal überlegen. Ich war fünf, als er starb. Also war es 1948. Mein Großvater träumte davon, hier oben einen See anzulegen und eine exklusive Villensiedlung zu bauen – Sie wissen schon, wo nur Leute mit Geld und Einfluß wohnen. Aber er starb, und da hat's mein Vater eben fertiggemacht.«

»Es wundert mich, daß man den Ort nicht nach ihm benannt hat.«

»O nein! Das wollte mein Großvater nicht. Er wollte nur gern reich sein. Der Ruhm interessierte ihn nicht. Mein Vater – der will beides.«

Terry schüttelte den Kopf und lachte leise.
»Es ist schon komisch. Mein Vater hat immer davon geträumt, daß eines seiner Kinder ein Golfprofi werden würde. Golf ist seine große Leidenschaft. Er stiftete damals den Grund für diesen Golfplatz, der dann 1953 angelegt wurde. Ich bin die älteste von uns drei. Ich nehme an, für mich hatte er zunächst einmal den meisten Ehrgeiz. Das Ironische ist nur, daß von seinen drei Kindern ausgerechnet ich, die er am wenigsten mag, am ehesten geeignet bin, ihm seinen Wunschtraum zu erfüllen.«
Ich hatte den starken Eindruck, daß Terry Vreeland immer noch tief in alte Familienkonflikte verstrickt war. Das Tragische daran war, daß sie kein Kind mehr war.
»Genauso ironisch ist, daß ich es nicht für ihn tue. Ich tue es einzig für mich. Und das weiß er auch.«
»Das paßt ihm wohl nicht?«
Sie seufzte. »Meinem Vater paßt vieles nicht an mir. Ich kann's nicht ändern. Wir bemühen uns beide um eine halbwegs friedliche Koexistenz. Das war einfacher, als ich in Florida lebte. Ich weiß, daß er stolz auf mich ist und Achtung vor mir hat. Jedenfalls war das bis zu meiner Rückkehr so.«
»Und Ihr Bruder? Ist der auch ein guter Golfspieler?«
»Aber ja. Es ist ja fast nicht anders möglich, wenn man wie wir praktisch auf dem Golfplatz groß wird. Außer man ist ein Mensch wie Cynthia. Sie schlug unserer Mutter nach.«
Ich fragte, was sie damit meine.
»Unsere Mutter war Alkoholikerin. Sie saß eigentlich immer nur im Clubhaus an der Bar. Sie ist vor vierzehn Jahren gestorben. Im Grund hat sie sich zu Tode getrunken.«
Terry sprach völlig sachlich. Ich hatte nicht den Eindruck, daß ich schmerzliche Erinnerungen bei ihr geweckt hatte.
»Ich war damals fünfzehn, Tommy war elf, Cynthia sieben. Wir hatten zwar ein Tagesmädchen, aber es blieb doch vieles an mir hängen. Ich mußte meinen Geschwistern die Mutter ersetzen und meinem Vater die Ehefrau.« Terry stand jetzt am Abschlag. Einen Moment lang starrte sie ins Leere, dann sah sie mich an. »Lustig war das nicht.«
Das konnte ich mir vorstellen. Ich wußte nicht genau, was sie mit der Bemerkung meinte, sie hätte ihrem Vater die Ehefrau

ersetzen müssen, aber ich spürte, daß wir uns auf heiklem Boden befanden. Ich wollte nicht zu tief schürfen.

»Entschuldigen Sie. Das hört sich lächerlich an. Ich tue so, als hätte ich ein schweres Leben gehabt. In Wirklichkeit hab' ich's ziemlich leicht gehabt, das ist mir klar. Aber ich hab' einfach eine Stinkwut auf meinen Vater.«

Ich sagte, das wäre schon in Ordnung. In meinem Beruf bekommt man es dauernd mit irgendwelchen Familiengeschichten zu tun. Nach einer Weile hören sie sich alle gleich an. Im Grund geht es immer um Liebe und Geld. Sie schlug ab, und ihr Ball landete am Rand des Grüns. Obwohl sie mir vorher genaue Instruktionen gegeben hatte, schlug ich meinen Ball direkt in den Weiher, in dem ihren Worten zufolge bereits zehntausend Golfbälle lagen.

»Zehntausendundeins«, sagte ich resigniert und fest entschlossen, in den nächsten fünfzig Jahren nicht wieder Golf zu spielen.

»Ist Ihnen Bob Winchester ein Begriff?« fragte Terry.

»Ja, der Kongreßabgeordnete.« Ich erwähnte nicht, daß ich ihn erst am Abend zuvor im Fernsehen gesehen hatte, wo er sich für die Todesstrafe für Flugzeugentführer stark gemacht hatte.

»Er ist mein Onkel«, sagte sie. »Der Bruder meiner Mutter. Er und mein Vater riefen 1963 ein Golfturnier zu ihrem Gedenken ins Leben. Es ist ein Benefizturnier. Ein Teil des Erlöses wird für die Bekämpfung des Alkoholismus verwendet, der Rest geht in eine Unterstützungskasse für die Überschwemmungsgeschädigten von Mountain View. Da unten gibt's fast jedes Jahr eine Überschwemmung.«

»Ich habe gehört«, bemerkte ich, »daß Sie jedes Jahr Gesamtsiegerin sind.«

Sie wurde rot, lachte und verdrehte die Augen. »Wer hat Ihnen das erzählt?«

»Hal Pucinsky.«

Sie war verständlicherweise ziemlich verwundert, als ich ihr mitteilte, daß ich dieses Jahr am Turnier teilnehmen würde. »Aber nur als Caddie«, erläuterte ich. »Mein Freund Nate hat eine Einladung bekommen. Er ist Kunstmaler.«

»Da wird mein Bruder sich freuen. Vielleicht werden Sie seiner Gruppe zugeteilt.«

»Ich würde lieber mit Ihrer Gruppe durch die Prärie marschieren.«
»Ich schau mal, was sich machen läßt.«
Ich schüttelte ihr die Hand, als sie am neunten Loch ihren Ball versenkt hatte. »Das war lustig«, sagte ich. »Das müssen wir wieder mal machen.«
Sie sah mich ungläubig an. »Wir haben doch erst neun Löcher gespielt. Jetzt kommt noch mal das Ganze von hinten nach vorn.«
Ich hoffte inbrünstig, ich würde sie überreden können, für heute Schluß zu machen, – und das Gespräch mit mir in einem mir kongenialeren Ambiente fortzuführen. Zuerst klärte ich sie also über die Schuhe meines Schwagers auf. Das fand wenig Anteilnahme bei ihr. Mit meiner Mär vom Herzfehler biß ich ebenfalls auf Granit.
»Die Löcher sind doch alle gleich«, meinte ich schließlich. »Verdoppeln wir einfach das Ergebnis.«
Sie lachte. »Na schön, gehen wir was essen.«

## 14

Wir setzten uns an einen der zwei noch freien Tische auf der Terrasse vor dem Clubhaus. Insgesamt gab es vielleicht sechzehn Tische. Wir waren offensichtlich nicht die einzigen, die auf ein frühes Mittagessen Lust hatten.
»Eins verwundert mich«, sagte ich zu Terry, nachdem ich mit Genuß einen tiefen Zug von meinem Bier genommen hatte. Terry trank Orangensaft; ich hätte mir vorstellen können, daß sie überhaupt keinen Alkohol trank. »Ihr Vater und Ihr Bruder hassen Dwight Robinson, das stimmt doch?«
Sie nickte. »Sie hätten überhaupt nichts dagegen, daß Dwight die Todesstrafe bekommt. Und mein Onkel Bob ebensowenig.«
»Ich verstehe nicht, wieso Ihr Vater dann zuließ, daß Cynthia ihn heiratete.«
»Dwight und mein Vater waren sich nicht immer spinne-

feind. Das fing erst vor ungefähr einem Jahr an, glaube ich. Glücklich war mein Vater über Cynthias Entscheidung von Anfang an nicht. Aber sie hatte es sich fest in den Kopf gesetzt, Dwight zu heiraten. Da konnte mein Vater nichts machen. Er fürchtete, wenn er die Zustimmung verweigerte, würden die beiden zusammen durchbrennen.«
Terry winkte dem Kellner, einem alten Schwarzen, und wir bestellten das Mittagessen.
»Außerdem müssen Sie bedenken, daß Dwight ein Baseballstar war. Wenn er im vorigen Jahr nicht mit dem Gras geschnappt worden wäre, würde er jetzt bei den Yankees spielen. Mein Vater hatte gewisse Vorbehalte, aber gegen einen Schwiegersohn, der allgemein als der schwarze Mickey Mantle bekannt war, hätte er nichts einzuwenden gehabt. Den Spitznamen hat übrigens er sich ausgedacht.«
»Das wußte ich nicht.« Ich hatte Ed Gallo für den Urheber gehalten.
»Dwight war einer unserer Caddies«, sagte sie und machte eine umfassende Handbewegung. »Sehen Sie sich um. Das ist die Plantage meines Vaters. Tommy war der Obercaddie«, fuhr sie fort. »Er und Dwight waren befreundet. Sie spielten beide Baseball, nur war Dwight viel besser. Und Cynthia – Cynthia stand auf Schwarze.«
Ich fragte sie, wie ich das verstehen solle.
»Haben Sie das alte Häuschen am neunten Fairway gesehen? Das war das Caddiehaus. Jetzt ist es nur noch der Geräteschuppen. Cynthia nannte es den ›Stall‹.«
Terrys Augen wurden schmal; meine hingegen wurden immer größer. Ihr Ton sagte alles, aber sie meinte, dennoch erläutern zu müssen.
»Cynthia hatte ihre ersten intimen Männerbeziehungen schon sehr früh. Und sie konnte nicht genug bekommen. Sie trieb es fast mit jedem.«
»Wußte Ihr Vater das?« fragte ich.
»Mein Vater hat der Welt bestes Verleugnungssystem. Und ich hab's ihm bestimmt nicht gesagt.«
Ich wollte sie gerade fragen, ob Cynthia mit Shake Johnson was gehabt hätte, als zwei scharfe Blondinen auf unseren Tisch zutorkelten.

»Drum kommt man hier nie richtig zum Reden«, flüsterte Terry mir zu, ehe sie aufstand, um die beiden zu begrüßen. Ich murmelte eine Entschuldigung, aber es tat mir nicht leid, daß wir mit dem Spiel aufgehört hatten. Schon das Aufstehen war Marter für meine Füße.
Terrys Freundinnen hätten Schwestern sein können; ich hörte später, daß sie es nicht waren. Beide hielten Whiskygläser in der Hand, und es war auch ohne Alkoholtest erkennbar, daß sie die erste Runde längst hinter sich hatten. Die eine war eine natürliche Blondine, die andere hatte vom Friseur nachhelfen lassen. Meiner Schätzung nach waren sie beide Mitte Dreißig, und sie waren durchaus sehenswert. Terry allerdings schien auf ihre Gesellschaft nicht erpicht. Sie blieb stehen und forderte die beiden nicht auf, sich zu uns zu setzen.
»Ich hoffe, du bist nicht böse, daß wir euch stören, Darling«, sagte die eine, »aber wir wollten unbedingt den aufregenden Mann kennenlernen, mit dem du hier bist.«
Ich nickte ihr zu, da kam schon die andere, die mit dem gebleichten Haar, und legte mir die Hand auf den Arm. »Ja«, sagte sie kichernd. »Verrat uns doch, wo du ihn versteckt gehalten hast.« Sie trug genug Parfum, um sämtliche Mücken in ganz New Jersey zu killen. »Haben Sie vielleicht einen Bruder?« fragte sie mich.
Ich versuchte, mein Casanovalächeln zu lächeln, aber ich glaube, ich wurde nur rot. Im Grunde bin ich ein schüchterner Kerl. »Ja, aber er ist ein ziemlich ungehobelter Bursche und hat überhaupt keine Tischmanieren«, sagte ich. »Er ißt am liebsten mit den Fingern.«
»Oh, ein richtiger Naturbursche! Den würde ich liebend gern kennenlernen.« Die beiden angeheiterten Damen kicherten.
Terry erledigte hastig die Formalitäten. Die mit dem naturblonden Haar war Melody Winchester, die andere war Monica Heatherton.
»Ich dachte, du wärst gar nicht da«, sagte Melody zu Terry. »Ich hab' deinen Wagen nicht gesehen.«
»Er ist in der Werkstatt«, antwortete Terry. »Ich habe ihn letzte Woche Tommy geliehen und der ist prompt gegen einen Hydranten gefahren.«
»Soll ich ihn versohlen?« fragte Monica. »Ich tu's gern.«

Terry warf mir einen gereizten Blick zu, als wollte sie sagen, ich hab's Ihnen ja gesagt. Aber ich fand einen Plausch mit den Damen immer noch besser als auf wunden Füßen auf dem Golfplatz herumzuhumpeln und verschlagene Bälle zu suchen.

»Na, ihr beide wollt sicher allein sein«, sagte Melody schließlich, und Monica fuhr mir mit den Fingern durch das Haar bis zu der kahlen Stelle am Scheitel und sagte: »Bringen Sie das nächstemal Ihren wilden Bruder mit, ja?«

»Einverstanden«, sagte ich.

Sobald sie außer Hörweite waren, brachte mich Terry über die beiden aufs laufende. »Monica war mal zweite bei der Wahl der Miss New Jersey. Sie hat letztes Jahr im Club für den großen Skandal gesorgt. Sie ließ sich von ihrem Mann scheiden und bekam eine riesige Abfindung zugesprochen, nachdem sie dahintergekommen war, daß ihr Mann was mit einer Achtzehnjährigen angefangen hatte. Ich glaube, sie ist ein bißchen ausgehungert.«

»Ja, den Eindruck hatte ich auch. Wer ist Melody – Ihre Cousine?«

Sie schüttelte den Kopf und verdrehte wie schon zuvor die Augen. »Sie ist meine Tante.«

Ah ja. »Sie ist doch höchstens ein paar Jahre älter als Sie.«

Terry nickte. »So hat Onkel Bob seine Frauen gern – jung und hübsch. Melody ist in Ordnung. Sie trinkt nur zuviel.«

Pop, der alte Kellner, brachte unser Mittagessen, und wir unterhielten uns ein bißchen mit ihm. Terry erzählte ihm, daß sie Dwight besucht hatte, und er sagte, sie solle ihn grüßen, wenn sie wieder zu ihm ginge.

Nachdem er gegangen war, bemerkte Terry: »Pop ist ganz durcheinander wegen Dwight. Alle anderen hier beachten ihn überhaupt nicht. Aber Dwight hat sich oft stundenlang mit ihm unterhalten.«

Vielleicht, dachte ich, sollte auch ich mich einmal mit Pop unterhalten; aber zunächst interessierte mich Shake Johnson. Ich fragte Terry, ob er und Cynthia befreundet gewesen wären.

»Ach, du lieber Gott, Sie kennen Shake?«

»Noch nicht, aber ich hoffe, seine Bekanntschaft zu machen,

ehe ich gehe. Vielleicht können Sie uns miteinander bekannt machen.«

»Er ist heute nicht hier. Er ist immer nur am Wochenende da. Warum wollen Sie ihn sprechen?«

»Erzählen Sie mir erst was über ihn. Ich möchte gern Ihren Eindruck von ihm wissen, ehe ich was sage.«

»Shake Johnson ist ein echtes Prachtstück.« In ihrem Ton lag keine Spur von Bewunderung. »Er arbeitet seit Ewigkeiten als Caddie hier. Er ist der inoffizielle Hofnarr von Mountain Lake, amüsiert die Weißen mit schwarzem Jargon und hat für jede Gelegenheit einen Spruch oder ein Gedicht auf Lager. Drum nennen sie ihn auch Shakespeare.«

»Das hört sich ganz harmlos an. Nach allem, was ich über ihn gehört habe –«

»Oh, nein, harmlos ist er nicht. Der hat in allen möglichen finstern Geschäften die Finger drin. Ich glaube, er dealt, und ich weiß, daß er sich als Buchmacher betätigt. Er ist außerdem einer der besten Freunde meines Bruders. Und Tommy zeichnet sich nicht gerade durch Menschenkenntnis aus.«

»Wie steht's mit Cynthia? War sie auch mit Shake befreundet?«

»Ich glaube, ja. Aber die Freundschaft mit Tommy ist enger.«

Ich berichtete ihr von Dwights Verdacht, daß Shake Cynthia getötet haben könnte. Und ich erzählte ihr, was ich von Dexter gehört hatte – das Shake Dwight unter Druck gesetzt hatte.

»Ja, ich weiß, daß Dwight diesen Verdacht hat, aber soviel ich weiß, war Shake an dem Abend mit Tommy unterwegs. Der letzte, dem Sie trauen sollten, ist Dexter. Ich glaube, das hat sogar Dwight inzwischen begriffen. Für mich sind Dexter und Shake aus demselben Holz geschnitzt. Außerdem hatte Dexter was mit Cynthia, ehe sie Dwight entdeckte.«

Ich beugte mich über den Tisch und senkte die Stimme. »Glauben Sie, daß die Sache mit Cynthia und Dexter danach weiterging?«

Sie zuckte die Achseln. »Ich weiß es nicht. Aber Dwight war viel unterwegs, und so, wie ich Cynthia kannte . . . Eins ist jedenfalls sicher, Cynthia hatte männliche Aufmerksamkeit immer dringend nötig.«

Es beunruhigte mich ein wenig, daß Terry mit solcher Bitterkeit von ihrer Schwester sprach. Cynthia war tot, aber Terry zeigte weder Trauer noch Bedauern. Ihr schien es weit weniger darum zu gehen, Cynthias Mörder zu entdecken, als Dwight aus dem Knast zu holen.

Terry hatte gesagt, Cynthia wäre auf ihre Freundschaft mit Dwight eifersüchtig gewesen. Ich hatte das Gefühl, daß Terry ihrerseits auf ihre Schwester eifersüchtig gewesen war. Und ich konnte auch das Gefühl nicht loswerden, daß ihre Beziehung zu Dwight Robinson weit tiefer ging als sie zeigte. Aber das, was mir wirklich zu schaffen machte und worüber ich am liebsten gar nicht nachdenken wollte, war die Frage, wie sehr Terry ihre Schwester wirklich gehaßt hatte.

Die Frage war auch deshalb so quälend, weil sie zwangsläufig zu einer anderen führte. Waren Dwight und Terry vielleicht Komplizen, hatten sie bei Cynthias Ermordung gemeinsame Sache gemacht?

Ich hatte keine Zeit, mich näher mit der Frage zu befassen. Ich hörte Terry neben mir »Oh-oh«, sagen und als ich mich umdrehte, sah ich Bruder Tommy kommen. Seine finstere Miene warnte mich, daß er keineswegs so freundlich sein würde wie seine Tante und deren Freundin.

Er marschierte direkt an unseren Tisch und blieb links von mir stehen. Einen Moment lang starrte er mich an, dann wandte er sich Terry zu. Er war nur ein wenig kleiner als ich und um einiges schmäler. Aber er schien topfit zu sein; keine Kunst, wenn man gerade fünfundzwanzig ist.

»Was hast du mit diesem Scheißkerl zu reden?« fragte er laut und aggressiv. Die Gespräche an den anderen Tischen brachen ab.

Ich hätte ihm am liebsten eine runtergehauen, schon aus Prinzip, aber ich wollte nicht noch zusätzliches Aufsehen erregen.

»Kümmre dich um deine eigenen Angelegenheiten und laß mich in Frieden«, versetzte Terry, ohne die Stimme zu erheben.

»Wenn du mit ihm geredet hast, gehst du wohl mit ihm ins Bett, was?«

Terry stand auf und schüttete ihrem Bruder seelenruhig ihren Orangensaft ins Gesicht. Er fand die Reaktion offenbar unangemessen. Noch ehe ich dazwischenfahren konnte, gab er

Terry eine Ohrfeige, daß sie das Gleichgewicht verlor und auf ihren Stuhl zurückfiel.
»Du Schwein!« rief sie.
Genau meine Meinung. Ich vermeide es tunlichst, mich in Familienzwistigkeiten einzumischen, und bin mit den Jahren milder geworden. Ich habe sogar versucht, mit der Frauenbewegung mitzuhalten, aber im Grund genommen bin ich altmodisch. Ich packte Tommy beim Arm und zog ihn zu mir heran. Ich wollte ihm eins verpassen, das er bis an sein Lebensende nicht vergessen würde.
Aber Tommy hatte andere Vorstellungen. Er wirbelte herum, sobald ich seinen Arm berührte, und holte zum Rundumschlag aus. Ich hatte keine Mühe, unter seinem Arm wegzutauchen. Ein Glück, daß ich nur drei Bier getrunken hatte. Noch in gebückter Haltung, plazierte ich einen wuchtigen rechten Haken in seiner Magengrube. Er krümmte sich zusammen, und ich sprang zurück, um nochmals Maß zu nehmen und ihn endgültig fertigzumachen. Aber dazu kam es nicht. Das Bürschchen torkelte nämlich auf die Menge der Gaffer zu, die sich um uns versammelt hatten, und übergab sich direkt auf Monica Heathertons blütenweiße Bluse.
»Was ist hier los?« donnerte es hinter mir, und als ich mich umdrehte, sah ich einen blonden Muskelprotz in weißen Shorts und Polohemd auf uns zuwalzen. Entweder Mr. Universum, dachte ich, oder der Golflehrer Pete Becker.
»Es ist nichts, Pete«, sagte Terry. »Tommy ist nur mal wieder ein bißchen zu weit gegangen.«
Becker blieb stehen, die Hände in die Hüften gestemmt, und taxierte mich von oben bis unten. Er hatte einen großen kantigen Kopf. Ich hatte das Gefühl, daß im Inneren dieses Kopfs nicht viel los war.
Terry nahm mich beim Arm und zog mich mit sich. »Ich glaube, es ist besser, Sie gehen jetzt«, sagte sie.
»Schlimm?« Ich strich mit der Hand vorsichtig über den roten Fleck auf ihrer Wange.
»Ach wo. Als Kinder haben wir uns dauernd geprügelt.« Sie lächelte. »Danke. Es hat mir gutgetan, mit Ihnen zu reden.«
Ich versicherte ihr, daß auch ich ihre Gesellschaft genossen

hätte. »Vielleicht können wir uns bald wieder mal sehen, wenn Sie nicht zu viel zu tun haben.«
»Ach ja«, antwortete sie. »Das wäre nett.«
Ganz meine Meinung.
Ich war schon am Tor zum Parkplatz, als Pop, der Kellner, mich rief. Hinkend kam er mir nach. Ich ging ihm entgegen, um ihm Mühe zu sparen.
»Ich wollte Ihnen nur die Hand schütteln, Sir.« Er grinste breit.
Ich streckte ihm die Hand entgegen, und er umfaßte sie mit beiden Händen. »Das hat der junge Vreeland seit langem verdient. Aber niemand hier hat den Mut gehabt, es ihm zu geben. Außer Dwight.«
»Dwight und Tommy haben sich geprügelt?«
»Ja, Sir, letztes Jahr. In Petes Kneipe. Ich hab's selbst nicht gesehen, aber ich hörte, daß er Tommy ganz schön vermöbelt hat.«
»Wissen Sie, weshalb es zu der Prügelei kam?«
»Ich glaube, es war wegen Miss Cynthia, Sir.«
»Mögen Sie Dwight?«
»Ja, Sir, er ist ein feiner Kerl.«
Ich wollte ihm noch ein paar Fragen stellen, aber da kam Pete Becker aus dem Clubhaus und rief ihn.
»Ich muß gehen«, sagte er. »Der junge Mr. Vreeland hat eine ganz schöne Schweinerei gemacht.«
»Das tut mir leid.«
»Denken Sie sich nichts, Sir. Meinetwegen können Sie jederzeit wiederkommen.«

## 15

Eine Woche war seit meinem denkwürdigen Wiedersehen mit Mike O'Leary vergangen. Nate und ich hatten eine ganze Menge Hintergrundinformationen zusammengetragen, einiges davon recht interessant. Aber Antworten hatten wir keine gefunden – nur neue Fragen. Langsam aber sicher, so schien es, kamen wir absolut überhaupt nicht weiter. Es paßte dazu,

daß wir, wieder einmal auf dem Weg nach New Jersey, mitten im Lincoln Tunnel im schönsten Stau steckten.
Einige ungeduldige Autofahrer machten ihrer Frustration Luft, indem sie sich lange und ausgiebig auf ihre Hupen lehnten. Ich habe nie verstanden, was solches Verhalten bringen soll, aber eine Psychologin, mit der ich mal liiert war, erklärte mir, es wirke ebenso therapeutisch wie wenn man in der Wut mit der Faust an die Wand donnert. Ich verstehe solches Verhalten trotzdem nicht.
Innerhalb von Sekunden hupten alle im Tunnel außer uns. Wir hatten eine Kühltasche voll Bier und uns einiges zu erzählen.
Wie das mit Wunschträumen so zu sein pflegt, wenn sie wahr werden, war Nates Auftritt in Joe Franklins Show »Straße der Erinnerungen« weit weniger befriedigend gewesen, als er sich erhofft hatte. Außer ihm waren ein Pudelzüchter aus Great Neck geladen gewesen, ein Toupetdesigner aus Queens und ein Ehepaar, das in Westchester »Endstation Sehnsucht« mit einer Laienspieltruppe auf die Bühne gebracht hatte. Joe stellte Nate als »einen sehr lieben Freund von mir« vor, genau wie er das mit allen anderen Gästen immer tut.
»Ich glaub' nicht, daß er mich noch mal einlädt«, jammerte Nate.
»Warum nicht?«
»Während der Toupetmensch quasselte, beglückwünschte ich Joe zu *seinem* Toupet, aber da stellte sich raus, daß er gar keins trägt.«
»Du meinst, er kämmt sich die Haare jeden Morgen selber so quer über die Rübe?«
»Anscheinend. Er war stinksauer über meine Bemerkung. Ich sehe mir seit Jahren jede Show von ihm an, aber das war das erstemal, daß er nicht lächelte.«
»Na, schon deshalb lohnt es sich, die Sendung anzuschauen.«
»Wenn sie überhaupt gebracht wird.« Er schüttelte bekümmert den Kopf. »Es war eine einzige Katastrophe.«
Danach brachte ich ihn über meine Unternehmungen der letzten zwei Tage aufs laufende. Er teilte meinen Verdacht, daß Terry Vreeland Dwights geheime Wohltäterin sein könnte, glaubte allerdings nicht daran, daß sie an der Ermordung Cynthias beteiligt sein könnte.

»Du meinst im Ernst, sie soll ihre Schwester so sehr gehaßt haben, daß sie sie umgebracht hat?«
»Nein, eigentlich nicht. Ich hoffe es jedenfalls nicht. Aber ich glaube, sie hat Dwight gern genug, ihm ein Alibi zu erfinden.«
Verdächtige hatten wir außer Dwight Robinson nur zwei – Dexter Robinson und Shake Johnson.
Mein Verdacht gegen Dexter gründete sich auf Ed Gallos Bemerkungen über ihn und auf Terrys Information, daß er einmal mit Cynthia ein Verhältnis gehabt hatte. Das kam allerdings als Motiv höchstens in Frage, wenn die Beziehung auch kurz vor dem Mord noch bestanden hatte. Terry hatte das für möglich gehalten, aber ihr Wort war mit Vorsicht zu genießen, wenn man berücksichtigte, daß sie vor allem Dwight helfen wollte. Andererseits hatte Dexter seinem Bruder ein Alibi geliefert, das voller Löcher war. Er hatte allem Anschein nach ruhig zugesehen, wie sein Bruder wegen Drogenbesitzes verknackt worden war; da war anzunehmen, daß er sich wieder so verhalten würde, schon gar, wenn es um Mord ging.
Shake, unser zweiter Kandidat, schien ein Alibi zu haben. Wir wußten allerdings nicht mit Sicherheit, wie lange er am Mordabend tatsächlich in Petes Kneipe gewesen war. Und es war anzunehmen, daß Hal Pucinsky es mit der Überprüfung nicht allzu genau genommen hatte. Er war ja überzeugt davon, daß Dwight Cynthia getötet hatte.
»Du vergißt einige andere Möglichkeiten«, meinte Nate, allerdings nur halb im Ernst.
»Du meinst Warren Shepherd?«
Er nickte. »Und die nette alte Dame von nebenan.«
»Doch nicht Anna Paslawski.«
»Du hast ihre Toilette nicht gesehen.«
Nein, aber ich hatte ihre Vorliebe für aufregende Kriminalfälle vermerkt. »Stimmt. Wann erzählst du mir denn mal, wie's da ausgesehen hat?«
»Bei Gelegenheit – wenn du schön brav bist. Beim nächsten dicken Stau vielleicht.«
Wir brausten jetzt die Route 3 entlang und näherten uns der Kreuzung zur Route 46, wo es nach Montclair abging. Der Stau war durch einen Bus mit Reifenpanne verursacht worden. Er hatte sich relativ rasch aufgelöst.

»Shepherd hat gesehen, wie Dwight etwas in Anna Paslawskis Mülltonne warf«, sagte ich. »Vielleicht war es gar nicht Dwight, aber wir müssen davon ausgehen, daß es auf jeden Fall ein Schwarzer war.«

»Es sei denn –«

Ich vollendete den Satz an seiner Stelle. »Es sei denn, Warren Shepherd hat gelogen. Woraus zu schließen wäre, daß er selber Cynthia umgebracht hat.«

»Und was hältst du von der Möglichkeit?«

»Nicht allzuviel. Mein Favorit ist immer noch Shake.«

Nate trank sein Bier aus und grinste. »Ich freu mich auf unseren kleinen Plausch.«

Shake Johnson wohnte in Mountain View in der Cree Lane, einer schmutzigen kleinen Straße, die von der Fayette Avenue zum Pompton River hinunterführte. Es war ein Wunder, daß man der Straße überhaupt einen Namen gegeben hatte. Die vier heruntergekommenen Hütten hatten keine Hausnummer, aber vor einer, bei der man noch erkennen konnte, daß sie einmal gelb gestrichen gewesen war, parkte ein knallroter Mustang.

»Ich glaube, hier sind wir richtig«, meinte Nate. »Echt gemütlich haben sie's hier.«

Unten beim Fluß spielten drei Jungen Baseball. Ein zerdrückter Milchbehälter diente ihnen als Ball, ein verrostetes Auspuffrohr als Schläger. Ein Mädchen mit verdrecktem Gesicht und langen Zöpfen schaukelte in einem alten Autoreifen, der von einer abgestorbenen Eiche herunterhing, und schaute ihnen zu.

Die Jungen unterbrachen ihr Spiel und starrten uns neugierig an, als wir uns dem Haus näherten. Eine Türglocke gab es nicht. Ich schlug mit der Faust auf das Holz. Die Radiomusik im Haus wurde leiser gedreht. Dann hörten wir eine gedämpfte Stimme.

»Was gibt's, Fips?«

»Sind Sie Shake Johnson?« Ich mußte schreien, weil das Radio wieder zu plärren begonnen hatte.

»Und wer sind Sie?«

Ich sagte ihm unsere Namen. »Wir sind Freunde von Tommy Vreeland.« Ich dachte, das würde helfen. Tat es aber nicht.

»Na und?« antwortete er nur.
Ich warf Nate einen Blick zu. Wir musterten beide die Tür.
»Ein kräftiger Schlag, und wir sind drin.«
Ich wollte es lieber noch einmal mit Diplomatie versuchen. »Tommy meinte, wir könnten vielleicht ins Geschäft kommen«, log ich. »Er hat uns geraten, mit Ihnen zu reden.«
Die Tür öffnete sich einen Spalt. Ein schwarzes Gesicht zeigte sich. Nein, es waren zwei. Das zweite gehörte einem Hund.
»Wollen Sie kaufen oder verkaufen?« Shakes Frage klang wie ein Knurren, aber vielleich kam das Knurren auch von dem Hund. Er wirkte ausgesprochen unfreundlich.
»Wir würden den Mann gern mal sehen, mit dem wir Geschäfte machen.«
»Wer sagt, daß wir Geschäfte machen?«
»Vergiß es«, sagte Nate. »Das ist ein kleiner Fisch. Für den ist unser Vorschlag ein paar Nummern zu groß.«
Das reizte seine Neugier. Als wir uns abwandten, zog er die Tür immerhin so weit auf, daß wir ihn sehen konnten. Er war ein großer, bulliger Kerl, ein Typ zum Fürchten. Und geradeso zum Fürchten war das große schwarze Hundevieh, ein Rottweiler, wie Nate mich später aufklärte. Shake hielt ihn an einer kurzen Leine, die für meinen Geschmack noch zu lang war.
»He, wieso haben Sie's so eilig? Wollen Sie gehen oder reden?« Shake winkte uns. Als wir durch die Tür traten, senkte Nate vorsichtig die Hand, um den Hund zu kraulen.
Kein guter Einfall. Das Vieh stellte sich auf die Hinterbeine und fing an zu knurren.
Shake lachte. »Er mag keine Weißen.«
»Macht nichts«, versetzte Nate. »Ich mag keine Hunde.«
Er lachte nicht dabei.
Shake schaltete das Radio aus und zog den Hund neben sich. Das liebe Vieh ließ uns nicht aus den Augen.
»Wie wär's, wenn Sie das Hündchen raustun«, meinte ich.
Der Blick, den Shake mir zuwarf, sagte klar und deutlich, was er von meinem Vorschlag hielt. Er schnalzte mit den Fingern und wies zur Ecke. Der Hund trottete hinüber und setzte sich. Shake wies mit großartiger Geste auf die vorhandenen Sitzgelegenheiten – drei Kisten und zwei Klappstühle. Er selbst ließ

sich auf einem der Klappstühle nieder, wir blieben an der Tür stehen, möglichst weit von dem Hund entfernt.
»Also, was gibt's?« fragte Shake.
»Hübsch haben Sie's hier«, murmelte Nate.
Shake sah ihn verständnislos an. Ich glaube, er kapierte langsam, daß wir aus anderen Gründen hier waren, als wir ihn glauben gemacht hatten.
»Wir haben gehört, daß Sie Dwight Robinson unter Druck gesetzt haben«, sagte ich. »Wir möchten wissen, warum.«
Shake grinste. »Sie haben fünf Sekunden, um zu verschwinden, Bruder. Sonst macht Bonzo Hackfleisch aus Ihnen.« Er sah den Hund an, und der begann prompt zu knurren.
Ich brauchte nur zwei Sekunden, um meine Pistole zu ziehen.
»Sie haben fünf Sekunden, um unsere Fragen zu beantworten, sonst kann Bonzo sich die Radieschen von unten besehen.«
Ich hatte nicht die Absicht zu schießen, aber ich wollte Shake wissen lassen, wie es um seine Chancen stand, falls er vorhaben sollte, aufs Ganze zu gehen.
Shake interessierte das offensichtlich gar nicht. Er schnalzte mit dem Finger, und ehe ich den Hund überhaupt anvisieren konnte, stürzte der sich schon auf mich. Er war nicht nur groß und häßlich, sondern auch verdammt schnell.
Instinktiv riß ich die Arme hoch, um mein Gesicht zu schützen, und schlug gleichzeitig mit dem rechten Fuß aus. Das allein hätte nicht gereicht, um ihn abzuwehren, aber Nate war seinerseits ein verdammt flinkes Bürschchen und fällte den Hund mit einem Karateschlag in seinen Nacken.
Der Hund kippte aufheulend um. Shake sprang brüllend auf, um sich auf Nate zu stürzen, der sich gerade bückte, um die Leine zu packen. Ich warf mich zwischen die beiden und gab Shake mit dem Pistolenkolben kräftig eins über die Rübe.
Nate zerrte den wimmernden Hund in die Küche hinaus, während ich im Wohnzimmer blieb und Shake, der auf dem Boden lag und sich den Kopf rieb, mit meiner Kanone in Schach hielt.
»Warum haben Sie Dwight Robinson bedroht?« fragte ich.
»Verpiß dich.«
»Welchen Arm soll ich Ihnen zuerst brechen?« fragte Nate höflich. »Es bleiben genau zehn Sekunden Bedenkzeit.«

Shake ließ sich das durch den Kopf gehen und rückte mit der Antwort heraus, ehe die Frist um war. »Er hat mir Geld geschuldet.«
»Haben Sie den Scheinwerfer an seinem Wagen eingeschlagen?«
»Wer hat Ihnen denn das erzählt? Dexter, dieser blöde Hund?«
Nate erinnerte ihn daran, daß *wir* die Fragen stellten.
»Ja, das hab' ich eingeschlagen.«
»Wir hörten, daß Sie auch Dwights Frau bedroht haben. Sie sind ein ganz schön unangenehmer Bursche, wie?«
Er schaute zur Küche hinüber, wo Bonzo sich die Lungen aus dem Leib bellte und wie verrückt an der Tür kratzte.
»Sie haben sie bedroht, und kurz darauf war sie tot. Sehr verdächtig.«
Shake bedachte mich wieder mit seinem dreckigen Grinsen. »Ich hab' ein Alibi, Bruder.«
»Ist das Ihr Mustang, der draußen vor der Tür steht?«
»Ja.«
Nate schlenderte zum Tisch hinüber, auf dem ein Stapel Papiere lag, und sah die Fetzen durch. »Da schreiben Sie sich wohl die Wetten auf, hm?«
»Hauen Sie endlich ab.«
»Der Bursche ist zu blöd, um selbständig zu arbeiten«, stellte Nate fest und reichte mir ein Blatt Papier mit einer langen Zahlenreihe darauf. »Er kann nicht mal addieren.«
Ich nickte. »Und die Schrift ist auch lausig.« Ich sah Shake an. »Für wen arbeiten Sie?«
»Geht Sie einen Dreck an.«
Nate ging zur Stereoanlage und nahm die Platte, die auf dem Teller lag. Er ließ sie zu Boden fallen und stampfte mit dem Stiefelabsatz darauf.
»He, was tun Sie da, Sie Idiot? Das ist meine neue Temps LP.«
Er wollte aufstehen, aber ich stieß ihn auf den Boden zurück.
»Diamantnadel«, stellte Nate fest und zog die Nadel vom Tonabnehmer. »Die Dinger sollen ja ewig halten.« Er ließ sie zu Boden fallen und trat darauf. »Wenn man sie nicht besonderen Strapazen aussetzt.«
»Wir haben den ganzen Tag Zeit«, bemerkte ich lächelnd. »Also, für wen arbeiten Sie?«

»Ray Salvino.«
»Hat er Ihnen aufgetragen, Dwight auf die Zehen zu treten?«
»Ja.«
»Wo ist er zu erreichen?«
Shake hüllte sich in Schweigen.
»Na schön, *Four Tops Größte Hits*«, sagte Nate und zog eine Platte aus ihrem Umschlag.
»He, Mann, nicht –« Shake sah mit Entsetzen zu, wie Nate eine weitere Platte in Brüche trat. »Er steht in Petes Kneipe an der Bar. Reden Sie mit ihm. Ich hab' nichts getan.«
»So ein Zufall!« sagte ich. »Das ist doch die Kneipe, wo Sie und Tommy Vreeland an dem Abend gesoffen haben, als Cynthia ermordet wurde. Wann sind Sie da weggegangen?«
»Ich war den ganzen Abend dort. Zusammen mit Tommy. Fragen Sie Ray.«
»Und weshalb sollten wir Ray glauben?«
Darauf wußte Shake keine Antwort. Er schaute zu Nate hinüber, der immer noch in der Ecke neben der Stereoanlage stand. »He, Mann, was machen Sie da?«
Ich drehte mich um. Nate war gerade dabei, zwei kleine Plastiksäckchen aus einer Schuhschachtel zu nehmen. Er sah mich grinsend an. »Gras.« Dann wandte er sich an Shake. »Vielen Dank. Das sind hübsche Weihnachtsgeschenke.«
»He, das ist mein Gras!« Shake sprang vom Boden auf. Ich knallte ihm mit beiden Händen eine vor den Latz, und er setzte sich wieder. »Rufen Sie doch die Bullen und melden Sie's als gestohlen«, sagte ich, schon auf dem Weg zur Tür. »Ich soll Ihnen übrigens von Dwight ausrichten, daß er Sie demnächst besuchen wird.«
»Ich hab' keine Angst.«
»Sollten Sie aber«, sagte Nate. »Wir kommen nämlich mit ihm.« Er zwinkerte freundlich. »Behalten Sie ruhig Platz, Bruder. Wir finden schon raus.«

16

Petes Kneipe war leer bis auf den Barkeeper, der mit einem Schlüsselbund zur Tür kam, als wir eintraten. Ich hatte mir schon gedacht, daß Shake Johnson Salvino gleich nach unserem Abzug anrufen würde, aber mit dem Auto waren wir in zwei Minuten da gewesen.

»Wir haben geschlossen«, sagte er. »Sie müssen Ihr Bier woanders trinken.«

»Wir sind nicht zum Trinken hergekommen«, versetzte ich. »Wir suchen Ray Salvino.«

»Da haben Sie Pech. Der ist gerade weg.«

Nate und ich tauschten einen Blick. Ich war sicher, daß Salvino nicht die Zeit gehabt hatte abzuhauen, selbst wenn Shake ihn sofort angerufen hatte. Und ich war ebenso sicher, daß der Laden sich zwei Barkeeper nicht leisten konnte. Wenn doch, dann hatte Pete noch andere Einnahmen. Was natürlich nicht ausgeschlossen war.

»Dann bleiben wir eben und trinken einen«, sagte Nate. »Ray kommt bestimmt früher oder später wieder.«

»Ich hab' Ihnen doch gesagt, daß wir geschlossen haben«, wiederholte der Barkeeper.

Er war ein drahtiger Bursche mit pockennarbigem Gesicht von ungefähr vierzig Jahren. Italienischer Abstammung meiner Schätzung nach.

»Sie haben aber komische Öffnungszeiten«, bemerkte Nate mit einem Blick auf seine Uhr. »Um die Zeit geht doch das Geschäft erst los.«

»Es ist eben eine komische Kneipe«, entgegnete der Barkeeper. Ihn hingegen fand ich gar nicht komisch.

»Hat Ray was gesagt, wohin er wollte?« fragte ich. »Er wollte uns hier treffen.«

»Nein, hat er nicht. Er mußte plötzlich weg.«

»Du kennst doch den alten Ray«, wandte sich Nate an mich. »Der war immer schon so ein unzuverlässiges Schwein. Und Grips hat er auch keinen in seinem Holzkopf.« Wir lachten, aber der Barkeeper lachte nicht mit.

»Na schön«, meinte ich, »wir wollen Sie nicht aufhalten, wenn Sie jetzt schließen wollen.«

»Genau«, fügte Nate hinzu. »Wir haben Bier im Auto. Da müssen wir eben draußen warten, bis Ray wiederkommt.«
Der Mann zeigte Beunruhigung. »Ich glaub' nicht, daß er heute noch mal kommt«, sagte er.
»Ein Glück, daß wir uns mit Bier eingedeckt haben«, sagte Nate.
Als wir mit dem Barkeeper zur Tür gingen, sah ich draußen Pete Becker aus einem weißen Cadillac steigen. Er schien es eilig zu haben. Anscheinend hatte der Barkeeper Shakes SOS weitergegeben. Vielleicht hatte Shake auch selber bei Pete angerufen.
»Machen die beiden Kerle dir Scherereien, Ray?« Becker brauchte einen Moment, ehe er mich wiedererkannte. »Was? Sie schon wieder?« sagte er.
»Das ist der Kerl, der Tommy gestern angegriffen hat«, berichtete er Salvino.
Ich machte mir nicht die Mühe, seine Darstellung der Ereignisse zu korrigieren.
»Sie sind also Ray«, sagte Nate. Er bot dem Barkeeper die Hand, doch der ignorierte die Geste. »Das nenn' ich Humor. Uns so auf den Leim zu führen.«
»Sie haben auch einen ganz netten Humor«, gab Salvino zurück.
»Was wollen Sie?« fragte Becker.
»Wir wollten mit Salvino sprechen«, antwortete ich. »Aber Ray scheint heute mit sich selbst nicht ganz im reinen zu sein.«
»Was wollen Sie denn wissen?« Becker musterte Nate. Er war wie eine Dampfwalze gebaut und wahrscheinlich nicht so leicht einzuschüchtern.
»Shake Johnson hat uns erzählt, daß Sie ihn beauftragt haben, Dwight Robinson ein bißchen die Hölle heiß zu machen.«
»Der redet doch nichts als Mist«, erklärte Salvino.
»Nichtsdestotrotz hat er außerdem damit gedroht, Robinsons Frau was anzutun. Auch das in Ihrem Auftrag«, sagte Nate. »Was haben Sie dazu zu sagen?«
»Nichts als Mist«, wiederholte Salvino, dem Beckers Anwesenheit Sicherheit zu geben schien.

»Warum haben Sie ihm dann für die Mordnacht ein Alibi gegeben?« fragte ich.
Wir bekamen keine Antwort. Und sollten auch keine bekommen. Pete Becker zog eine .38er und fühlte sich uns dank der Kanone entschieden überlegen.
»Hauen Sie ab. Ich geb' Ihnen genau eine Minute.«
Ich nutzte die Frist zu einer letzten Bemerkung. »Sie haben Shake ein Alibi gegeben«, sagte ich zu Salvino. »Aber Robinsons Nachbarin hat ihn an dem Abend, als Cynthia umgebracht wurde, dort ins Haus gehen sehen. Sie sollten Ihre Geschichte lieber nochmals überprüfen.«
Das war natürlich eine Lüge, aber Lügen bringen manchmal aufschlußreiche Reaktionen. Auch diesmal war es so.
Salvino warf Becker einen nervösen Blick zu, ehe er mir widersprach. Es war nur ein kurzer Blick, aber mir verriet er, daß Shake keineswegs den ganzen Abend in der Kneipe verbracht hatte.
Als wir uns zum Gehen wandten, senkte Becker die Pistole. Nate war hinter mir, darum kann ich nicht sagen, wie er es angestellt hat. Aber ich drehte mich um, sobald ich das Getümmel hinter mir spürte, und sah, wie die Kanone zu Boden fiel. Salvino schaute erst zu der Waffe, dann auf mich und hielt es dann für das klügste, nichts zu tun. Nate hatte Mr. Universum im Schwitzkasten, und ich hatte meinen Fuß auf der Kanone. Becker stöhnte. Nach ein paar Sekunden ließ Nate ihn los und stieß ihn von sich. Becker landete kopfüber auf einem der Tische an der Wand.
»Alles eine Sache der Hebelwirkung«, brummte Nate.
Und des Trainings. Ich wußte, daß Nate noch immer regelmäßig Krafttraining machte. Er trank jeden Tag sein Quantum Bier, rauchte täglich eine Packung Zigaretten und hatte bald seine fünfzig Jahre auf dem Buckel, aber er war topfit. Ein echter Wunderknabe.
Nate streckte die Hand aus, und ich gab ihm die Kanone. Er leerte das Magazin und steckte die Patronen ein. Dann warf er die Waffe auf den Tresen.
»Das ist kein Spielzeug«, sagte er zu Becker. »Sie sollten vorsichtiger damit umgehen, sonst verletzen Sie noch jemanden.« Er drohte mit dem Finger. »Wenn Sie das bei uns noch-

mal versuchen sollten, könnten Sie dieser Jemand sein. Kapiert, Pete?«
Wir warteten nicht auf seine Antwort.

## 17

Nach fünf Tagen New Jersey war ich urlaubsreif. Um mich von den Irrungen und Wirrungen der vergangenen Woche zu erholen, beschloß ich, den Samstag meinen finanziellen Angelegenheiten zu widmen. Das klingt anstrengend, ich weiß, aber es geht ganz einfach: Man legt sich auf die Couch und studiert bei einer oder mehreren Dosen Bier die Rennzeitung. Ich fand einige interessante Investitionsmöglichkeiten, aber mein Freund Albatross hatte sich diesen Tag ebenfalls freigenommen, so daß mit dem großen Geld nicht zu rechnen war. Mein Freund Nate war mit der legendären Hortense verabredet, und für einen Alleingang auf die Rennbahn brachte ich die Energie nicht auf. Ich blieb also auf dem Sofa liegen und plazierte meine Wetten über meinen Buchmacher Angelo Albani, mit dem ich schon seit Jahren zur beiderseitigen Zufriedenheit zusammenarbeite.
Wenn man an einem Fall arbeitet, tut es manchmal gut, mittendrin einen Tag völlig abzuschalten. Da können sich die Dinge setzen, und manches Rätsel klärt sich von selbst. Leider wirkte das diesmal nicht. Als ich am Sonntag nachmittag nach Paterson fuhr, um an der Sympathiekundgebung für Dwight Robinson in der Kennedy High School teilzunehmen, sah ich um keinen Deut klarer als am Vortag. Ich hatte immer noch das ungute Gefühl, daß wir nicht vorwärtskamen. Aber ich war am Abend mit Terry Vreeland zum Essen verabredet und hoffte, daß ich von ihr einiges Neue und Klärende erfahren würde.
Die Kennedy High School ist ein massiger grauer Steinbau, der kaum einladender wirkt als das Bezirksgefängnis. Der Parkplatz war gerammelt voll mit Autos und Fahrrädern. Ed Gallo hatte offensichtlich erstklassige Organisationsarbeit geleistet.

Im Park hinter der Schule drängten sich ungefähr tausend Menschen, größtenteils junge Leute. Der Park hatte keinen Namen, aber ich kannte ihn. Ich war in meiner Kindheit mehrmals dort gewesen, um dort das erste U-Boot der Welt zu bestaunen. Ich habe nie begriffen, warum es ausgerechnet dort aufgestellt wurde, und mein Pfadfinderführer hatte auch keine Antwort gewußt, als ich ihn danach gefragt hatte. Es war eines der großen Geheimnisse meiner Kindheit. Ich habe, genau wie beim Geheimnis der Heiligen Dreifaltigkeit, längst alles Interesse daran verloren, es zu enträtseln.

Ed Gallo stand auf einem provisorischen Podium nahe beim Fluß; neben ihm eine kleine, dickliche Frau, vermutlich Mrs. Gallo, und Mike O'Leary. Außer mir, den Bullen, einem Fernsehteam und einigen Zeitungsreportern waren kaum Weiße im Park zu sehen.

Neben ein paar anderen Leuten, die ich nicht kannte, entdeckte ich auch Dahlia Robinson und ihren Sohn Dexter auf dem Podium. Ed Gallo trat gerade zum Mikrophon, um das Wort an die versammelte Menge zu richten, als ich das Podium erreichte.

Es war nicht gerade die Rede von Gettysburg, die er vom Stapel ließ, aber es war klar, daß Ed Gallo ein geübter Redner war. Ebenso klar war, daß die jungen Leute ihn respektierten; sobald er zu sprechen begann, wurden sie still und hörten ihm aufmerksam zu.

Gallos Rede war kurz und eindringlich, eine knappe Erläuterung der Rechte, die jeder Bürger in diesem Staat genoß, gefolgt von einem Aufruf großzügig zu spenden. Für Dwight Robinson, sagte er, ginge es bei diesem Spiel um Leben und Tod. Siegen könne er nur, wenn alle Fans ihn uneingeschränkt unterstützten. Zum Schluß stimmte er einen Schlachtruf an, den die Menge sofort aufnahm und ungefähr fünf Minuten lang in dröhnendem Singsang wiederholte: »Freiheit für Dwight!«

Dann stellte er Dexter und Dwights Mutter vor. Dexter sagte nichts, doch Mrs. Robinson sprach einige Worte über die Wichtigkeit des Gebets und des Glaubens. Die Leute hörten höflich zu und stimmten wieder den Schlachtruf an, als Dahlia Robinson in Tränen ausbrach und nicht weitersprechen konnte. Dexter nahm sie beim Arm und führte sie vom Podium.

Als der nächste Redner vortrat, zog ich O'Leary vom Podium und schleppte ihn zu dem Tisch, wo die Spenden in Empfang genommen wurden. Meiner Aufforderung, genau wie ich fünfzig Dollar zu geben, widersetzte er sich zunächst und behauptete, nicht soviel bei sich zu haben. Aber er gab sofort klein bei, als ich mich daran machte, seine Taschen zu durchsuchen.

»Ich hatte übrigens am Donnerstag ein interessantes Gespräch mit Terry Vreeland«, erzählte ich ihm.

»Ja, ich weiß. Hat's was gebracht?«

Ich ignorierte die Frage und konterte mit einer Gegenfrage: »Woher weißt du das?«

O'Leary zog einen Flachmann aus der Tasche. Der Mann versteht zu feiern. »Sie rief bei mir in der Kanzlei an und wollte deine Nummer haben.«

Ich hatte geglaubt, sobald ich Terry erwähnte, würde Mike zugeben, daß sie Dwights heimliche Freundin war. Statt dessen übte er sich in Zurückhaltung. Oder aber es war eine andere Frau im Spiel.

Ich hätte ihn natürlich direkt fragen können, aber ich wollte ihn nicht in Verlegenheit bringen, falls er noch immer nach Terrys Wunsch handeln sollte. Ich kann manchmal sehr rücksichtsvoll sein. Außerdem hatte ich vor, Terry bei nächster Gelegenheit selber zu fragen.

»Ja, ich hab' eine Menge von ihr erfahren«, sagte ich, »aber wir treten weiterhin auf der Stelle – viele Fragen und nicht genug Antworten.«

Er runzelte die Stirn. »Und Shake Johnson?«

Ich berichtete über unseren Besuch bei Shake und in Petes Kneipe. »Im Moment ist Shake unser aussichtsreichster Kandidat«, sagte ich. »Ich wette, daß er nicht den ganzen Abend in der Kneipe war. Aber ehe wir ihm was anhängen können, brauchen wir mehr Informationen.«

»Und wie willst du die beschaffen?«

Ich zuckte die Achseln. »Abwarten. Sehen, wie sich die Dinge entwickeln.«

»Ich stelle mit Entzücken fest, daß du dich nur der modernsten Ermittlungsmethoden bedienst. Und mein Mandant hockt weiterhin im Knast.«

»Sollen wir's vielleicht erzwingen?«
»Du meinst, aus ihm rausprügeln?«
Ich nickte.
»Das ist das letzte, was ich brauche – ein Geständnis, das unter Gewaltanwendung erzwungen wurde.«
»Na also. Darum müssen wir abwarten.« Ich lächelte. »Und die Rechnung wird immer höher.«
»Großer Gott!«
Ich wußte nicht, ob O'Leary damit auf meine Bemerkung reagierte oder auf Gallos Einführung einer Vier-Mann-Band, die sich Black Power nannte. Die Jungens waren von Kopf bis Fuß in Schwarz gekleidet und sahen aus, als wollten sie gleich einen Boogie hinlegen. Ich fühlte mich plötzlich alt.
Sie begannen mit einem Song, der extra für diesen Anlaß geschrieben worden war und »Freiheit für Dwight Robinson« hieß. Ihre Gitarren dröhnten ohrenbetäubend. Man konnte kaum den Text des Liedes verstehen.
Die Menge begann zu tanzen. Als Mike und ich versuchten, den Lautsprechern zu entfliehen, kamen Ed Gallo und seine Frau uns entgegengehopst. Sie erreichten uns, als der Sänger pausierte und die Band ein Instrumentensolo einlegte. Brüllend machte uns Gallo mit seiner Frau bekannt. »Echt flippig, was?« schrie er.
Ich wußte nicht genau, was er meinte, aber ich bejahte eifrig. Ich wollte nur zwei Aspirin.
Er nickte grinsend und tanzte weiter. Nach einer Weile warf Mrs. Gallo das Handtuch und ließ ihren Ehegatten allein weiterhüpfen.
Die Menge johlte und brüllte beim Vortrag der Gruppe Black Power, und ich atmete auf. Ich hatte zwei Züge aus Mikes Flachmann gebraucht, um das durchzustehen.
»Eine tolle Band«, sagte Gallo, der als letzter aufhörte zu klatschen und zu pfeifen. »Sie machen bald eine Platte.«
»Eine der großen Plattenfirmen interessiert sich für sie, und wenn's soweit ist, spielen alle Rundfunksender ihre Musik«, sagte Gallo. »Der gesamte Erlös wandert in den Kautionsfonds für Dwight Robinson.«
»Wenn es einen Erlös gibt«, warf seine Frau ein.
Die nächste Nummer der Band hatte bemerkenswerte Ähn-

lichkeit mit der vorigen. Der einzige Unterschied war, daß Gallo den Text nicht auswendig konnte. Er entdeckte ein paar Jungen aus seinem Baseballteam und winkte sie herüber, um sie mit uns bekanntzumachen. Wir unterhielten uns ein paar Minuten mit ihnen, aber meine Aufmerksamkeit war geteilt, da ich die ganze Zeit versuchte, Dexter Robinson in der Menge zu entdecken. Ich sah ihn schließlich am Flußufer unter einer Weide, wo er sich mit zwei Mädchen unterhielt. Als ich mich bei Gallo entschuldigte, lud er Mike und mich zum Essen sein.

»Wir haben doch genug da, nicht wahr, Schatz?« sagte er zu seiner Frau.

Mrs. Gallo schien nicht so sicher zu sein. Erleichterung breitete sich auf ihrem Gesicht aus, als wir sagten, wir hätten schon etwas vor.

Mike begleitete uns zu Dexter. Dwights Bruder schien von unserem Erscheinen nicht gerade begeistert.

»Wissen Sie noch, wer ich bin?« fragte ich.

»Klar. Ich kenne sogar die Uhr.«

»Na wunderbar. Ich wollte sowieso fragen, ob Sie sich erinnern können, wie spät genau es war, als Sie an dem Abend von Cynthias Ermordung aus Petes Kneipe weggingen.«

Dexter überlegte einen Moment. Die beiden Mädchen wandten sich zum Gehen.

»He, nicht weggehen«, sagte er. »Die beiden Freunde gehen gleich wieder.«

Das eine Mädchen meinte, sie würden sich sicher später noch sehen.

»Ach, verdammt. Die beiden waren echt heiß.« Er machte ein Gesicht, als erwarte er eine Entschuldigung für die Störung, aber die bekam er nicht.

»Also, wann sind Sie aus der Kneipe weg?« fragte ich.

»So gegen halb zehn. Gleich nachdem Tommy und Shake gekommen waren.«

»Sind Sie deshalb gegangen?«

Er nickte. »Tommy war sturzbesoffen. Ich wollte keinen Ärger, drum bin ich lieber abgehauen.«

»Wohin?«

»Heim.« Er sagte es, als wäre es die einzige Möglichkeit.

»Wann sind Sie zu Hause angekommen?«
»Keine Ahnung.« Dexter starrte zu Boden. »Ich weiß nicht, wie lang die Fahrt dauert.«
»Vielleicht sollte ich Ihre Mutter fragen.«
»Nein, lassen Sie das. Meine Mutter geht immer früh schlafen. Sie war schon im Bett, als ich heimkam.«
»Um welche Zeit hat Dwight Sie angerufen?«
»Muß so um Mitternacht gewesen sein.« Dexters Blick wanderte unruhig umher. Er wirkte wie ein kleiner Junge, der endlich vom Mittagstisch aufstehen möchte. »Haben Sie sonst noch Fragen?«
»Nur eine. Was für einen Wagen fahren Sie?«
»Ich? Einen Oldsmobile.«
»Welche Farbe?«
»Weiß.«
»Wie Dwights Wagen.«
»Stimmt. Nur hat er einen Cadillac.«
»Danke, das wär's.«
»Gern geschehen.« Dexter wirkte etwas verdutzt. Entweder konnte er zwei und zwei nicht zusammenzählen, oder er sagte die Wahrheit.
Ich sah ihm nach, wie er mit schwingendem Großmannsschritt zum Podium ging, dann machte ich mich mit Mike auf den Weg zum Parkplatz.
»Und was sollte das Ganze?« frage Mike.
»Irgendwie trau ich dem Burschen nicht«, antwortete ich.
»Ich weiß, was du meinst. Ich hab' den Eindruck, daß Dwight auch seine Vorbehalte hat. Glaubst du, er hat Cynthia umgebracht?«
»Wahrscheinlich nicht. Aber es ist noch zu früh, um etwas Definitives zu sagen.«
Ich sah auf meine Uhr. Es war schon reichlich spät. Mike wollte noch einen trinken gehen, aber ich lehnte ab.
»Zeit ist Geld, Mike. Und heute ist meine Zeit dein Geld.«

# 18

Ich hatte keine Mühe, Terry Vreelands Haus am Beechwood Drive in Packanack Lake zu finden. Die Siedlung sah aus wie der Prototyp für Mountain Lake. Es gab einen Golfplatz mit neun Löchern, Tennisplätze, einen Baseballplatz und natürlich einen kleinen See. Die Häuser waren nicht ganz so pompös wie in Mountain Lake; vermutlich war Packanack Lake das Sprungbrett für den großen gesellschaftlichen Aufschwung nach Mountain Lake.

Terry Vreeland saß auf der Vorderveranda ihres Hauses, als ich kam. Ich weiß nicht, ob ich sie erkannt hätte, wenn ich die Hausnummer nicht so fest im Kopf gehabt hätte. Sie sah ganz anders aus als auf dem Golfplatz. Noch attraktiver. Sie hatte ein knallrotes Kleid an und trug das braune Haar offen. Als ich aus dem Wagen stieg, stand sie auf und kam mir entgegen. Sie war nicht einfach eine hübsche Frau, sie war eine Schönheit.

Ich sagte es ihr ganz freimütig, als sie mich begrüßte, und sie schien sich darüber zu freuen. Sie freute sich auch über die Blumen, die ich mitgebracht hatte, obwohl die vom langen Liegen im Auto schon etwas angewelkt waren.

Ich selber war auch leicht angewelkt und dankbar für den Gin mit Tonic, den sie mir machte. »Ich hoffe, Sie mögen Lasagne«, sagte sie. »Viel anderes kann ich nämlich nicht.«

Ich versicherte ihr, es wäre mein Leibgericht, und das entsprach fast der Wahrheit.

Auf dem Golfplatz war ich ganz locker gewesen, aber als ich jetzt neben Terry auf der Couch in ihrem Wohnzimmer saß, war ich richtig befangen. Das ist ungewöhnlich für mich; ich bin sonst eigentlich recht selbstsicher – manche würden vielleicht sogar sagen forsch. Aber irgendwie empfand ich die Situation als sehr intim, und ich hatte das Gefühl, daß es Terry ebenso ging.

Terry bestätigte meinen Verdacht, daß Packanack Lake das Sprungbrett für Mountain Lake war. Bis vor wenigen Jahren hatten Schwarze und Juden in dieser kleinen Exklusivgemeinde keine Häuser erwerben können. Ihr Großvater hatte sie gegründet, und ihre Familie hatte bis Anfang der fünfziger Jahre, als sie in vornehmere Regionen zog, hier gelebt.

Ich berichtete Terry von der Kundgebung zur Unterstützung von Dwight Robinson. Sie hatte daran gedacht, auch teilzunehmen, hatte es sich dann aber anders überlegt; es wäre einer öffentlichen Kriegserklärung an ihren Vater gleichgekommen, meinte sie. Statt dessen hatte sie Golf gespielt.
»Und haben Sie sich inzwischen von dem reizenden Zusammentreffen mit meinem Bruder erholt?« erkundigte sie sich. Ich hatte den Eindruck, sie fühlte sich zumindest teilweise verantwortlich für den Zusammenstoß.
Ich versicherte ihr, ich hätte mich bestens erholt und sie brauche keinerlei Schuldgefühle zu haben.
»Tommy wird meistens aggressiv, wenn er betrunken ist«, sagte sie.
»War ein bißchen früh am Tag, um schon betrunken zu sein.«
»Für meinen Bruder nicht. Trinken ist die Hauptbeschäftigung im Club. Ich trinke nie, wenn ich dort bin.«
»Übrigens bin ich Pete Becker nach der Szene im Club gleich noch einmal begegnet«, sagte ich.
»Wie schön für Sie. Wo denn? In seiner Kneipe?« Sie stand auf und ging zu einem der Beistelltische, um eine Zeitung zu holen, die dort lag.
»Richtig«, bestätigte ich. »Der Laden ist klasse. Waren Sie schon mal dort?«
»Einmal.« Sie hob einen Finger. »Genau fünf Minuten. Tommy hängt dauernd dort rum. Ich find's furchtbar.«
»Mir gefällt's auch nicht besonders.« Ich erzählte ihr von unserem Rencontre mit Shake, Salvino und Becker. Mit der Zeitung in der Hand setzte sie sich wieder neben mich. »Kennen Sie diesen Salvino?« fragte ich.
Sie schüttelte den Kopf. »Aber schauen Sie sich das hier mal an.« Sie reichte mir die Zeitung. »Da sieht man gleich, was für ein Idiot Pete Becker ist.«
Ich lächelte. »Das braucht mir keiner zu sagen.«
Terry stand auf, um uns frische Drinks zu machen, während ich mir die Zeitung ansah. Es war ein vierseitiges Blättchen namens »Das neunzehnte Loch« und fungierte als offizielle Tageszeitung von Mountain Lake. Auf der Rückseite prangte ein Foto des strahlenden Mr. Universum. Pete Becker war offensichtlich der Meinung, er wäre zu höherem geboren als

nur zum Golflehrer und Kneipenwirt. Anscheinend hatte sich noch niemand die Mühe gemacht, ihm zu sagen, daß er zum Journalisten entschieden nicht geboren war.
Der kleine Artikel war ohne Verfasserangabe; ich weiß nicht, ob das ein Versehen war oder ob man einfach annahm, daß jeder Pete Becker kennt.
»Stimmt's oder habe ich recht?
Tragischeres als es in diesen Tagen geschehen ist, haben wir nie erlebt. Eine finstere Wolke hängt über dem Country Club und unser aller Leben, und sie trägt das Gesicht Dwight Robinsons. Ich brauche Ihnen nicht zu sagen, daß Cynthia Vreeland, die schöne und lebensfreudige Tochter Mr. Vreelands, am 9. Mai abends kaltblütig von ihm ermordet wurde.
Dwight spielte sich immer schon als der Baseball-Star von Gottes Gnaden auf, aber am Schluß entpuppte er sich doch nur als gemeine Niete. Hätte mich einer gefragt, ich hätte ihm schon vor Jahren sagen können, was für ein fauler und nichtsnutziger Lump Dwight Robinson ist. Ich habe ihn jahrelang als Caddie genossen und ich habe ihn in meiner Kneipe erlebt. Als Caddie war er einfach schlecht, und wenn er in die Kneipe kam, führte er sich auf, als erwarte er, daß wir ihm alle die Füße küssen.
Nichts, was wir tun, wird Cynthia wieder zum Leben erwekken, aber es ist unser aller Pflicht, dafür zu sorgen, daß Robinson für sein Verbrechen bezahlt. Er verdient nicht weniger als den elektrischen Stuhl. Ich möchte Mr. Vreeland und seinen Kindern Tommy und Terry, die mir seit langem liebe Freunde sind, mein aufrichtiges Beileid aussprechen. Ohne sie gäbe es Mountain Lake nicht.
Und aus allen diesen Gründen schlage ich hiermit vor, dem Golfplatz einen neuen Namen zu geben und ihn nach Cynthia zu benennen. Stimmt's oder habe ich recht?«
»Das ist die neueste Ausgabe«, sagte Terry und reichte mir mein Glas. »Sonst schreibt Pete im allgemeinen über die Notwendigkeit, die Sandbunker zu säubern und ähnliche wichtige Fragen.«
»Ich hoffe, er spielt besser Golf als er schreibt«, meinte ich.
»Dwight war viel besser als er. Das ist einer der Gründe, warum Pete ihn nicht ausstehen kann.«

»Aber mit Ihrem Bruder ist er gut Freund.«
Sie nickte. »Ich sagte Ihnen ja schon, daß Tommy kein Menschenkenner ist.«
Sie wollte aufstehen, schaffte es aber nicht ganz. »Puh, ich spür' den Alkohol. Vielleicht sollten wir lieber essen. Haben Sie schon Hunger?« Ihr Ton verriet klar, daß sie hoffte, ich würde nein sagen.
»Ich könnt's noch eine Weile aushalten.«
»Gut.« Sie kuschelte sich tiefer ins Sofa. »Dann trinken wir noch einen.«
Der Vorschlag behagte mir. Diesmal mixte ich die Drinks.
Ich fand, dies wäre genau die richtige Gelegenheit, ihr die Frage zu stellen, die mich seit drei Tagen beschäftigte.
»Dwight hatte ein Liebesverhältnis mit einer anderen Frau«, sagte ich. »Waren Sie die Frau?«
Sie war empört. »Also hören Sie mal! Dwight Robinson ist mein Schwager!«
Ich entschuldigte mich und erzählte ihr von der geheimnisvollen Frau, die Mike O'Leary engagiert hatte. Sie hatte keine Ahnung, wer die Frau sein könnte. Sie sagte, sie könne verstehen, daß ich sie in Verdacht gehabt hatte.
»Sie wissen eben nicht, was ich von einem Mann erwarte«, fügte sie hinzu.
»Was denn?«
»Erstens muß er älter sein und zweitens darf er nicht besser Golf spielen als ich.«
Na, wenn das nicht eine Antwort genau nach meinem Geschmack war! Ich war begeistert.

## 19

»Erzählen Sie mir was von sich«, sagte Terry, als wir nach der Lasagne und mehreren Tassen Kaffee wieder auf dem Sofa saßen.
»Was wollen Sie denn wissen?«
»Sind Sie verheiratet?«
»Im Augenblick nicht.«

Sie lachte und lehnte sich an mich. »Was heißt das? Daß Sie gerade im Begriff sind zu heiraten, oder daß Sie eben geschieden worden sind?«
Ich bin im allgemeinen ziemlich zurückhaltend, wenn es um persönliche Dinge geht, aber zu Terry hatte ich Vertrauen, und ich erzählte ihr von meiner Kindheit in Clifton und meiner mißlungenen Baseball-Karriere, von meinem Unfall und der nachfolgenden Tätigkeit bei der New Yorker Polizei und schließlich von Amy, meiner ersten Frau.
Wir hatten uns 1953 kennengelernt, als ich noch bei der Polizei war. Drei Jahre vorher war ich aus dem College ausgestiegen. Wie meine zweite Ehe hielt auch diese nur vier Jahre. Wir heirateten 1954 und wurden 58 wieder geschieden.
Es stellte sich heraus, daß ich nicht der Mann ihrer Träume war. Den fand sie ein paar Jahre später. Er wollte Kinder und ein Haus in einem hübschen Vorort, wo er am Wochenende den Rasen mähen konnte. Das war auch ihr Traum.
Wahrscheinlich hoffte sie, sie könne mich ändern. Aber das gelang ihr nicht.
Beim Erzählen über meine zweite, in der Hölle geschlossene Ehe mit Kathy O'Leary war ich ausführlicher.
»Sehen Sie sie noch manchmal?« fragte Terry.
»Nein. Aber heute abend hätte ich bei ihr essen können.«
Terry sah mich verwundert an.
»Dwights Anwalt war mein Schwiegervater«, erläuterte ich.
»Ach, du meine Güte.« Sie lachte. »Ist er wenigstens gut?«
»Nicht besser oder schlechter als andere Schwiegerväter, denke ich.«
»Sie sind nicht sehr komisch«, meinte sie lächelnd.
»Das hat man mir schon öfters gesagt. Ich habe ihn nur einmal in Aktion gesehen«, fügte ich hinzu, um ihre Frage nach O'Leary zu beantworten.
»Und?«
»Er zog mich aus bis aufs Hemd.«
»Er war der Anwalt der Gegenseite?«
»Nein, das ist ja das Irre. Er war mein Anwalt. Ich treffe nicht immer die besten Entscheidungen.« Ich lächelte, um

ihr zu zeigen, daß ich Mike nichts nachtrug, obwohl ich allein bei der Erzählung wieder Gelüste bekam, den Widerling in Grund und Boden zu schlagen.
»Ich bin froh, daß Sie ihre Einladung zum Essen ausgeschlagen haben.«
»Das war eine meiner guten Entscheidungen. Aber sie war auch nicht schwierig.«
Terry lehnte sich lächelnd näher zu mir. Einen Moment lang sahen wir uns an, und wieder sprang dieser Funke über, während ich ihr in die Augen sah. Als sie die Augen schloß, nahm ich es als Aufforderung, sie zu küssen. Ich erfüllte ihren Wunsch und zugleich den meinen.
Wir näherten uns dem Moment der Entscheidung. Ich für mein Teil war bereits entschlossen.
Als wir Pause machen mußten, um Luft zu holen, schlug Terry einen Schlaftrunk vor. Ich erhob keine Einwendungen.
»Ich hatte auch eine Einladung zum Abendessen«, bemerkte sie. »Von meinem Bruder. Er hatte ein schlechtes Gewissen wegen der Szene im Clubhaus.«
»Mit Recht«, erklärte ich. »Hat er dich schon öfter geschlagen?«
»Seit unserer Kindheit eigentlich nicht mehr.« Ein Zögern war in ihrer Stimme, das bei mir den Verdacht erweckte, daß sie log. Oder es mit dem Begriff »Kindheit« nicht sehr genau nahm.
»Und Cynthia? Hat er sie geschlagen?«
»Ich weiß nicht. Die beiden hatten eine so kranke Beziehung. Ich mag am liebsten gar nicht dran denken.«
Das konnte ich verstehen, aber die Frage war mir wichtig. Ich war neugierig geworden, als sie mir von der Verbundenheit zwischen Tommy und Cynthia erzählt hatte, und die Neugier hatte sich noch nicht wieder gelegt.
»Du hast gesagt, daß Tommy viel trinkt.«
Sie nickte. »Zuviel. Meiner Meinung nach ist er ein Trinker.«
»Dexter Robinson erzählte, Tommy wäre schon blau gewesen, als er an dem Abend, als deine Schwester getötet wurde, in Petes Kneipe kam.«
»Das stimmt wahrscheinlich auch. Als Tommy in der Nacht nach Hause kam, ist er nicht mal mehr bis in sein Zimmer ge-

kommen. Er schlief seinen Rausch im Wohnzimmer aus. Mein Vater fand ihn, als die Polizei anrief. Er mußte Pete Bekker zu mir schicken, um mich zu holen. Ich hatte Tommy meinen Wagen geliehen, aber er hatte ihn nicht zurückgebracht. Das war der Abend, als er ihn zusammenfuhr. Er brauste gegen einen Hydranten.«
Ich wurde hellhörig. »Was für ein Auto fährst du?«
»Einen einundsiebziger Oldsmobile. Warum fragst du?«
Ich zuckte die Achseln. »Reine Neugier.«
Eine dumme Antwort. Ich bin im allgemeinen recht schlagfertig, aber manchmal schaltet mein Hirn nicht schnell genug für meine Zunge. Alkohol und die Aussicht auf eine Liebesnacht verlangsamen bei mir meistens den Denkprozeß.
Terry schien nicht überzeugt von meiner Antwort. Ich wollte aber keinen Argwohn gegen Tommy in ihr wecken. Sie steckte sowieso schon mitten im Familienclinch; ich wollte ihr nicht noch mehr Druck machen. Darum fragte ich nicht, welche Farbe ihr Wagen hatte.
Ich neigte mich zu ihr und küßte sie wieder, weil ich hoffte, das würde sie ablenken. Die Strategie wirkte – aber nur solange wir uns küßten. Kaum hörten wir auf, da durchbohrte sie mich förmlich mit ihrem Blick. Ich bin Meister in der Kunst des Ausweichens, aber diesem Blick war ich nicht gewachsen.
»Du verheimlichst mir doch was«, sagte sie.
Wider besseres Wissens beschloß ich, meine Karten auf den Tisch zu legen.
»Welche Farbe hat dein Auto?«
»Weiß. Warum?«
Ich berichtete ihr von dem Auto, das Warren Shepherd am Mordabend hatte wegfahren sehen. Und ich erzählte ihr auch von dem eingeschlagenen Scheinwerfer.
»Aber Tommy war doch den ganzen Abend in der Kneipe«, wandte sie ein.
»Davon bin ich nicht überzeugt.«
Sie rückte von mir ab, und ich fragte mich enttäuscht, ob ich nun vielleicht alles kaputtgemacht hatte. Auf keinen Fall wollte ich bei Terry den Eindruck erwecken, daß ich sie nur besucht hatte, um sie auszuhorchen. Das war vielleicht zu Be-

ginn der Zweck meines Besuchs gewesen, aber inzwischen hatte sich das gründlich geändert.
»Das bedeutet nicht zwangsläufig, daß er deine Schwester getötet hat«, beruhigte ich sie. »Es heißt nicht einmal, daß er bei ihr war. Es kann gut sein, daß er bezüglich des Autos die Wahrheit gesagt hat. Es kann alles –«
»Zufall sein?«
Ich nickte.
»Aber im Grund glaubst du nicht an Zufälle, nicht wahr?« meinte sie.
Ich bestätigte ihre Vermutung.
»Ich auch nicht.« Sie lehnte sich wieder an mich und nahm meine Hand. »Ich möchte dir helfen.«
»Du warst mir schon eine große Hilfe.«
»Ich kann mit Tommy reden, wenn du willst.«
Ich schüttelte den Kopf. »Es genügt, wenn du Augen und Ohren offenhältst. Aber stell keine Fragen. Überlaß das mir.«
»Das klingt ja, als hättest du Angst um mich.« Terry lächelte, als freute sie die Vorstellung, daß mir ihr Wohl am Herzen lag. Sie stand auf und zog mich hoch. Arm in Arm wankten wir durchs Wohnzimmer. Terry flüsterte mir lachend etwas zu. Es freute mich zu hören, daß ihr wiederum mein Wohl am Herzen lag.

## 20

Es ist erstaunlich, wie glänzend man sich nach einer kurzen Nacht fühlen kann. Aber es kommt eben nicht auf die Quantität an Schlaf an, sondern auf die Qualität. Zusammen mit Terry hätte ich mir jederzeit weitere Nächte um die Ohren geschlagen.
Es nieselte, als wir erwachten; da hatte es Terry nicht eilig, auf den Golfplatz zu kommen. Mir war das gerade recht. Ich bin von Natur aus ein Morgenmuffel, und an diesem besonderen Morgen funktionierte ich gewissermaßen nur im Zeitlupentempo. Ich glaube allerdings, das war weniger eine Sache

des Stoffwechsels als der angenehmen Erinnerungen an die vergangene Nacht.
Obwohl Terry in der Küche keine Meisterin war, brachte sie eine ordentliche Portion Schinken und Ei zustande. Mir genügen sonst Kaffee und Zigaretten, aber gegen diese Opulenz war nichts einzuwenden.
Ich hatte Terry gegenüber erwähnt, daß ich gern Fotos von Shake Johnson und Dexter Robinson hätte. Auch wenn Anna Paslawski und Warren Shepherd behaupteten, ein schwarzes Gesicht nicht vom anderen unterscheiden zu können, würde es, meinte ich, nicht schaden, ihnen die Fotos vorzulegen.
Terry kramte in einem Karton und brachte ein Jahrbuch des Mountain Lake Country Club zum Vorschein, in dem Fotos aller Caddies waren. Als ich das Buch durchblätterte, stieß ich auf die Aufnahme eines großen muskulösen Burschen, die meine Aufmerksamkeit erregte. Der Mann hatte ein schwarzes Gesicht und einen Afrokopf, aber seine Arme waren weiß.
»Wer ist denn das?«
»Ach, das ist Pete Becker. An dem Tag, an dem die Caddies eingeführt werden, schmiert er sich immer schwarze Schuhcreme ins Gesicht. Ulkig, nicht?«
Ich nickte. »Irre.« Aber ich dachte nur daran, daß ich nun einen weiteren Kandidaten auf meiner Verdächtigenliste hatte.
»War Becker mit deiner Schwester befreundet?« fragte ich.
»Du hast doch den Artikel gelesen. Pete war mit uns allen eng befreundet.«
Terrys Sarkasmus gefiel mir. »Ich meine, hat er mal versucht, sich an sie ranzumachen?«
»Ach so.« Sie starrte auf das Bild. »Es wird gemunkelt, daß Pete homosexuell ist, aber ich weiß nicht, ob das stimmt. Er hat mit sämtlichen Frauen im Club anzubändeln versucht.«
»Mit dir auch?« Zu meiner Überraschung verspürte ich so etwas wie Eifersucht.
Sie nickte. »Aber ich habe ihm gleich reinen Wein eingeschenkt. Wie's mit Cynthia war, weiß ich nicht. Ich glaube, er hatte es vor allem auf meine Tante abgesehen, Melody Winchester.«

»Glaubst du, die beiden hatten was miteinander?«
»Ich weiß nicht. Ich bezweifle es. Melody flirtet gern, aber das ist auch alles.«
»Wie steht es mit der Ehe der beiden?«
»Das ist schwer zu sagen. Melody hat, was sie will – Geld und Prestige. Und Bob hat ebenfalls, was er will – eine schöne Blondine im Arm und die öffentliche Aufmerksamkeit. Ich glaube, sie sind beide ganz glücklich auf ihre kranke Art.«
Terry wollte mir die Seiten mit den Bildern aus dem Buch herausreißen, aber ich nahm gleich das ganze Buch mit. Ich hatte einen Grund dafür, aber mit dem Fall hatte er nichts zu tun. Auf Seite 17 war ein Foto von Terry. Ich stellte mir vor, daß es schön wäre, es nach dem Nachtgebet noch ein Weilchen anzusehen.
Als ich ihr den Abschiedskuß gab und sie noch mal ermahnte, ihrem Bruder keine verräterischen Fragen zu stellen, war es fast Mittag. Es hatte zu regnen aufgehört, und Terry wollte zum Golfen. Ich mußte wieder in die Sielen – fremden Leuten dumme Fragen stellen.
Ich erwartete nicht, daß Anna Paslawski bei der Identifizierung der Fotos eine große Hilfe sein würde. Sie hatte die Person, die sie für Dwight hielt, am Abend des Mordes nur gehört und nicht gesehen. Und Warren Shepherd, dachte ich, würde wahrscheinlich nicht zu Hause sein – es sei denn, es gab im Fernsehen eine besonders interessante Episode der *Familie Feuerstein,* die er nicht verpassen wollte. Aber es konnte ja auch sein, daß ich eine Überraschung erleben würde.
Ich erlebte sie – aber sie war völlig anderer Art als erwartet.
Kaum bog ich in den Willow Way ein, da sah ich es. Ed und Anna Paslawskis schmuckes kleines Häuschen war gar nicht mehr schmuck. Es war ausgebrannt.
Ich stellte den Corvair auf der Straße ab und ging die Einfahrt hinauf. Die Mauern des Hauses standen noch, schwarz von Ruß und Qualm. Die Fenster waren mit Brettern vernagelt. Es hätte mich interessiert, ob Anna Paslawski den Auftrag dazu gegeben hatte. Es hätte mich auch interessiert, ob Anna Paslawski überhaupt noch am Leben war.
Ich riß eines der Bretter von einem Fenster und spähte ins Innere des Hauses. Es gab nichts als schwarze Dunkelheit zu se-

hen. Die Eingangstür, die die Feuerwehrleute aufgebrochen hatten, war mit einem billigen Vorhängeschloß gesichert. Ich hätte es leicht öffnen und ins Haus hineinspazieren können, aber ich versprach mir nichts davon. Außerdem ist so was verboten und kann gefährlich sein.

Ich marschierte einmal langsam um das Haus herum und schaute mich aufmerksam um. Der ganze Garten war voller Fußabdrücke, zweifellos von den Feuerwehrleuten; selbst wenn welche dabei gewesen wären, die von anderen Personen stammten, hätte ich sie nicht erkennen können.

Ich kam zur Garage, die sich direkt neben Dwight Robinsons Haus befand, und hatte immer noch nichts entdeckt. Verdammtes Pech, dachte ich, und da wäre ich beinahe mitten in die Bescherung hineingetreten. Sie stammte zweifelsohne von einem großen Hund, und ich war heilfroh, daß ich nicht mehr bei der Polizei war; da hätte ich diesen Fund nämlich als Beweisstück einsacken müssen.

Ich ging über die Straße zu Shepherd. Er war, wie erwartet, nicht zu Hause. Dafür hatte ich beim Nachbarhaus Glück. Eine junge Frau, an deren Rockzipfel zwei kleine Kinder hingen, öffnete mir. Sie hieß Janet Bradley und erzählte mir, das Feuer wäre etwa um drei Uhr nachts ausgebrochen. Bob – ihr Mann – hatte es zuerst bemerkt, als er zur Toilette gegangen war. Normalerweise hätte es Anna Paslawskis direkte Nachbarin, Mrs. Norton, zuerst sehen müssen, aber die war in Urlaub gefahren.

»Und Mrs. Paslawski?« fragte ich, mich aufs Schlimmste gefaßt machend.

»Oh, die ist auch verreist. Sie ist nach Israel gefahren. Die Kirche hat die Reise organisiert.«

So was! Gottes Wege sind in der Tat unerforschlich.

»Bob hat mit den Leuten von der Feuerwehr gesprochen. Sie sagten, sie müsse eine Zigarette brennen gelassen haben. Sie ist sehr zerstreut. Sie hat wirklich Glück gehabt, daß sie nicht umgekommen ist.«

»Wie kann sie denn eine Zigarette brennen gelassen haben?« fragte ich.

»Oh, sie ist erst gestern abend abgereist. Ich habe gesehen, wie sie ihr Gepäck in den Wagen lud. Mr. Shepherd von nebenan hat ihr geholfen. Es war richtig rührend.«

»Was?«
»Na, die beiden, Mr. Shepherd und Mrs. Paslawski.« Ein verschmitztes Lächeln flog über ihr Gesicht. »Sie lädt ihn manchmal zum Essen ein. Ich hab' mir nie was dabei gedacht, wissen Sie. Ich glaubte, sie wären eben beide recht einsam. Bis eines Tages Mr. Shepherd zu mir in den Garten herüberkam, als ich Wäsche aufhängte, und ein bißchen mit mir schwatzte.« Sie lachte. »Kaum war er weg, kreuzte Mrs. Paslawski hier auf. Sie hätten sie hören sollen. Ich hätte schließlich schon einen Mann, sagte sie ganz bissig, warum ich mir dann noch einen angeln müßte. Erst glaubte ich, das wäre nur Spaß, aber dann fing sie an, mir Bibelsprüche um die Ohren zu hauen. Ich meine, sie ist ja wirklich eine nette alte Frau, aber wenn Sie mich fragen – irgendwo tickt sie nicht ganz richtig.«
Da konnte ich Janet Bradley nicht widersprechen. Ich fragte, ob man Anna Paslawski inzwischen erreicht hätte.
Sie schüttelte den Kopf. »Niemand weiß, wie sie zu erreichen ist. Ich dachte, Mr. Shepherd wüßte es vielleicht, aber der lachte mich aus, als ich ihn fragte. Er sagte nur, sie käme erst in zehn Tagen wieder. Deshalb hat mein Mann eine Firma angerufen und das Haus vernageln lassen.«
»Das war aufmerksam von Ihnen«, meinte ich und benutzte die Gelegenheit, um gleich noch ein paar Fragen zu stellen. »Hat hier im Viertel jemand einen Hund?«
Sie überlegte. »Nur die Wolfs. Die haben einen Zwergpudel.«
Ich fürchtete, sie würde mich hinauswerfen, wenn ich jetzt auch noch anfing, nach den Ereignissen des Abends zu fragen, an dem Cynthia ermordet worden war, aber es schien Janet Bradley nichts auszumachen. Ich hatte den Eindruck, sie war ganz froh, mal ein bißchen klatschen zu können. Zumindest ginge es mir so, wenn ich den lieben langen Tag nur mit kleinen Kindern zu tun hätte.
Leider konnte sie mir nicht viel erzählen. Aber Mr. Shepherd, sagte sie, hätte alles mit angesehen.
»Kennen Sie Mr. Shepherd gut?«
»Nein. Er ist nicht sehr gesellig. Mein Mann unterhält sich ab und zu mit ihm.«
»Und Dwight Robinson und seine Frau? Hatten Sie mit denen Kontakt?«

Die Frage schien ihr Unbehagen einzuflößen. »Nein«, antwortete sie. »Die waren eigentlich immer für sich.« Sie strich ihren beiden Kindern über die Köpfe.
Ich hatte schon verstanden. Nachdem ich mich bei ihr bedankt hatte, setzte ich mich in den Corvair und brauste heimwärts.
Ich machte mir ein Bier auf, legte mich gemütlich auf die Couch und ließ meinen Anrufbeantworter ablaufen. Nur Nate und Mike O'Leary hatten angerufen. Mike sagte, er müsse mich dringend sprechen. Aber ich rief zuerst Nate an.
Er jammerte mir über Hortense die Hucke voll und fiel aus allen Wolken, als ich ihm erzählte, wie befriedigend mein Liebesleben derzeit war. Als wir das letztemal miteinander gesprochen hatten, hatte ich nämlich überhaupt kein Liebesleben irgendeiner Art vorweisen können. Den nächsten Schock versetzte ich ihm mit meinem Bericht von dem Feuer bei Anna Paslawski.
»Du meinst, Becker hat Shake deine Behauptung weitergegeben, daß sie ihn in der Mordnacht gesehen hat, und Shake verlor daraufhin den Kopf?«
Das war jedenfalls eine Möglichkeit. Ich glaube nicht, daß der Brand versehentlich entstanden war, ganz gleich, was die Feuerwehr sagte. Ich hatte Becker und Salvino belogen, um sie zu einer Reaktion zu veranlassen. Mit einer solchen Reaktion allerdings hatte ich nicht gerechnet. Ich war heilfroh, daß Anna Paslawski nicht im Haus gewesen war, als man es angezündet hatte. Das hätte mein Gewissen schwer belastet.
»Ja«, sagte ich, »aber es gibt noch eine andere Möglichkeit. Sie ist allerdings ein bißchen weit hergeholt.«
»Für so was bist du ja Spezialist.«
»Ich möchte wissen, ob da nicht jemand den guten Shake zum Sündenbock für etwas machen will, was er gar nicht getan hat.«
»Mit einem Hundehaufen? Das ist wirklich weit hergeholt.«
Ich erzählte ihm von dem Foto, das Pete Becker mit geschwärztem Gesicht zeigte.
»Hm, vielleicht ist an deiner Theorie doch was dran.«
»Ich werde auf jeden Fall Terry fragen, ob Pete einen Hund hat.«
»Ganz gleich, wer den Brand entfacht hat, es ist jammer-

schade, daß das Haus abgebrannt ist«, sagte Nate. »Nun wirst du die Toilette der alten Dame nie zu sehen bekommen.«

## 21

Mike O'Leary erwischte ich, als er gerade in die Kneipe ziehen wollte. Er war darum nicht sonderlich erfreut über meinen Anruf. Dennoch hatte er mir eine Menge mitzuteilen.
»Ich habe viel gute Nachricht und ein bißchen schlechte«, erklärte er, und ich machte mich auf ein längeres Gespräch gefaßt.
»Ich habe dir für morgen vormittag einen Termin bei der Dame besorgt, mit der du schon lange sprechen willst.«
Ich merkte genau, daß er Dankeshymnen von mir erwartete, aber ich hielt mich zurück.
»Wie heißt sie?«
»Melody Winchester.«
»Melody Winchester?«
»Überrascht?«
Das war ich in der Tat. Also beschränkte sich die schöne Melody doch nicht nur aufs Flirten, wie Terry behauptet hatte.
»Ich weiß nicht, was mich mehr überrascht – daß Dwight ein Verhältnis mit ihr hatte, oder daß sie dich engagiert hat. Seit wann bewegst du dich in so illustren Kreisen?«
»Ach, geh zum Teufel. Sie wußte noch, daß ich mal was für Winchester gewesen bin – damals, als er noch ein schlichter und anständiger Kongreßabgeordneter war.«
»In welchem Jahrhundert war das denn?«
»Du bist doch ein undankbarer Kerl!«
»Ich weiß. Und was für schlechte Nachricht hast du?«
»Moment. Erst noch eine gute Nachricht. Du errätst nie im Leben, was ich heute morgen entdeckte, als ich in die Kanzlei kam.«
»Ein Heilmittel gegen Glatzenbildung.«
»Nein, du Idiot. Ich fand einen Umschlag unter der Tür, in dem fünftausend Dollar steckten. Der Spender möchte anonym bleiben. Aber er hat in der Zeitung gelesen, wie drin-

gend wir Geld für Dwights Kaution brauchen. Na, was hältst du davon?«
»Ich find's verdächtig. War ein Brief dabei?«
»Ja. Warte, ich les' ihn dir vor.«
Aus dem Brief ging hervor, daß der Spender ein bekannter schwarzer Sportler war.
»So, und was sagst du jetzt?«
»Ich find's immer noch verdächtig.« Ich ging zum Kühlschrank und holte mir eine Dose Bier heraus.
»Warum?«
Einen konkreten Grund konnte ich gar nicht nennen. Aber es war wieder ein Zufall, und ich fand, der Zufälle wären es in dieser Sache schon zu viele.
»Ich hab' mich den ganzen Tag bemüht, Dwights Wagen zu verkaufen«, sagte Mike, »und jetzt sagst du praktisch, wir sollen ihn im Knast sitzenlassen.«
Es mochte lächerlich sein, aber das Gefängnis schien mir für ihn der sicherste Ort zu sein. Ich konnte aber auch verstehen, daß Mike nicht der sein wollte, der Robinson das erklären mußte.
»Das vielleicht nicht«, entgegnete ich. »Aber ich finde, du solltest ihn auf jeden Fall aus Wayne wegbringen.«
»Das habe ich mir auch schon überlegt. Wir könnten ihn wahrscheinlich bei Ed Gallo unterbringen, oder er könnte zur Not auch bei mir wohnen.«
Ich fand beide Vorschläge nicht gut. Ich war zwar nicht unbedingt überzeugt, daß Dwight in Gefahr war, aber ich hätte es für weltfremd gehalten anzunehmen, daß er es nicht war. Ich schlug meine Wohnung vor.
»Prächtig«, meinte Mike. »Aus dem Gefängnis von Passaic County direkt in deine Bruchbude in Manhattan.«
»Hast du einen besseren Vorschlag?«
Den hatte er natürlich nicht.
»Was glaubst du, wann du ihn rausholen kannst?« fragte ich.
»Wenn alles gutgeht, Mittwoch nachmittag. Aber ich brauche eine Genehmigung, ihn über die Staatsgrenze zu bringen. Ich könnte es bis Donnerstag aufschieben, wenn du mehr Zeit brauchst, um deine Bude bewohnbar zu machen.«

Ich sagte, ich könne auf seinen Sarkasmus verzichten, und fragte dann nochmals nach der schlechten Nachricht.
»Das ist ein bißchen komplizierter«, antwortete er. »Als Melody Winchester mich beauftragte, sagte sie, sie wäre nur dann bereit, bei Dwights Prozeß auszusagen, wenn er *nach* dem Wahltag stattfindet. Sie fürchtet, ihrem Mann alle Aussicht auf einen Wahlsieg zu verderben, wenn sie vor diesem Termin mit ihrer Geschichte an die Öffentlichkeit geht.«
»Da fürchtet sie wahrscheinlich richtig. Aber was ist das Problem – hast du schon ein Datum für den Prozeß?«
»Ja, und es liegt zu früh. Es ist der zehnte September.«
»Kannst du nicht eine Vertagung kriegen, oder wie man das nennt?«
»Die habe ich eben erst bekommen. Ursprünglich sollte die Verhandlung schon im August stattfinden. Der Staatsanwalt möchte im November gern wiedergewählt werden und möchte vorher noch ein paar Siege verbuchen. Er ist so ein junger Ehrgeizling. Zum Kotzen. Jetzt muß ich also Melody dazu überreden, daß sie aussagt. Es sei denn, du klärst den Fall vorher.«
Ich meinte, hoffen könne man ja immer.
»Tja, also vielleicht möchtest du mal mit ihr darüber reden. Du wirkst doch auf Frauen unwiderstehlich.«
»Ich werd' mir Mühe geben. Hast du was über die Häuser am Fluß rausgekriegt?«
»O ja. Und was ich erfahren habe, wird dich sehr interessieren.«
»Dann red schon.«
»Es steht noch nicht ganz fest, wo der neue Highway gebaut werden soll, aber es ist auf jeden Fall damit zu rechnen, daß zwischen fünfzig und hundert Häuser abgerissen werden müssen. Sechzig dieser Häuser gehören ein und derselben Frau.«
Er legte eine Pause ein, um die Sache noch spannender zu machen.
»Würdest du mir vielleicht ihren Namen sagen, oder muß ich raten?«
»Anna Paslawski.«
»Ich werd' verrückt.« So überrascht war ich schon lange nicht mehr gewesen.

»Dacht' ich mir's doch, daß dich das interessieren würde«, sagte Mike selbstzufrieden. »Ich glaube, es wäre gut, wenn du dich mal mit ihr darüber unterhalten würdest.«
Es war mir richtig arg, daß ich ihn mit meiner Neuigkeit jetzt noch übertrumpfen mußte. »Anna Paslawski ist auf Reisen in Israel. Ihr Haus ist gestern nacht abgebrannt.«
»Du lieber Himmel!«
Ich holte mir noch ein Bier aus dem Kühlschrank. Das Gespräch würde noch um einiges länger werden, als ich erwartet hatte.

## 22

Melody Winchester wohnte nicht weit von Thomas Vreelands hochherrschaftlichem Besitz. Das Haus, das abseits von der Straße auf einem Hügel stand, war klein im Vergleich mit dem von Vreeland, aber zwanzig Leute hätte man zur Not darin unterbringen können.
Melody selbst öffnete mir die Tür auf mein Läuten. Das überraschte mich angesichts des noblen Ambiente. In solchen Kreisen hat man Dienstboten für derart mindere Pflichten. Sie fand es offenbar selbst etwas peinlich, denn sie erklärte mir sofort, daß das Mädchen Ausgang hätte.
Melody war, wie ich schon bei unserer ersten Begegnung im Golfclub festgestellt hatte, eine attraktive Frau. Die Morgensonne, die leuchtend auf ihr blondes Haar und das gebräunte Gesicht fiel, verschönte sie noch. In der einen Hand hielt sie eine Bloody Mary, an der anderen trug sie einen Brillanten von beeindruckendem Feuer und Format. Der weiße Morgenrock, der sich hübsch von ihrer sonnengebräunten Haut abhob, reichte ihr knapp bis zu den Knien und hatte einen breiten Gürtel, der ihre schlanke Taille betonte, wenn er sie vielleicht auch ein wenig einengte. Mir gefiel die Dame, und ich machte kein Hehl daraus.
Melody führte mich in ein riesiges, mit weißem Teppich ausgelegtes Wohnzimmer und bat mich, auf einem schwarzen Ledersofa Platz zu nehmen. Nachdem sie mir aus dem Krug,

der auf dem Beistelltisch stand, ebenfalls eine Bloody Mary eingeschenkt hatte, setzte sie sich so dicht neben mich, daß mir kaum Luft zum Atmen blieb.
»Das mit dem Mädchen war gelogen«, sagte sie.
»Ach ja?«
»Bob hat sie rausgeschmissen, weil immer einer von seinen Socken fehlte, nachdem sie die Wäsche gemacht hatte.«
»Ja, ich hab' schon gehört, daß es heutzutage schwer ist, gute Hausangestellte zu finden.«
»Aber das ist nicht der wahre Grund. Ich glaube, er will mir eine Lektion erteilen. Er sagt immer, ich wüßte es überhaupt nicht zu würdigen, wie gut ich es habe. Er meint, es wäre eine gute Übung für mich, wenn ich ab und zu selber das Haus saubermachen muß. Aber wenn er sich einbildet, ich rutsche jetzt auf Knien durchs Haus und entwickle mich zum Putzteufel, wird er sein blaues Wunder erleben.«
Ich konnte nicht umhin, mir Melody Winchester in ihrem kurzen Negligé beim Schrubben vorzustellen.
Sie lachte bitter und leerte ihr Glas mit einem Zug.
»Wollen Sie noch eine?« fragte sie.
Ich zeigte ihr mein volles Glas.
»Er schneidet sich nur ins eigene Fleisch«, fuhr sie fort. »Jetzt muß ich eben eine Putzfirma engagieren, die mir das Haus am Donnerstag von oben bis unten saubermacht. Wir werden das Haus übers Wochenende voller Gäste haben, wegen des Turniers. Ich hab's ihm gesagt, aber er hört ja nie auf mich. Er hört mir überhaupt nie zu.«
Ich warf ihr einen teilnahmsvollen Blick zu, konnte ihren Mann aber verstehen. Der Name Melody paßte zu ihr wie die Faust aufs Auge. Sie war eine Wonne anzusehen, aber anzuhören war sie einfach schrill.
»Sie und Ihr Mann scheinen nicht gerade ein Herz und eine Seele zu sein.«
»Oh, Sie sind ein ausgesprochener Schnellmerker«, sagte sie. »Das wußte ich gleich, als ich Sie das erstemal sah.«
Sie schaute mich an, und ich zwang mich zu einem Lächeln.
»Man hat mir verschiedentlich gesagt, daß ich gar nicht so dumm bin wie ich aussehe.«
Sie bog den Kopf in den Nacken und lachte, zu lang und zu

laut. Wenn das so weiterging, würde ich am Abend noch hier hocken. Ich hatte das Gefühl, daß sie nichts dagegen gehabt hätte. Zu anderer Zeit und anderer Gelegenheit hätte ich wahrscheinlich auch nichts dagegen einzuwenden gehabt.
»Weiß Ihr Mann von Ihrer Beziehung zu Dwight Robinson?«
Sie schien schockiert. Ich gebe zu, die Frage war ein bißchen sehr direkt. Aber sie schien eine ernüchternde Wirkung zu haben, und das war mir sehr recht.
»Aber natürlich wußte er davon. Und wollen Sie wissen, woher? Ich habe es ihm gesagt. Ich habe es ihm eiskalt ins Gesicht gesagt.« Sie lachte wieder. »Allerdings erst, nachdem Thomas Vreeland ihm die Sache gesteckt hatte.«
»Und wie kam Vreeland dahinter?«
»Er erfuhr es natürlich von Cynthia.«
»Soviel ich weiß, glaubte Dwight, Cynthia wüßte nichts davon.«
»Ach, wissen Sie, Dwight gehört nicht zu den Gescheitesten. Aber ich mag ihn trotzdem. Er hat andere Qualitäten.« Sie sah mich mit einem vielsagenden Lächeln an. Ich tat so, als bemerke ich es nicht.
»Und was sagte Ihr Mann, als er von der Geschichte hörte?«
Sie zuckte die Achseln. »Was sollte er schon groß sagen? Mein Mann und ich sind fertig miteinander. Unsere Ehe ist kaputt. Das einzige, was ihn interessiert, ist die Wahl zum Senator. Wir lassen uns scheiden. Aber ich habe ihm versprochen, bis nach der Wahl zu warten. Einen privaten Skandal könnte er jetzt am allerwenigsten gebrauchen und den wollte ich ihm auch nicht einbrocken.«
Melody neigte ihren Kopf nach rückwärts und lachte kurz. »Außerdem hat er mir eine großzügige Abfindung versprochen, wenn ich auf ihn Rücksicht nehme.«
Diesmal erwiderte ich ihr Lächeln. Melody hatte ihre Schwächen, aber sie war offen und direkt. Und das gefiel mir.
»Cynthia wollte sich auch scheiden lassen«, sagte ich. »Glauben Sie, Ihr Mann hatte Angst, daß Ihr Name bei der Scheidung genannt werden würde?«
»Aber natürlich. Hätten Sie diese Angst an seiner Stelle nicht?«
Plötzlich begriff sie, worauf ich hinaus wollte. »Sie wollen fragen, ob ich es für möglich halte, daß Bob Cynthia getötet hat?«

Ich schenkte mir noch eine Bloody Mary ein. Abgesehen von dem, was ich ab und zu in den Zeitungen gelesen hatte, wußte ich kaum etwas über den Kongreßabgeordneten Bob Winchester. Aber das reichte mir. Er war wahrscheinlich nicht verlogener als jeder andere Politiker auch, aber allein die Tatsache, daß er Politiker war, machte ihn mir unsympathisch.
»Er muß es ja nicht selbst getan haben«, sagte ich. »Er kann einen anderen dafür bezahlt haben.«
Melody schüttelte den Kopf und machte es sich noch ein wenig gemütlicher auf der Couch, wobei sich mir äußerst reizvolle Blicke auf die schimmernde braune Haut ihrer wohlgerundeten Schenkel öffneten. Mir wurde ziemlich heiß, und ich beschloß, meinen Blick eisern auf ihr Gesicht gerichtet zu lassen.
»Bob ist gerissen«, erklärte Melody. »Ich weiß einiges über ihn, und ich kann Ihnen sagen, daß er nicht der Heilige ist, für den einige Leute hier ihn ausgeben. Wenn seine Wähler auch nur ein Drittel von dem wüßten, was ich weiß, würden sie ihm das nächstemal ihre Stimme bestimmt nicht geben. Aber niemals würde er einen Menschen umbringen. Schon gar nicht seine eigene Nichte.«
Ich war nicht völlig überzeugt, aber ich ließ es dabei bewenden.
»Außerdem«, fügte sie hinzu, »weiß ich bereits, wer Cynthia getötet hat.«
Ich zog fragend die Brauen hoch.
»Shake Johnson.«
»Wie kommen Sie auf den Gedanken?«
»Dwight hatte Spielschulden. Manchmal habe ich den Verdacht, er benützte mich nur, weil er wußte, daß ich ihm jederzeit Geld geben würde. Manchmal frage ich mich, ob ihm überhaupt etwas an mir liegt. Sobald Terry aus Florida zurückkam, und sie wieder zusammen Golf spielten, flaute sein Interesse an mir ab. Ich bin nicht dumm. Ich kann mir vorstellen, was zwischen den beiden läuft.«
Ich sah, wie ihr die Tränen in die Augen schossen, und plötzlich tat sie mir sehr leid. Ich sah aber auch, welche Richtung das Gespräch jetzt zu nehmen drohte, und bog ab, ehe sie zu weit gehen konnte.

»Dwight mag Sie sehr«, versicherte ich. »Und zwischen ihm und Terry läuft gar nichts – da bin ich sicher.«
Sie sah mich hoffnungsvoll an. »Wirklich?«
Ich nickte. »Wirklich.«
»Sie mögen Terry, nicht wahr?« Ein Ausdruck des Begreifens breitete sich auf ihrem Gesicht aus.
»Ich habe sie erst letzte Woche kennengelernt«, antwortete ich, »aber ja, ich mag sie.«
Ich fürchtete, sie würde weiter bohren, aber das tat sie nicht. Statt dessen kuschelte sie sich noch ein bißchen dichter an mich. Terry mochte recht haben mit ihrer Einschätzung, daß Melody mit jedem Mann, der ihr unter die Augen kam, flirten mußte. Ich hatte allerdings den Eindruck, daß sie im Grund nur ein bißchen Wärme suchte. Zu ihrem Unglück jedoch war ihr Verhalten eher dazu angetan, Lust und Begierde zu wekken.
»Ja, Terry ist in Ordnung«, sagte sie wie in Gedanken.
»Und was ist nun mit Shake Johnson?« fragte ich.
»Dwight schuldete ihm tausend Dollar. An dem Abend, als Cynthia getötet wurde, wollte Shake zu ihm kommen und sich das Geld holen. Als ich mich an dem Abend mit Dwight im Motel traf, gab ich ihm das Geld. Shake wollte um zehn zu ihm kommen, aber – na ja . . .« Sie lächelte. »Wir haben überhaupt nicht mehr auf die Uhr gesehen.«
»Und wann hat Dwight sich von Ihnen getrennt?«
»Das war nach elf. Nein, um halb zwölf. Dwight wollte sich die Sportnachrichten anschauen.«
»Und wie lange wird er nach Hause gebraucht haben?«
»Nur ein paar Minuten.« Sie lächelte wieder, etwas verlegen diesmal. »Wir gehen immer in das Howard Johnson's an der Route 23, gleich bei der Ratzer Road.«
Wir gingen zum Parkplatz hinaus. »Komisch, daß Freund Warren gekündigt hat«, bemerkte Nate.
Das fand ich auch. Und es war klar, daß er es vor uns hatte verheimlichen wollen. Sonst hätte er seinen bulligen Boss sofort geholt, als wir anfingen, ihn in die Zange zu nehmen.

## 23

Auf der Polizeidienststelle Wayne schien sich seit unserem letzten Besuch nichts verändert zu haben. Hal Pucinsky übte immer noch oder schon wieder das Einlochen, als wir sein Büro betraten. Ohne sich von uns stören zu lassen, deutete er auf zwei Stühle vor seinem Schreibtisch.

»Ich hab' eine Menge Beschwerden über Sie bekommen«, sagte er, den Golfschläger schwingend. »Erst belästigen Sie Mr. Vreeland zu Hause, dann fangen Sie im Golfclub eine Schlägerei mit seinem Sohn an und dann machen Sie auch noch in Petes Kneipe Stunk. Ich hab' Ihnen doch gesagt, Sie sollen hier keinen Ärger machen.«

»Das war alles nicht unsere Schuld«, entgegnete ich. »Wir verließen Vreelands Haus, sobald er es uns befahl. Den jungen Vreeland habe ich erst attackiert, nachdem er seine Schwester geohrfeigt hatte, und in der Kneipe gab's erst Stunk, nachdem Pete Becker eine Kanone gezogen hatte und uns damit bedrohte.«

Pucinsky legte den Golfschläger weg, kam zu seinem Schreibtisch und zündete sich eine Zigarette an. »Ich hab's anders gehört«, sagte er.

»Das kann ich mir denken«, entgegnete Nate.

»Also, was wollen Sie?« fragte Pucinsky. »Haben Sie einen Mordverdächtigen aufgetrieben?«

»Zu viele«, antwortete ich.

Pucinsky fragte nicht nach ihren Namen, und ich machte mir nicht die Mühe, sie ihm zu nennen. Er hätte uns wahrscheinlich nur ausgelacht. Statt dessen stellte ich selbst ein paar Fragen.

»Sie haben uns gesagt, daß Shake Johnson am Mordabend in Petes Kneipe war. Wer hat ihm dieses Alibi gegeben?«

»Das hab' ich Ihnen doch schon gesagt – Tommy Vreeland. Die beiden waren zusammen dort.«

»Tommy war an dem Abend so betrunken, daß er den Wagen seiner Schwester Terry zusammengefahren hat. Wollen Sie wissen, was das für ein Wagen ist?«

»Das weiß ich schon. Ich hab' ihn gesehen. Ein weißer Oldsmobile.«

»Wir haben uns eben mit Warren Shepherd unterhalten«, fuhr ich fort. »Er kann einen Oldsmobile und einen Cadillac nicht auseinanderhalten. Wir zeigten ihm außerdem ein paar Fotos, wobei sich herausstellte, daß er Dwight Robinson nicht von seinem Bruder Dexter unterscheiden kann.«
Pucinsky gähnte. »Er hat Robinson eindeutig identifiziert, als wir ihn befragten. Und vor dem Staatsanwalt hat er seine Aussage wiederholt.«
»Aber als Zeuge vor Gericht ist er unbrauchbar, das können Sie mir glauben.«
»Das ist das Problem des Staatsanwalts.«
»Ja, aber macht Sie das nicht ein bißchen skeptisch?«
»Inwiefern?«
»Können Sie danach immer noch daran glauben, daß Shake Johnson und Tommy Vreeland den ganzen Abend in der Kneipe waren?«
Er seufzte ungeduldig. »Pete Becker und Ray Salvino haben es bestätigt.«
»Mit denen haben wir uns auch unterhalten«, bemerkte Nate. »Wir hatten den Eindruck, daß die beiden da gar nicht so sicher waren.«
»Ach ja?« Pucinskys Interesse schien zu erwachen. »Haben sie Ihnen das gesagt?«
»Nicht direkt«, erwiderte ich. »Wir entnahmen das ihrer Reaktion auf eine Bemerkung, die ich machte.«
»Was war denn das für eine Bemerkung?«
»Ich sagte, Anna Paslawski hätte Shake am Mordabend in Robinsons Haus gehen sehen.«
Pucinsky starrte mich an. »Was wollten Sie denn damit erreichen?«
»Ich wollte die beiden ein bißchen nachdenklich machen. Und es scheint gewirkt zu haben. Zwei Tage später brannte Anna Paslawskis Haus ab. Ich halte das nicht für einen Zufall.«
»Das war aber keine Brandstiftung«, entgegnete er. »Sie hat wahrscheinlich eine Zigarette brennen lassen.«
»Wir haben noch was rausgefunden«, fuhr ich fort. »Thomas Vreeland ist seit einiger Zeit dabei, die Häuser im Überflutungsgebiet aufzukaufen. Sein Schwager, der Kongreßabgeordnete, hat ihn wohl darüber informiert, wo der neue

Highway gebaut werden soll. Als Eigentümer der Häuser ist Anna Paslawski eingetragen. Das ist doch wirklich ein merkwürdiges Zusammentreffen, finden Sie nicht?«

Pucinsky kratzte sich nachdenklich am Kinn. »Ja, komisch ist das schon«, meinte er nach einer Weile. »Worauf wollen Sie also hinaus – daß Mr. Vreeland und Mr. Winchester jemanden gedungen haben, das Haus niederzubrennen? Was hätten sie denn davon?«

»Keine Ahnung. Ich behaupte gar nicht, daß sie mit dem Brand was zu tun hatten. Ich möchte lediglich darauf hinweisen, daß hier am Ort offenbar einiges gemauschelt wird, wovon die Behörden keine Ahnung haben. Ich habe mich an der Brandstelle umgesehen«, fügte ich hinzu, »und eine Spur gefunden, die Ihre Leute anscheinend übersehen haben.«

»Wir haben dort nicht ermittelt«, warf er ein. »Das ist Sache der Feuerwehr.« Er sah mich fragend an. »Was war das für eine Spur, die Sie entdeckt haben?«

Ich wußte, wie er reagieren würde. Kaum hatte ich von meinem Fund berichtet, da fing er an zu lachen.

»Einen Hundehaufen?« keuchte er. »Na, das ist ja was ganz Tolles! Ungeheuer aufschlußreich.«

Nate stand auf. »Ich glaube, wir verschwenden hier nur unsere Zeit«, sagte er zu mir.

»Und meine«, fügte Pucinsky hinzu. Wieder begann er zu lachen, aber dann hörte er plötzlich auf. »Hören Sie«, sagte er, unvermittelt ernst, »wenn es sich um einen anderen als ausgerechnet Dwight Robinson handelte, wäre ich vielleicht geneigt, Ihnen zu glauben. Aber Sie scheinen es immer noch nicht begriffen zu haben: Diesem Burschen kann man nicht trauen.«

»Doch, ich hab's begriffen«, versetzte Nate. »Trauen kann man nur Leuten wie Thomas Vreeland und Bob Winchester.«

»Genau«, hakte ich nach. »Besonders wenn das Vertrauen was einbringt, wie zum Beispiel freie Benutzung des Golfplatzes.«

Pucinsky sprang auf und wies zur Tür. Das Lachen war ihm restlos vergangen. »Raus«, sagte er. »Mit Kerlen wie Ihnen will ich nichts zu tun haben.«

Als wir gegen sechs wieder in Manhattan ankamen, erwartete uns eine Überraschung. Meine Wohnung war leer. Auf dem Küchentisch lag ein Zettel. »Brauchte dringend ein bißchen frische Luft. Bis später. D.« Der Zettel war zur Mittagszeit geschrieben.
»Sechs Stunden frische Luft ist ganz schön viel«, stellte Nate fest.
Ich konnte ihm nur recht geben. Mir war ziemlich mulmig. Als ich bei Mike anrief, erlebte ich die nächste Überraschung – meine geschiedene Frau meldete sich.
»Das ist aber eine nette Überraschung«, sagte sie.
Dem konnte ich nicht zustimmen. »Wieso bist du bei deinem Vater?« war alles, was ich rausbrachte.
»Ich mach' Vater Donnerstag abends immer die Wäsche«, erklärte sie. »Da geht Mitch nämlich zum Bowling.«
Wie interessant. Nachdem ich den Regeln des Anstands Genüge geleistet hatte, erklärte ich, daß ich sofort Mike sprechen müsse.
»Der ist nicht zu Hause. Er mußte dringend weg. Aber er hat gesagt, er muß so bald wie möglich mit dir sprechen. Es ist sehr wichtig.«
Leider hatte sie keinen Schimmer, worum es sich handelte.
»Komm doch zum Essen«, sagte sie. »Ich mache Hackbraten.«
Ich verkniff mir die Erwiderung, daß ich lieber die dreckige Unterwäsche ihres Vaters fressen würde. Statt dessen behauptete ich, ich müsse Diät halten. Ein andermal vielleicht. In einem anderen Leben.
Nate holte uns Bier und ein paar Sandwiches, während ich auf Mikes Rückruf wartete. Bis der Anruf kam, hatten wir die Brote verdrückt und dazu sechs Dosen Bier gekippt.
»Schlechte Nachricht«, sagte er. »Dexter Robinson ist im Krankenhaus. Gehirnerschütterung und ein paar gebrochene Rippen. Er sagt, Shake Johnson und Tommy Vreeland hätten ihn zusammengeschlagen.«
»Wann war das denn?«
»Heute am späten Nachmittag.«
»Wo?«

»Sie lauerten ihm auf dem Parkplatz hinter dem Einkaufszentrum Willowbrook auf.«
»Gibt es Zeugen?«
»Nein.«
»Hast du mit der Polizei gesprochen?«
»Vor etwa einer Stunde. Da hatten sie Vreeland und Johnson noch nicht erwischt.«
Sehr einleuchtend. Wenn Hal Pucinsky ein Beispiel war, fuhren die Polizisten in Wayne vermutlich in Golfwagen Streife.
»Meine Nachricht ist noch schlechter als deine«, sagte ich. »Dwight ist verschwunden.«
Ich hörte einen unterdrückten Fluch, dann ein Geräusch, als hätte Mike das Telefon hingeschmissen. Danach folgte langes Schweigen, so daß ich schon glaubte, Mike hätte einen Herzinfarkt bekommen.
»Entschuldige«, dröhnte er mir dann ins Ohr. »Ich brauchte erst mal einen steifen Whisky.«
Das konnte ich verstehen.
»Bist du sicher, daß er verschwunden ist?«
»Nein, Mike, er kann sich auch in Luft aufgelöst haben.«
»Hör auf mit deinen witzigen Bemerkungen. Du solltest doch auf ihn aufpassen. Was ist passiert?«
»Was hast du denn von mir erwartet? Daß ich ihn ans Bett fessele? Du scheinst vergessen zu haben, daß ich derjenige war, der ihn in der Zelle lassen wollte.«
»Ja, ja, du hast ja recht. Aber du hast keine Ahnung, wie ich jetzt in der Bredouille sitze. Ich sollte morgen mit ihm vor Gericht erscheinen. Da wird noch mal wegen einer Fristverlängerung verhandelt. Wenn er nicht kommt, muß ich dem Richter sagen, daß er abgehauen ist.«
»Keine Sorge«, sagte ich. »Er taucht schon wieder auf.«
»Wieso weißt du das so sicher?«
»Ich weiß es gar nicht. Ich bemüh' mich nur, positiv zu denken.«
»Sehr tröstlich. Glaubst du, Dwights Verschwinden hat was mit dem anonymen Geldspender zu tun?«
»Ganz bestimmt. Es sei denn, dein Mandant ist dümmer als wir glauben.«
»Aber wie können sie denn rausgekriegt haben, wo er ist?«

Das war eine gute Frage. Ich konterte mit einer Gegenfrage. »Und wer können ›sie‹ sein?«
»Keine Ahnung«, antwortete Mike. »Herrgott noch mal, was sollen wir jetzt tun?«
»Gieß dir erst mal noch einen hinter die Binde«, riet ich. »Ich telefoniere inzwischen ein bißchen herum. Und du rufst mich an, falls du von ihm hören solltest.«
»In Ordnung.«
Zuerst versuchte ich es bei Ed Gallo, obwohl ich wenig Hoffnung hatte, Dwight dort aufzustöbern. Aber ich wollte nichts unversucht lassen. Leider hatte Gallo mir nichts zu bieten als blankes Entsetzen.
»Sie glauben doch nicht, daß er abgehauen ist?«
Ich sagte, ich wüßte nicht, was ich von der ganzen Sache halten solle.
»Lieber Gott, das wäre furchtbar«, sagte er.
Für Ed Gallo, der sich so dafür eingesetzt hatte, daß Dwight auf Kaution freigelassen wurde, auf jeden Fall.
»Die Alternative wäre noch schlimmer«, meinte ich.
»Ja, viel schlimmer.« Er schwieg lange. »Aber ich glaube nicht, daß er abgehauen ist«, sagte er schließlich. »Kann ich vielleicht irgendwas tun?« Er bettelte förmlich um einen Auftrag.
Erst fiel mir nichts ein, aber dann kam mir ein Gedanke. »Spielen Sie Golf?«
»Ungefähr einmal im Jahr.«
»Haben Sie mal als Caddie gejobbt?«
»Vor zwanzig Jahren. Warum?«
»Haben Sie Lust, es kommendes Wochenende mal wieder zu probieren?«
Ich gab ihm einige Informationen über das bevorstehende Turnier. Wenn dieser verdammte Fall überhaupt geklärt werden würde, dann am Wochenende in Mountain Lake. Mit Ausnahme von Dwight und seinem Bruder würden die meisten Beteiligten oder Betroffenen dort versammelt sein. Und wenn gar nichts geschah, wollte ich eigenhändig die Sache forcieren. Ich wußte nur noch nicht genau, wie. Es konnte jedenfalls nicht schaden, ein paar Leute zur Hand zu haben, die mir helfen konnten, falls die Dinge außer Kontrolle geraten sollten.

»Ich bin zu allem bereit, wenn ich damit helfen kann«, sagte Ed Gallo.

Terry Vreeland reagierte genauso. Sie war sofort bereit, Gallo als Caddie zu nehmen. Sie war außerdem ziemlich aus dem Häuschen.

»Ich habe schon versucht, dich zu erreichen«, sagte sie. »Mein Vater hat mich vorhin angerufen. Die Polizei war bei ihm und hat Tommy verhört. Irgend jemand scheint Dexter Robinson zusammengeschlagen zu haben. Er behauptet, es wäre Tommy gewesen.«

»Ich weiß. Tommy und Shake.«

»Glaubst du, das stimmt?«

»Ich wüßte keinen Grund, weshalb Dexter lügen sollte.« Ich wußte doch einen, aber den sagte ich ihr nicht. Das hätte alles nur noch komplizierter gemacht.

»Mein Vater tobt«, berichtete sie. »Er hat seinen Anwalt angerufen und will die Polizei verklagen, wenn Tommy verhaftet werden sollte.«

»Hatte Tommy denn ein Alibi?« fragte ich.

»Ich weiß nicht. Ich habe ein gräßliches Gefühl«, sagte sie. »Ich habe das Gefühl, daß etwas Schreckliches passieren wird.«

»Ich fürchte, es ist schon passiert.« Ich berichtete ihr von Dwights Verschwinden.

Sie fing an zu weinen. »Mein Gott, ist das alles verfahren«, sagte sie schluchzend.

Ich widersprach ihr nicht, aber ich blieb noch eine Weile am Apparat, um sie zu trösten. Nate gab mir moralische Unterstützung, indem er mich mit Bier versorgte.

Ich hielt es für ziemlich sinnlos, Dahlia Robinson anzurufen. Ich sagte mir, wenn sie Dwight gesehen hatte, hätte sie es O'Leary erzählt, als sie im Krankenhaus mit ihm zusammengetroffen war. Doch ich irrte mich.

Dwight hatte seine Mutter am frühen Nachmittag besucht. Er hatte ihr ein Dutzend Rosen mitgebracht. Er sagte, er wäre mit dem Bus bis zum Einkaufszentrum Willowbrook gefahren. Beim Weggehen sagte er, er wolle Dexter besuchen. Bald danach hatte die Polizei bei Mrs. Robinson angerufen, um mitzuteilen, daß Dexter im Krankenhaus lag.

Es war zwar nicht der beste Moment dafür, aber ich fragte Dahlia Robinson trotzdem, ob sie wüßte, was Dexter am Mordabend getrieben hatte. Sie erklärte, er wäre gegen neun nach Hause gekommen und nicht wieder weggegangen, bis Dwight um Mitternacht herum angerufen hatte.
Ich stimmte ihr zu, daß sie zwei wunderbare Söhne hätte, und es brach mir fast das Herz, ihr sagen zu müssen, daß einer von ihnen verschwunden war.
Ich ließ sie weinen. Manchmal würde ich meinen verwünschten Beruf am liebsten an den Nagel hängen.
»Warum läßt Gott so was zu?« fragte sie schluchzend.
Darauf wußte ich leider keine Antwort.

## 25

Ich hasse es, warten zu müssen. Das ist in meinem Beruf ein echter Mangel. Da ist nämlich Geduld gefragt. Aber das Maß an Geduld, das mir bei meiner Geburt mitgegeben wurde, ist längst erschöpft. Das ist auch einer der Gründe, warum ich gern in den Ruhestand treten würde, nur kann ich's mir leider nicht leisten.
Aber zum Glück bin ich ein anpassungsfähiger Mensch. Im Lauf der Jahre habe ich zwei sichere Mittel gegen die Ungeduld entdeckt – trinken und schlafen.
Während ich auf Nachricht von Dwight Robinson wartete, setzte ich beide Mittel ein. Erst trank ich, dann schlief ich.
Mitten im aufregendsten Traum, als ich gerade mit dem Puck vor dem Schläger übers Eis flitzte, um im Endspiel um den Stanley Cup das entscheidende Tor zu schießen, weckte mich das Telefon. Während ich schlaftrunken nach dem Hörer tastete, warf ich einen Blick auf meinen Wecker. Es war zwei Uhr morgens.
Ihre Stimme war nur ein Flüstern, aber ich erkannte sie sofort und registrierte trotz der Alkoholschwaden, die mein Hirn umnebelten, daß Melody Winchester Todesangst hatte.
»Habe ich Sie geweckt?«
»Nein.«

»Entschuldigen Sie, aber es ist wichtig.«
»Ist schon in Ordnung. Was gibt's denn?«
»Es geht um Dwight. Ich habe Angst um ihn. Bob hatte heute abend Pete Becker hier. Ich hörte sie über Dwight sprechen. Ich glaube, sie wollen ihm etwas antun. Und es ist alles meine Schuld.«
»Haben Sie ihm gesagt, wo Dwight sich aufhält?«
»Nein, natürlich nicht. Aber wir hatten gestern abend einen Riesenkrach. Ich habe ihm alles andere gesagt. Daß ich an dem Abend, als Cynthia umgebracht wurde, mit Dwight zusammen war und daß ich beim Prozeß aussagen würde. Ich muß Sie sehen. Ich kann jetzt nicht reden.«
»Sie müssen weg von zu Hause«, sagte ich. »Ich bin in einer Stunde bei Ihnen.«
»Nein, nein. Mir passiert nichts. Sie wissen nicht, daß ich sie gehört habe.«
Ich wollte ihr sagen, daß das keine Rolle spielte, aber sie unterbrach mich.
»Ich muß Schluß machen. Ich glaube, er ist eben aufgewacht. Machen Sie sich um mich keine Sorgen. Mir passiert nichts. Kommen Sie gleich morgen früh – nach halb zehn. Da ist er weg.«
»Soll ich nicht doch –« Aber da hatte sie schon aufgelegt.
Ich hockte in der Dunkelheit und starrte auf die Glut meiner Zigarette, während ich nachdachte. Wenn Bob Winchester beschlossen hatte, Dwight Robinson zu beseitigen, würde er auch seine Frau beseitigen müssen. Mein Instinkt drängte mich, sofort zu ihr zu fahren. Im allgemeinen verlasse ich mich auf meinen Instinkt. Aber es gab da einige technische Probleme – zum Beispiel, wie ich mitten in der Nacht nach Mountain Lake hineinkommen sollte.
Nach längerer Überlegung gelang es mir, mir einzureden, daß Melody Winchester nicht in unmittelbarer Gefahr war. Ihr Mann war schließlich Politiker. Selbst wenn er bereits beschlossen haben sollte, seine Frau zum Schweigen zu bringen, würde er gründlich planen und sich nicht hinreißen lassen, gerade vor dem Golfturnier, wo das Auge der Öffentlichkeit auf ihn gerichtet war, etwas Unüberlegtes zu tun.
Ich rief Nate an und sagte ihm, er solle sich für einen frühen

Start bereithalten. Dann kippte ich einen Whisky und legte mich wieder ins Bett. Ich brauchte lange, um wieder einzuschlafen.

Am nächsten Morgen wollte ich gerade aus der Wohnung gehen, als Mike anrief.

»Schlechte Nachricht«, sagte er.

»Was anderes hab' ich von dir auch nicht erwartet.« Aber die Nachricht hätte schlechter sein können. Wenigstens war Dwight Robinson noch am Leben.

»Er hat mich vor ein paar Minuten angerufen, dieser elende Mistkerl. Er will abhauen. Kam mir wieder mit seiner Masche von der weißen Justiz. Dieses Schwein – nach allem, was ich für ihn getan hab'.«

Ich unterließ es, ihn daran zu erinnern, daß er nicht der einzige war, der sich für Dwight eingesetzt hatte. Aber ich erzählte ihm von Dwights Besuch bei seiner Mutter und von meinem nächtlichen Telefongespräch mit Melody.

»Um Gottes willen! Die werden den armen Kerl umbringen.«

»Du meinst, den elenden Mistkerl.«

»Ach, hab' dich nicht so«, sagte er. »Da hab' ich doch nur Dampf abgelassen. Was sollen wir jetzt tun?«

»Ich fahre zu Melody Winchester raus und schau, ob sie Genaueres weiß. Danach müssen wir weitersehen.«

»Du bist gut. Und was soll ich machen? Ich muß heute nachmittag zum Gericht.«

»Halt den Richter hin.«

»Wie denn? Soll ich vielleicht sagen, Euer Ehren, ich erbitte eine Vertagung der Verhandlung meines Antrags auf Vertagung?«

»Du bist der Anwalt. Dir wird schon was einfallen. Hauptsache ist, du läßt keine Menschenseele wissen, daß Dwight verschwunden ist. Bob Winchester ist nicht blöd. Ich vermute, er wird warten, bis durchsickert, daß Dwight abgehauen ist, und dann inszeniert er einen hübschen kleinen Unfall. Er wird sich wahrscheinlich irgendwo weit von hier ereignen. Wir können nur hoffen, daß sie ihn nicht töten, ehe sie ihn von hier wegbringen.«

»Mein Gott, ich wollte, ich hätte mich auf diese Geschichte nie eingelassen.«

»Denk an das viele Geld, das du damit machst, Mike.«
»Aufs Geld ist gepfiffen. Mich regt das Ganze so auf, daß mir richtig zum Kotzen ist.«
»Vielleicht liegt das nicht nur an der Aufregung.«
»Wie meinst du das?«
»Bist du sicher, daß es nicht mit dem Abendessen von gestern zu tun hat?«
»Blödsinn. Kathy hat Hackbraten gemacht.«
»Eben.«

## 26

»Gott, wie festlich«, sagte Nate, als wir in Mountain View einfuhren. »Es ist erstaunlich, was für eine Wirkung man mit ein paar alten Leintüchern und ein paar dicken Filzstiften erreichen kann.«
Seine Bemerkung bezog sich auf die riesigen Transparente, die, über die Straße gespannt, das Zehnte Sarah-Winchester-Gedächtnis-Turnier des Golfclubs ankündigten.
Je näher wir dem Checkpoint Charlie kamen, desto unwohler wurde mir in meiner Haut. Ich verwünschte mich jetzt dafür, daß ich den Besuch bei Melody Winchester bis zum Morgen aufgeschoben hatte.
Statt unseres pickeligen Rockmusikfans bewachte ein älterer Mann in ausgewaschener marineblauer Uniform den Eingang zum Gelobten Land.
»Die haben sie anscheinend aus der Mottenkiste gezogen«, bemerkte ich.
»Ja, und ihn dazu«, sagte Nate.
Mir wurde noch unbehaglicher, als der Wächter uns sagte, im Haus der Winchesters melde sich niemand.
»Aber Mrs. Winchester erwartet uns«, versicherte ich.
Er musterte mich mit ausdrucksloser Miene. Zehn Eier, dachte ich, würden da nicht reichen.
Der Kerl wies meinen Zwanziger zurück. »Das ist Bestechung«, sagte er.
Als hätte ich das nicht gewußt.

»He, ich bin geladener Gast bei dem Turnier.« Nate zog seine Anmeldeunterlagen heraus.
Der Wächter schaute auf seine Uhr und schüttelte den Kopf. »Die Anmeldung fängt erst um vier an. Wer früher kommt, braucht eine Sondererlaubnis.«
»Und bei wem kann man die bekommen?« fragte ich.
»Sie könnten mit Mrs. Heatherton sprechen.«
»Monica Heatherton?«
»Richtig. Sie ist dieses Jahr die Vorsitzende des Organisationsausschusses.«
Ich dachte an die neckische Blondine, die sich einmal um den Titel der Miss New Jersey beworben hatte, und mir schien, als seien seit unserer Begegnung Wochen vergangen. Dann dachte ich an Melody Winchester, und neue Unruhe packte mich.
»Ich hab' eine bessere Idee«, sagte ich.
»Ich auch.« Nate sprang aus dem Wagen und marschierte auf die Schranke zu.
»Halt!« Der Wächter hatte eine Pistole gezogen und hielt sie direkt auf Nate gerichtet. Seine Hand zitterte.
Nate warf die Arme hoch und ging einfach ins Wärterhäuschen. »Willkommen in Mountain Lake«, rief er dabei laut. »Was, zum Teufel, ist hier eigentlich los? Glauben Sie vielleicht, wir wollen den verdammten Golfplatz in die Luft sprengen?«
Der Wächter gab keine Antwort.
Nate kam zurück und stieg wieder ins Auto. »Was war deine Idee?« fragte er.
Ich bat den pflichteifrigen Wächter, mir das Telefon zu reichen. Er hielt die Kanone auf mich gerichtet, während ich im Clubhaus anrief. Pop meldete sich, und ich bat ihn, Terry zu holen. Ich sagte, es wäre dringend.
Ein paar Minuten später meldete sie sich und überredete den uniformierten Hohlkopf, uns passieren zu lassen.
Am Clubhaus nahmen wir Terry mit und fuhren direkt zu den Winchesters.
»Ich weiß immer noch nicht, was du eigentlich bei Melody willst«, sagte Terry, als wir den Kiesweg zur Veranda hinaufgingen.

»Das ist eine lange Geschichte.« Ich gab ihr eine Kurzversion, während wir darauf warteten, daß uns jemand öffnete.

Niemand kam.

Ich drehte den Türknauf. Die Tür war offen.

Ich sah Terry an, die sich noch immer nicht von der sensationellen Neuigkeit erholt hatte, daß ihre Tante ein Verhältnis mit Dwight Robinson hatte.

»Möchtest du lieber hier warten?« fragte ich.

Sie schüttelte den Kopf. Ich glaube, sie konnte nicht sprechen, weil ihr die Angst wie ein Kloß im Hals saß.

Wir durchsuchten das Erdgeschoß und fanden Melody nicht.

»Vielleicht hat sie vergessen, daß du kommen wolltest, und ist weggegangen«, sagte Terry hoffnungsvoll.

»Ja, vielleicht.« Aber ich glaubte es nicht.

»Irgendwie riecht's hier komisch«, bemerkte Nate, als wir die Treppe hinaufgingen.

»Ja«, stimmte Terry zu. »Riecht wie Schuhcreme.«

Ich roch überhaupt nichts; mein Geruchssinn war allerdings immer schon etwas unterentwickelt. Als wir uns jedoch dem Badezimmer näherten, nahm sogar ich einen merkwürdigen Geruch wahr. Als wäre etwas angebrannt. Und noch etwas anderes. Wie abgestandenes Wasser.

Vorsichtig stieß ich die Badezimmertür auf und spähte hinein. Melody Winchester starrte mich an. Ihren blauen Augen fehlte das Feuer. Das kommt vor, wenn man den Kopf unter Wasser hat.

Terry schrie auf und drückte ihren Kopf an meine Brust. Ich zog sie näher an mich und sah mich im Bad um, während sie in mein Hemd schluchzte.

Was geschehen war, ließ sich leicht rekonstruieren. Melody hatte beschlossen, ein Bad zu nehmen. Vorher hatte sie sich einen Krug Bloody Mary gemixt und den Krug auf das Fensterbrett schräg über dem Ende der Wanne gestellt. Gleich neben das Radio. Als sie hinaufgegriffen hatte, um sich neu einzuschenken, hatte sie den Krug heruntergestoßen. Darum waren die Fliesen jetzt mit Glasscherben und einer Mischung aus Wodka und Tomatensaft bedeckt. Gleichzeitig hatte sie das Radio vom Fensterbrett in die Wanne gestoßen.

Es war einer jener unglückseligen Haushaltsunfälle, wie sie

viel häufiger vorkommen, als man glaubt. Ein tragisches Mißgeschick, das durch eine momentane Unachtsamkeit verursacht worden war. Zumindest wollte Melodys Killer die Polizei das glauben machen. Und so wie ich die Bullen in diesem Ort kannte, bestand aller Grund anzunehmen, daß sie darauf hereinfallen würden.

Der Plan war nicht übel. Aber der Mörder hatte einen wesentlichen Punkt nicht berücksichtigt: Er hatte nicht wissen können, daß gerade wir die Tote finden würden.

Ich sah Nate an. »Rufst du an?«

Er nickte.

Ich zog den Duschvorhang zu und führte Terry dann die Treppe hinunter. Sie sagte, sie brauche frische Luft. Nachdem ich sie zur Veranda hinausbegleitet hatte, ging ich wieder ins Haus, um mich ein wenig umzusehen, und entdeckte etwas sehr Interessantes.

Man mußte ein gutes Auge haben, um es zu bemerken, und das habe ich zum Glück. Die Creme hätte nicht ausgereicht, um ein ganzes Paar Schuhe zu putzen, aber Schwarz ist sowieso nicht meine Farbe.

Ein paar Minuten später gingen Nate und ich zu Terry hinaus.

»Pucinsky ist unterwegs«, sagte Nate.

»Von dem ist doch nichts zu erwarten«, sagte sie bitter. »Der frißt meinem Onkel aus der Hand.«

Ich war nicht so sicher, daß er das auch diesmal tun würde.

Er sah mir scharf ins Gesicht, als er mit drei Beamten und zwei Sanitätern zum Haus heraufkam. »Haben Sie was angerührt?« fragte er.

»Nur den Duschvorhang.«

Wir führten Pucinsky und sein Gefolge ins Badezimmer. Terry blieb draußen. Pucinsky sah sich einmal kurz um, schüttelte angewidert den Kopf und beauftragte einen der Beamten, zum Clubhaus hinunterzufahren und Bob Winchester ausfindig zu machen. Danach wandte er sich an mich. »Würden Sie mir vielleicht sagen, was Sie hier zu tun hatten?«

»Gehen wir erst mal raus«, meinte ich und berichtete ihm dann von Anfang an, wobei ich auch nicht ausließ, daß Melody mit Dwight ein Verhältnis gehabt hatte.

Das glaubte er nicht. Ich hatte es nicht anders erwartet.

»Mrs. Winchester hatte mich in der letzten Nacht angerufen und gebeten, zu ihr zu kommen. Sie war erregt. Sie sagte, ihr Mann und Pete Becker hätten sich hier im Haus getroffen und über Dwight Robinson gesprochen. Sie hatte Angst, sie würden ihm etwas antun. Sie hätte auch um ihr eigenes Leben fürchten sollen.«
»Wollen Sie unterstellen, daß Mr. Winchester Pete Becker beauftragte, seine Frau zu töten?«
»Genau das.«
Pucinsky prustete verächtlich und zündete sich eine Zigarette an. »Sie spinnen ja total.« Zu Terry gewandt sagte er: »Verzeihen Sie die deutliche Sprache, Miss Vreeland.«
»Sie können mich mal, Hal«, entgegnete sie.
»Ich kann verstehen, daß Sie wegen Ihrer Schwester und Ihrer Tante erregt sind, aber mir ist schleierhaft, wie diese beiden Kerle Sie dazu bringen konnten, ihre Märchen zu glauben. Wenn ich Ihnen einen Rat geben darf, Miss Vreeland – Sie sollten den beiden Herren lieber aus dem Weg gehen.«
»Sparen Sie sich Ihre dämlichen Ratschläge, Hal.«
Pucinsky warf ihr einen gekränkten Blick zu, dann wandte er sich wieder an mich. »Haben Sie da oben irgendwas bemerkt, was Ihrer Meinung nach darauf hindeutet, daß es kein Unfall war? Wir wissen alle, daß Melody ein Alkoholproblem hatte.«
»Schauen Sie sich doch selber noch mal um«, erwiderte ich. »Sagen Sie mir, wie sie das Radio ins Wasser ziehen konnte, ohne das Cocktailglas umzustoßen, das auf dem Wannenrand stand? Und achten Sie auf den Geruch nach Schuhcreme. Der ist zwar nur schwach, aber wenn man eine gute Nase hat, kann man ihn wahrnehmen. Außerdem sind auf dem Treppengeländer ein paar Schuhcremespuren. Becker scheint gestolpert zu sein, als er abgehauen ist, und mit dem Kopf gegen das Geländer gestoßen zu sein.«
»He, was soll das alles? Becker, Schuhcreme. Was, zum Teufel, reden Sie da, Renzler?«
»Am Einführungstag für die Caddies schmiert sich Becker mit Vorliebe das Gesicht mit schwarzer Schuhcreme ein«, erklärte ich. »Sollte ihn jemand hier gesehen haben, so dürfte er ihn für einen Schwarzen gehalten haben.«
Pucinsky kratzte sich am Kinn. »Sie beide sollten jetzt besser

verschwinden«, sagte er schließlich. »Ich möchte nicht, daß Sie Mr. Winchester mit Beschuldigungen überhäufen, sobald er hier auftaucht. Terry, Sie bleiben bei mir. Wir werden sagen, daß Sie die Tote gefunden haben.«

»Und was soll das bewirken?« fragte ich.

Pucinsky seufzte lang und geräuschvoll. »Lassen Sie mich das auf meine Art machen. Sie können sich darauf verlassen, daß ich mit aller Gründlichkeit ermitteln werde.«

»Hört! Hört!« sagte Nate.

## 27

Von Mountain Lake aus fuhren wir direkt zu Petes Kneipe. Der grausige Fund am frühen Morgen hatte uns zwar den Appetit verschlagen, aber wir brauchten dringend einen starken Drink. Das war allerdings nicht der einzige Grund, weshalb wir Pete heimsuchten.

Der Laden war leer bis auf den Barkeeper, der über einer Rennzeitung hockte.

»Hallo, Ray«, sagte ich, als wir uns dem Tresen näherten.

»Ich bin nicht Ray«, entgegnete Salvino.

»Lieber Gott, nicht schon wieder«, stöhnte Nate.

Doch diesmal hatten tatsächlich wir uns geirrt. Es wurde mir klar, als ich mir den Mann näher ansah. Er hatte eine frappierende Ähnlichkeit mit Ray Salvino, war aber nicht ganz so häßlich.

»Ich bin Rays Bruder Tony«, erklärte er. »Sind Sie Freunde von Ray?« Er musterte uns mißtrauisch.

Wir bestellten jeder einen doppelten Whisky und warteten, bis er uns die Getränke brachte. »Wo ist der gute alte Ray denn heute?« fragte ich, als er die Gläser auf den Tresen stellte.

»Oben auf dem Golfplatz. Er hilft Pete bei den Vorbereitungen für das Turnier. Ich vertrete ihn solange.«

»Soviel brüderliche Liebe erlebt man selten«, stellte Nate fest.

Tonys Gesicht verzog sich furchtsam, als Nate zur Tür ging, absperrte und die Jalousie am vorderen Fenster herunterzog.

»Sie haben doch sicher nichts dagegen, uns die Räumlichkeiten zu zeigen, was, Tony?« Ich zeigte ihm vorsichtshalber meine Kanone.
Er schüttelte nur stumm den Kopf, ehe er uns durch das Hinterzimmer in den Keller führte. Dwight Robinson fanden wir nicht. Auch nicht oben in der verkommenen kleinen Wohnung, die Ray Salvino sein Zuhause nannte. Als wir wieder in der Kneipe angelangt waren, verlangte Nate das Telefonbuch. Er riß die Seite mit Pete Beckers Adresse heraus.
»Danke für die freundliche Bedienung«, sagte ich.
Pete Becker wohnte in einem großen pinkfarbenen Haus in einem Villenviertel. Im Vergleich mit den Besitzungen der Vreelands und der Winchesters war es nicht imposant, aber doch so groß, daß man nicht umhin konnte, sich zu fragen, woher Pete sein Geld hatte. Seine Kneipe warf bestimmt nicht soviel ab, und sein Job im Golfclub war im Grund nur der eines glorifizierten Caddies und Rausschmeißers.
Ich hielt es für möglich, daß Becker an Ray Salvinos Einnahmen aus dem Glücksspiel beteiligt war. Oder an Shake Johnsons Drogengeschäften. Vielleicht hatte er auch Nebeneinkünfte aus freiberuflicher Tätigkeit für Thomas Vreeland und Bob Winchester.
Das Haus war abgeschlossen, aber wir fanden den Schlüssel genau da, wo die meisten Leute ihn hinterlegen – unter der Fußmatte auf der hinteren Veranda.
Als wir eintraten, erhielt ich die Antwort auf eine Frage, die ich schon längst hatte stellen wollen: Pete Becker hatte keinen Hund. Und wenn er doch einen hatte, mußte er ihn auf den Golfplatz mitgenommen haben. Auch hier fanden wir keine Spur von Robinson. Aber leer war das Haus nicht.
Nate hatte das Vergnügen, den Hausgast aufzustöbern. Ich wette, wenn wir das nächstemal ein Haus durchsuchen, überläßt er mir die Schlafzimmer. Ich war noch unten, als ich ihn rufen hörte, und sauste sofort hinauf. Nate stand am Fußende des Bettes und deutete nur stumm auf die Dame, die auf den schmutzigen Laken lag.
»So was hab' ich bisher nur in Anzeigen in Pornoheften gesehen«, sagte ich. »Das ist das erstemal, daß ich so was in natura zu sehen bekomme.«

»Ich sah eine Erhöhung unter der Bettdecke. Deshalb habe ich sie zurückgeschlagen. Ich dachte, wir würden vielleicht noch eine Leiche finden. Tolle Puppe, was?«
»Umwerfend.«
»So eine Bettgenossin hat sicher ihre Vorteile. Sie leistet jedenfalls bestimmt keinen Widerstand. Genau die richtige Puppe für einen Angeber wie Becker, würde ich sagen.«
Ich stimmte ihm zu.
»Schau in den Schrank, da hat er noch drei Afroperücken und noch eine Gummipuppe. Wahrscheinlich für den Fall, daß die hier Kopfschmerzen hat.«
Ich sagte, ich glaube ihm unbesehen. »Laß die Bettdecke aufgeschlagen. Der Kerl soll wissen, daß jemand hier war.«
»Klasse. Vielleicht denkt er dann, sie hätte ein Verhältnis mit dem Nachbarn.«
Der Besuch bei Pete Becker war interessant gewesen, aber von unserem Gesichtspunkt aus unergiebig. Einzig mögliches Versteck von Dwight Robinson, das mir noch einfiel, war Shake Johnsons Hütte. Unterwegs fiel mir ein, daß der Hund zu Hause sein würde.
Wir hielten bei einem Supermarkt und kauften einen Batzen Hackfleisch. Nate hat, wenn er unterwegs ist, immer einen eisernen Bestand an Schlaf- und Aufputschmitteln dabei, für den Fall, daß er plötzlich Lust kriegt zu schlafen oder kräftig auf den Putz zu hauen. Wir mischten soviel Schlafpulver unter das Fleisch, daß es selbst einen Elefanten eingeschläfert hätte.
In Shake Johnsons elegantem Wohnviertel war alles unverändert. Die dreckigen kleinen Jungen spielten immer noch Baseball, nur benutzten sie diesmal einen ausrangierten Spaten als Schläger und einen alten Schuh als Ball. Shake war, wie wir erwartet hatten, nicht zu Hause. Er war vermutlich mit Pete Bekker und Ray Salvino auf dem Golfplatz. Ich hielt das Hundevieh mit Klopfen und Gequassel vorn an der Haustür fest, während Nate nach hinten schlich, ein Fenster einschlug und die Fleischportion hineinwarf. Dann tranken wir gemütlich ein Bier, und als wir wieder nachschauten, schnarchte Bonzo bereits.
Wir brauchten genau dreißig Sekunden, um das Haus seines Herrn zu durchsuchen.

»Jammerschade um die guten Schlaftabletten«, meinte Nate.
»Du hättest dich ja wieder von Shakes Vorräten bedienen können.«
»Das wollte ich. Aber es war nichts da. Der Stoff scheint ihm ausgegangen zu sein.«
So wie uns die Ideen ausgegangen waren. Wir hatten keine Ahnung, wo wir noch nach Dwight Robinson suchen sollten, und ich begann mich zu fragen, ob er nicht doch verduftet war.
Bis zum Eröffnungsessen im Clubhaus blieben uns noch gut zwei Stunden, und wir hatten noch verschiedenes zu erledigen. Wir mußten uns in ein Motel einmieten und Nate eine Golfausrüstung besorgen. Ich hielt es für geraten, die nächsten ein, zwei Tage in unmittelbarer Nähe von Mountain Lake zu bleiben.
Wir nahmen uns jeder ein Zimmer in dem Howard Johnson's, wo Dwight Robinson und Melody Winchester ihre Schäferstündchen verbracht hatten, und mieteten die Golfausrüstung in einem Sportgeschäft bei einem dicken Kerl, der großspurig behauptete, es gäbe nichts, was er nicht zu vermieten hätte.
Rechtzeitig zu den Abendnachrichten waren wir wieder in unserer Absteige. Von Dwights Verschwinden wurde nichts erwähnt; Mike war also doch noch ein Märchen für den Richter eingefallen. Dafür brachte man einen längeren Bericht über den Tod von Melody Winchester.
Ihr Mann war für die Reporter nicht zu sprechen, aber einer seiner Sekretäre erklärte, er wolle am nächsten Morgen eine Pressekonferenz halten, und verlas eine Erklärung, in der Winchester seiner tiefen Erschütterung über den tragischen Unfall Ausdruck gab.
»Ha! Ha!« sagte Nate. »Ich wette, Winchester sitzt gemütlich in Vreelands dicker Villa und säuft einen Cocktail nach dem anderen.«
Doch als wir zur Cocktail-Party ins Clubhaus kamen, war Bob Winchester nirgends zu sehen. Terry saß am Empfangstisch. Sie berichtete uns, sie sei für Monica Heatherton eingesprungen, die der Tod ihrer Freundin völlig niedergeschmettert hatte.
Terry bat eine andere Frau, sie eine Weile zu vertreten, um

sich in Ruhe mit mir unterhalten zu können. Sie war selber auch noch recht mitgenommen von den morgendlichen Ereignissen.
»Ich glaube, du könntest dich in bezug auf Melody doch getäuscht haben«, sagte sie. »Bob war total fertig, als er zu uns kam. Er ging völlig aus dem Leim und weinte wie ein kleiner Junge.«
So leicht war ich nicht zu überzeugen, aber ich hielt den Mund. Ich wollte Terry nicht bedrängen.
»Ich habe vorhin mit meinem Vater gesprochen«, fuhr Terry fort. »Bob hält morgen eine Pressekonfernez. Mein Vater sagte, er wird bekanntgeben, daß er aus dem Wahlkampf aussteigt. Das ist doch wirklich eine Überraschung, nicht?«
»Ja, das kann man wohl sagen.«
Nate drängte sich mit drei Drinks zu uns durch. »Ich hab' unseren Tisch gefunden«, berichtete er. »Er ist ganz hinten in der Ecke. Der Katzentisch gewissermaßen. Irgend jemand hier scheint uns nicht zu mögen.«
Terry lächelte. Sie war sehr schön. Ich hätte sie am liebsten in den Arm genommen und geküßt.
»Sie haben sich nur zu spät angemeldet«, sagte sie zu Nate. »Wenn Sie wollen, setze ich mich zu Ihnen.«
»Nein, nein, das ist schon in Ordnung so«, erwiderte er. »Mischen Sie sich nur unter die VIPs.«
Terry kehrte an ihren Posten zurück, und wir wanderten ein bißchen herum.
»Da ist Julie aus *The Mod Squad*«, sagte Nate, der jede freie Minute vor der Glotze sitzt. Er wies auf eine junge Frau mit glattem blonden Haar, die zwischen einem großen, mageren Schwarzen und einem untersetzten Weißen stand. »Natürlich mit Pete und Linc.«
Nate meinte, wir sollten ein bißchen mit ihnen plauschen, aber mich interessierte mehr eine Szene zur Linken, wo Pete Becker sich eben mit einer zierlichen Blondine in einem paillettenglitzernden Kleid fotografieren ließ.
»Joey Heatherton!« rief Nate so eifrig, als säße er in einer Quiz-Show.
»Die würde sich bestimmt nicht auf Beckers Schoß setzen, wenn sie von der Puppe wüßte, die er zu Hause im Bett hat.«

»Nach dem, was ich über Joeys Liebesleben weiß, wäre Pete vielleicht sogar ein Fortschritt«, meinte Nate, während er nach weiteren Stars den Hals reckte.
Auch ich sah mich aufmerksam um, aber ich ließ das Auge nicht nach Hollywoodgrößen schweifen, sondern nach Shake Johnson und Ray Salvino. Wenn wir die beiden und dazu Bekker und Tommy Vreeland im Blick behalten konnten, meinte ich eine Chance zu haben, Dwight Robinson zu finden. Immer vorausgesetzt natürlich, sie hatten ihn tatsächlich entführt und noch nicht aus dem Weg geräumt.
Als Nate sich davonmachte, um mit Jerry van Dyke geistreiche Bemerkungen zu tauschen, wanderte ich zu einem Tisch an der Wand, wo ich meinen alten Kumpel George Grimaldi, ehemals Polizeidienststelle Wayne, im Gespräch mit Hal Pucinsky entdeckt hatte. Ich fand, es könnte nicht schaden, Pucinsky daran zu erinnern, daß George mich schätzte. Und ich hoffte, etwas Neues über Melody Winchesters »Unfall« zu erfahren.
Pech gehabt. Die beiden waren mit einem dritten Mann, den ich erst bemerkte, als es zur Umkehr zu spät war, in eine Fachsimpelei über das Golfspiel vertieft. Dieser dritte, das wußte ich aus bitterer Erfahrung, konnte sich stundenlang zu diesem Thema auslassen.
Ich machte also gute Miene zum bösen Spiel und schüttelte meinem Schwager Dick Derkovich mit falscher Herzlichkeit die Hand.
»Die Welt ist doch klein«, sagte Dick spritzig wie immer.
»Tja, alle Wegen führen eben zum Golfplatz«, erwiderte ich nicht minder spritzig.
Ich setzte mich nicht, obwohl sie mich dazu aufforderten, versank aber dennoch immer tiefer in einem Sumpf belanglosen Gesabbels. Eine dicke Frau am Nebentisch rettete mich mit der Bemerkung, daß die Gäste aufgefordert seien, sich an ihre Plätze zu begeben.
Nate erwartete mich an unserem Tisch mit einem frischen Drink. »Ich fing schon an, mich um dich zu sorgen«, sagte er.
Thomas Vreeland schickte sich inzwischen an, eine kurze Ansprache zu halten.

Thomas Vreeland stand auf einem Podium zwischen zwei langen Tischen. Rechts und links von ihm war je ein Stuhl frei, der eine sein eigener. Terry und Tommy saßen zu seiner Linken. Die beiden Tische entlang hatte die versammelte Mannschaft der Hollywoodstars Platz genommen.
Das Stimmengewirr im Raum ließ langsam nach. Vreeland begann zu sprechen.
»Meine lebenslangen Freunde, unser Kongreßabgeordneter Bob Winchester und seine liebenswerte Frau Melody können heute nicht an diesem Fest teilnehmen«, sagte er mit brüchiger Stimme. »Die meisten von Ihnen haben zweifellos gehört, daß Melody heute morgen auf tragische Weise ums Leben gekommen ist.«
Hier und dort gab es Gemurmel im Saal, zweifellos von den Banausen, die sich weder für Klatsch noch Fernsehen interessierten.
»Bob ist natürlich tief erschüttert. Er bedauert es, daß er heute abend nicht hier sein kann, und bat mich, Sie alle in seinem Namen willkommen zu heißen und Ihnen zu sagen, daß er morgen wieder unter uns sein wird. Er läßt Sie bitten, seiner Frau Melody in Ihren Gebeten zu gedenken, und ich bitte Sie, auch Bob in Ihre Gebete einzuschließen.«
Vreeland machte eine so lange Pause, daß ich schon glaubte, die Rede wäre zu Ende. Doch ich täuschte mich.
»Ich spreche aus eigener Erfahrung, wenn ich Ihnen sage, daß ich weiß, wie Bob am heutigen Abend zumute ist«, fuhr er fort. »Der Schmerz, den ich empfand, als ich vom Tod meiner Frau Sarah erfuhr, ist unauslöschlich. Und ich bedaure, sagen zu müssen, daß Melodys tödlicher Unfall nicht das einzige Unglück ist, das unsere kleine Gemeinde hier in Mountain Lake heimgesucht hat. Sie haben inzwischen wahrscheinlich alle von dem tragischen Schicksal meiner Tochter Cynthia gehört, die vor weniger als drei Wochen von ihrem Mann brutal ermordet wurde.«
Vreelands Stimme begann zu zittern. Ich sah, wie Terry den Kopf schüttelte und beide Hände vor ihr Gesicht schlug.
»Wir werden dafür sorgen, daß der Gerechtigkeit Genüge ge-

tan wird, aber das wird meine Tochter nicht ins Leben zurückbringen.«
Vreeland kämpfte gegen die Tränen an, aber er verlor die Schlacht und mußte vom Mikrophon wegtreten. »Entschuldigen Sie«, stieß er schluchzend hervor.
Terry sprang auf, ging zu ihrem Vater und führte ihn, einen Arm um seine Schultern gelegt, zu seinem Platz. Ihr Bruder, der sich ebenfalls erhoben hatte, blickte stirnrunzelnd zu einem Mann in schwarzer Robe hinüber, der sich im Hintergrund hielt. Erst als Tommy winkte, begriff der Geistliche und ging mit raschen Schritten zum Mikrophon.
»Lasset uns beten«, sagte er, und beinahe erleichtert senkten alle die Köpfe.
Nach einem schnellen Vaterunser trat Tommy ans Mikrophon.
»Ich möchte alle unsere Gäste herzlich willkommen heißen«, sagte er. »Wir werden uns trotz allem bemühen, dieses zehnte Gedächtnisturnier so zu gestalten, daß es ein voller Erfolg wird.«
»Viel Glück«, murmelte Nate.
Amen.
Die tiefe Stille wurde gebrochen, als Pop, der alte Kellner, einen Zug junger Leute mit vollbeladenen Tabletts in den Saal führte. Wer bei Vreelands Rede den Appetit noch nicht verloren hatte, verlor ihn zweifellos beim Anblick des Menüs. Das Hühnchen war von der Marke Gummiadler, das Kartoffelpüree sah aus, als wäre es aus dem Zementmixer gekommen, und die Karotten hätte jedes Karnickel verschmäht, das etwas auf sich hält.
»Stell dir einfach vor, du säßest im Flugzeug«, sagte Nate.
»Da kriegt man wenigstens Tüten für den Fall, daß einem schlecht wird«, erwiderte ich.
Nate ließ sich davon nicht stören, sondern mampfte, als hätte er tagelang nichts zu essen bekommen, und machte sich, als sein Teller leer war, auch noch über meinen her. Ich ging inzwischen an die Bar, um unsere Gläser auffüllen zu lassen, und machte dann einen raschen Rundgang durch den Saal.
Terry saß noch an ihrem Platz, gefangen zwischen zwei Fernsehsternchen. Sie zuckte nur in hilfloser Entschuldigung die

Achseln, als ich vorbeikam. Etwas weiter, nahe einer Tür, bemerkte ich Pete Becker, Tommy Vreeland, Ray Salvino und Shake Johnson, die sich mit gesenkten Stimmen unterhielten. Ich riß Nate von seinem zweiten Nachtisch weg und schlug vor, uns zu ihnen zu gesellen. Er war sofort dafür. Daß sie es nicht waren, brauche ich wohl nicht zu sagen.

»Was, zum Teufel, haben Sie denn hier verloren?« fragte Tommy.

Nate zog sein Namenskärtchen aus der Tasche. Er hatte es abgelehnt, sich das Ding anzustecken. »Ich gehöre zur Prominenz, junger Mann.«

»Ja«, sagte Becker. »Er ist ein Profi-Idiot.«

Shake fing an zu lachen, und Tommy grinste.

»Sie werden schon noch merken, was für ein Profi ich bin, Becker«, gab Nate zurück.

Beckers Miene zeigte Unbehagen. Ich hätte gern gewußt, ob er zu Hause gewesen war, seit wir ihn besucht hatten.

»Hauen Sie ab, eh' einer von Ihnen eins auf die Schnauze kriegt«, sagte er.

»Sie haben aber ein kurzes Gedächtnis, Pete«, entgegnete ich.

Während Becker an dieser kleinen Bemerkung kaute, sprang Shake für ihn ein. »Wir sind vier, und die sind zwei, die schlagen wir leicht zu Brei.«

»Der geborene Dichter, dieser Knabe«, sagte Nate zu mir.

Ich kam mir vor wie unter einer Bande Halbstarker, die sich gegenseitig anpöbeln. Die Leute rundherum schienen einen ähnlichen Eindruck zu haben; sie reckten schon die Hälse.

Ich sprach Nate an und hob dabei die Stimme, um sicherzugehen, daß die Viererbande mich hörte: »Ich hab' mich vorgestern mit Warren Shepherd unterhalten. Der wohnt gegenüber von Dwight Robinson. Ich hab' ihm ein Foto von Shake Johnson gezeigt. Er meint, Shake könnte der Mann gewesen sein, den er an dem Abend wegfahren sah, als Cynthia getötet wurde.«

Ich warf einen Blick auf Shake, aber der sah zu Boden.

»Sag das mal nicht zu laut«, warnte Nate. »Sonst kriegt vielleicht jemand Panik und brennt Shepherds Haus ab.«

»He, hauen Sie endlich ab, Sie Blödmann«, zischte Tommy Vreeland.

Die Menge hinter uns drängte sich dichter. Wir wichen ein wenig zurück, um mehr Raum zu haben, falls die Debatte handgreiflich werden sollte.
»Der junge Mann scheint ein bißchen nervös zu sein«, bemerkte Nate. »Hat Shepherd vielleicht was davon gesagt, daß ein zweiter Mann im Wagen saß? Ein junger Weißer vielleicht –«
»Was, zum Teufel, ist hier los?« Der Papa kam Tommy zu Hilfe. Und gerade im rechten Moment.
Das heißt, beinahe.
Der Gründervater von Mountain Lake drängte sich mit kräftigen Ellbogen durch die Menge, aber da schleuderte Tommy schon sein Cocktailglas nach Nate. Er traf ihn nicht, da er im Moment des Abwurfs mit dem Ellbogen an Ray Salvinos Schulter stieß. Das Glas driftete nach links ab und prallte mit dem schweren Boden direkt an die linke Wange meines ungeliebten Schwagers Dick Derkovich, der natürlich ganz vorn in den Reihen der Gaffer stand.
Da Tommy jetzt durch den mächtigen Vater geschützt war, brauchte er vor tätlicher Vergeltung von Nates Seite keine Angst mehr zu haben. Er nutzte die Gelegenheit, um etwas sehr Dummes zu sagen, genauer, um es herauszubrüllen.
Genau das hatten wir mit unseren Sticheleien beabsichtigt: daß einer unserer Verdächtigen sich zu einer Unüberlegtheit hinreißen lassen würde.
»Wenn Sie so sicher sind, daß Dwight Robinson meine Schwester nicht umgebracht hat«, schrie Tommy, »wieso ist er dann getürmt, sobald man ihn auf Kaution freigelassen hatte?«
»Wer sagt, daß er getürmt ist?« schoß ich zurück.
Ich erhielt keine Antwort, aber ich sah, daß Shake Johnson dem jungen Vreeland einen kräftigen Puff verpaßte. Genau in diesem Moment trat Hal Pucinsky auf den Plan.
»Verhaften Sie die beiden Männer sofort«, befahl Thomas Vreeland.
Pucinsky schüttelte den Kopf. »Ich verhafte niemanden.«
»Was soll das heißen? Gestern beschuldigten Sie meinen Sohn eines Verbrechens, und jetzt sehen Sie tatenlos zu, wie diese beiden Burschen hier Ärger machen.« Er drehte sich

nach uns um. »Wie sind Sie überhaupt hier hereingekommen?«
Nate hielt grinsend sein Namenskärtchen hoch. »Sie haben mich eingeladen.«
»Dann betrachten Sie sich jetzt als ausgeladen. Wenn Sie morgen hier erscheinen sollten, werde ich Sie, wenn nötig, mit Gewalt entfernen lassen.«
»O nein, das wirst du nicht tun.« Terrys Stimme erschien mir fast wie Sphärenmusik. Mit blitzenden grünen Augen sah sie ihren Vater und ihren Bruder an. Es tat mir leid, daß sie gezwungen worden war, die Grenze zu ziehen, aber es tat mir auch gut zu sehen, wo sie sie zog.
»Wenn er nicht spielen darf, spiele ich auch nicht«, sagte sie.
Ihr Vater schnaubte nur verblüfft. Er hatte aber auch einen harten Tag hinter sich, der arme Kerl.
»Ich weiß nicht, was los ist«, fuhr Terry fort, »aber ich weiß, wie Tommy sich in letzter Zeit benommen hat, und ich bin sicher, daß die beiden Herren nicht angefangen haben.«
Pucinsky zupfte mich am Ärmel. »Ich glaube, es ist Zeit, daß Sie nach Hause gehen«, sagte er. »Ich begleite Sie raus. Ich möchte ein paar Worte mit Ihnen beiden reden.«
Das war mir recht.
»Vielen Dank, Terry«, sagte ich, als wir uns zum Gehen wandten.
Sie zwang sich zu einem Lächeln, aber ich glaube, sie war auch über mein Verhalten nicht unbedingt beglückt. Ich konnte es ihr nicht verübeln.
Ich machte einen kurzen Abstecher zu dem Tisch, wo mein Schwager Dick saß und sich einen Eisbeutel an die Wange drückte.
»Wie kommt es eigentlich, daß jedesmal, wenn ich mit dir in einem Raum bin, einer was abkriegt?« fragte er.
Ich legte ihm die Hand auf die Schulter. »Tja, das ist eines der Geheimnisse des Lebens, Dick«, antwortete ich tröstend und machte mich davon.
George Grimaldi kam auch noch mit nach draußen. »Sie haben sich überhaupt nicht verändert, Renzler«, sagte er. »Immer mitten drin im Getümmel.«
»Da wird's einem nie langweilig, George.«

»Hören Sie auf mit dem Quatsch«, fuhr Pucinsky dazwischen. »Sie beide sind echte Nervensägen, das kann ich Ihnen sagen. Aber so ganz ohne scheinen Sie doch nicht zu sein. Was war das vorhin für eine Bemerkung, daß Dwight Robinson getürmt ist?«

Ich dankte ihm erst einmal für das Kompliment, dann schenkte ich ihm reinen Wein ein, erwähnte aber nichts von unseren vergeblichen Bemühungen, Dwight aufzustöbern.

»Und woher weiß dann Tommy Vreeland davon?«

»Das möchten wir auch gern wissen.«

Pucinsky ließ seine Zigarette fallen und trat sie aus. »Sie glauben, er wurde entführt. Ich glaube, er ist abgehauen wie ein geölter Blitz.«

»Wollen Sie wetten?« fragte Nate.

»Ich spiele nicht.«

»Aber sicherheitshalber könnten Sie Beckers Haus und Kneipe und Johnsons Haus beobachten lassen«, meinte ich.

»Ich werd' noch mehr tun. Ich gebe eine Fahnungsmeldung raus.«

»Was passierte eigentlich gestern mit Dexter Robinson?« fragte ich Pucinsky.

»Jemand hat ihn grün und blau geschlagen.«

»Soviel ich weiß, sagte er, es wären Tommy und Shake gewesen.«

»Gelogen. Die haben beide ein Alibi.«

»Jetzt sagen Sie bloß nicht, sie waren in Petes Kneipe.«

»Nein. Sie saßen hier im Clubhaus und kifften sich voll.«

»Wer hat das gesagt – Pete Becker?«

»Nein, der Kellner. Pop. Überrascht?«

Ich mußte es zugeben. »Machen Sie mit Ihren Ermittlungen über Melody Winchesters Unfall Fortschritte?«

»Also, das geht Sie nun wirklich nichts an.«

## 29

Da Pucinsky sich bereit erklärt hatte, Beckers Haus und Kneipe sowie Shake Johnsons Haus überwachen zu lassen, brauchten wir uns nicht die ganze Nacht in dem Bemühen um die Ohren zu schlagen, an drei Orten zugleich zu sein. Wir hätten also eigentlich gut ausgeruht sein müssen, als wir am Morgen des großen Turniers aus unseren Betten krochen.

Wir waren es aber nicht. Jedenfalls ich nicht. Ich weiß nicht, wie es passieren konnte, aber ich hatte tatsächlich vergessen, daß mein Partner wahrscheinlich der lauteste Schnarcher der Welt ist. Wenn ich das nächstemal mit ihm in ein Motel gehe, nehme ich bestimmt nicht mehr das Zimmer neben seinem, sondern gehe in ein anderes Stockwerk.

Während ich den Kaffee trank, den ich mir hatte aufs Zimmer bringen lassen, rief ich Mike O'Leary an. Er fing sofort an zu meckern.

»Wo, zum Teufel, hast du gesteckt? Ich hab' dauernd versucht, dich zu erreichen.«

Ich verwahrte mich erst mal gegen seine Nörgelei, dann lieferte ich ihm einen Kurzbericht der Ereignisse des vergangenen Tages.

»He, Moment mal«, rief er, als ich auflegen wollte. »Möchtest du nicht hören, was ich gestern dem Richter erzählt habe?« Es war unüberhörbar, daß er darauf brannte, vor mir mit seiner juristischen Kreativität zu prahlen.

»Ein andermal, Mike.« Leute wie O'Leary darf man nie zu sehr ermutigen. »Im Augenblick interessiert's mich mehr, was Bob Winchester der Presse zu sagen hat. Er gibt in einer halben Stunde eine Erklärung ab.«

»Ja, ich hab' gestern abend in den Nachrichten gehört, daß er aus dem Wahlkampf aussteigen will. Bei der Pressekonferenz möchte ich auch dabei sein. Außerdem hab' ich Informationen für dich.«

»Komm doch nach Mountain Lake.«

»Und wie komm' ich da rein? Das wird doch strenger bewacht als ein Geldtransport.«

»Fahr gleich los und sag, du wärst Dick Derkovich.«

»Wer ist denn das?«

»Mein Schwager. Der gehört zu den geladenen Gästen.«
Als wir wenig später in den Corvair stiegen, deutete Nate auf einen goldfarbenen Rambler, der direkt neben uns geparkt hatte.
»Ist das nicht Anna Paslawskis Wagen?«
»Das wäre ein echtes Wunder. Sie ist doch auf Reisen in Israel.«
Er schüttelte den Kopf. »Die Ähnlichkeit ist erstaunlich. Sogar die Rostflecken sind die gleichen.«
»Ach, das ist bestimmt Zufall.«
»Und der Aufkleber da – ›Jesus liebt dich‹? Ist das auch Zufall?«
Anna Paslawski mußte entweder vorzeitig zurückgekehrt und in Ermangelung eines eigenen Heims im Motel abgestiegen sein, oder sie hatte ihren Wagen Freunden geliehen. Ganz gleich, wie der Rambler hierhergekommen war, wir hatten im Moment keine Zeit, dem nachzugehen.
Als wir nach einer nervenaufreibenden Fahrt durch den morgendlichen Stoßverkehr in Mountain Lake ankamen, hatten sich auf dem Rasen vor dem Clubhaus schon an die hundert Menschen versammelt. Unter ihnen waren drei Fernsehteams, ein Dutzend Fotografen und ein Haufen Reporter, die an ihren Stenoblöcken und den schlecht sitzenden Anzügen zu erkennen waren.
Schon von weitem konnte ich mitten im Gewühl Bob Winchester erkennen, dessen gepflegtes graues Haar in der Morgensonne glänzte. Es war ein Tag wie geschaffen zum Golfspielen, vorausgesetzt, man spielte gern Golf. Ich wußte aus Erfahrung, daß es den idealen Tag für den Caddie nicht gab.
Als wir näher kamen, konnte ich neben Bob Winchester Thomas Vreeland erkennen und einen Yuppie im Nadelstreifenanzug mit Weste. Auf dem Übungsgrün, ungefähr fünfundzwanzig Meter weiter links, gaben Pete Becker, Tommy Vreeland und Shake Johnson einer Gruppe Caddies letzte Anweisungen.
Der Yuppie trat zu einem wartenden Mikrophon und verkündete, daß Winchester jetzt eine kurze Erklärung verlesen würde. »Aber ich möchte Sie daran erinnern«, sagte er zu den versammelten Reportern, »daß das hier keine Pressekonfe-

renz ist. Im Interesse des Turniers, das rechtzeitig beginnen soll, wird Mr. Winchester keine Fragen beantworten.«
Alles applaudierte eifrig, als Winchester zum Mikrophon kam. Er wartete, bis die Menge sich beruhigte, dann begann er zu sprechen.
»Solange ich denken kann, war es mein größter Wunsch, in die Politik zu gehen und meinen Mitbürgern und Mitbürgerinnen zu dienen. Schon als Junge träumte ich davon, eines Tages im Kongreß zu sitzen. Nachdem dieser Traum Wirklichkeit geworden war und ich zwölf Jahre lang unsere Gemeinde im Kongreß vertreten hatte, wurde mir eines Tages klar, daß ich unserem Land im Senat noch besser dienen könnte. Dieses Ziel habe ich seit nunmehr einem Jahr beharrlich verfolgt.
Sie wissen inzwischen alle von dem tragischen Unglücksfall, der sich gestern in meinem Haus ereignet hat und bei dem meine Frau Melody ums Leben gekommen ist. Ich brauche wohl nicht zu sagen, daß ich tief erschüttert bin.«
Winchester machte eine kleine Pause und blickte mit ernster Miene in die Menge.
»Als Thomas Vreeland und ich vor zehn Jahren dieses Turnier zum Gedächtnis meiner Schwester Sarah ins Leben riefen«, fuhr er fort, »hofften wir, damit in zweierlei Hinsicht ein gutes Werk tun zu können. Ein Teil des Erlöses war als finanzielle Unterstützung für jene Bürger dieses Bezirks gedacht, die im Überflutungsgebiet wohnen; der andere Teil sollte der Bekämpfung des Alkoholismus dienen.
Einige von Ihnen wissen vielleicht, daß Melody, genau wie Sarah, ein ernstes Alkoholproblem hatte. Da ich mir der Gefahren und möglichen Konsequenzen dieser Krankheit wohl bewußt bin, drängte ich, ja, beschwor ich Melody immer wieder, Hilfe zu suchen. Sie lehnte es ab. Heute bedaure ich zutiefst, daß ich sie nicht einfach gegen ihren Willen gezwungen habe. Angesichts ihres tragischen Todes muß ich mir sagen, daß ich meiner Verpflichtung als Ehemann nicht gerecht geworden bin.«
Wieder legte Winchester eine dramatische Pause ein und nahm einen Schluck Wasser aus dem Glas, das Vreeland ihm reichte.

»Die vergangenen zwanzig Stunden waren die schwersten meines Lebens. Und zugleich galt es für mich, die schwierigste Entscheidung meines Lebens zu treffen. Als Volksvertreter hat man nicht nur sich selbst gegenüber eine Verpflichtung, sondern auch seinen Wählern gegenüber. Ich habe diese Verantwortung niemals auf die leichte Schulter genommen.
Nie hätte ich gedacht, daß einmal etwas geschehen könnte, was mich in meinem Verantwortungsbewußtsein den Menschen gegenüber, die mich unterstützt haben, schwankend machen könnte. Aber gestern war es so. Gestern mußte ich erfahren, daß es etwas Wichtigeres gibt, als ein Mitglied des Kongresses zu sein. Es tut mir um Melodys willen leid, daß ich das zu spät begriffen habe.
Nach langen schlaflosen Stunden entschloß ich mich gestern nacht, meine Kandidatur für den Senat zurückzuziehen. Erst nachdem ich diesen Entschluß gefaßt hatte, fand ich endlich einige wenige Stunden Schlaf.«
Protestgemurmel wurde laut. Winchester wehrte mit erhobenen Händen ab.
Ich fragte mich, wie die Leute diesen Burschen in den karierten Bermudas, dem zitronengelben Polohemd und den weißen Golfschuhen ernst nehmen konnten.
»Heute morgen wurde mir klar, daß das, was in meinem Interesse liegt, nicht unbedingt auch im Interesse meiner treuen Wähler liegt. Melody ist tot, sie ruhe in Frieden, und ich habe Mitschuld an ihrem Tod. Ich möchte keinen zweiten Fehler begehen. Aus diesem Grund habe ich beschlossen, meine Kandidatur nicht zurückzuziehen und den Wahlkampf in ihrem Andenken zu führen. Sie hätte es nicht anders gewünscht.«
Die Leute jubelten, als hätte er jedem von ihnen eine Million Dollar hingeschmissen und nicht einen Haufen verlogenes Gewäsch.
Nate schüttelte traurig den Kopf.
Während Bob Winchester sich durch die Menge drängte und sämtlich Hände schüttelte, die er zu fassen bekam, trat sein Schwager ans Mikrophon.
»Ich habe eine wichtige Bekanntgabe zu machen.« Thomas

Vreeland stand strahlend im morgendlichen Sonnenlicht. Die Leute wurden still. »Das Turnier ist hiermit eröffnet«, rief er laut.

## 30

Terry hatte sich, den Einwänden ihres Vaters entgegen, unserer Vierergruppe zugesellt, die als letzte abschlagen sollte. Neben Terry und Nate spielten zwei rundliche Rentner namens Fred und Barney mit uns, die, wie wir bald erfuhren, mit einem privaten Müllabfuhrunternehmen ein Schweinegeld gemacht hatten. Fred war schwerhörig, und Barney redete ohne Punkt und Komma.

Als Mit-Caddies wurden Ed Gallo und mir ein stiller junger Schwarzer namens Julius und das pickelige Schlitzohr zugeteilt, das mir beim ersten Besuch in Mountain Lake zehn Dollar abgeknöpft hatte. Er teilte uns mit, er heiße Jonathan Chadwick Mills III, alle seine Freunde würden ihn Blotter nennen, und wir könnten das gleiche tun.

Frank Sinatra Junior, der mit Joey Heatherton, Bob Winchester und Dino Martin in der ersten Gruppe spielte, eröffnete das Turnier mit einem armseligen Schüßchen, das keine fünfzig Meter weit rollte.

»Der spielt ja noch schlechter als er singt«, sagte Nate. »Da bin ja sogar ich besser.«

Aber eine Stunde später mußte er erfahren, daß das Spiel nicht so leicht ist wie es aussieht.

»Verdammt klein das Ding, was?« sagte er, als er sich, von sieben Augenpaaren beobachtet, über den Ball beugte.

Terry hatte mit einem absolut perfekten Schlag den Anfang gemacht; Barney und Fred hatten mit zwei mittelmäßigen Schlägen nachgezogen.

Nate schlug dreimal mit Riesenschwung über den Ball hinweg. Das erstemal grinsten alle, das zweitemal wurde gekichert, beim drittenmal platzten wir laut heraus. Nates vierter Versuch paßte. So weit hatte bestimmt noch nie jemand den Ball geschlagen. Nur die Richtung stimmte nicht.

»Jetzt müssen Sie ihn nur noch auf Kurs bringen«, sagte Julius, nachdem wir alle zugesehen hatten, wie der Ball über den hohen Drahtzaun links vom ersten Fairway mitten in einen wohlgepflegten Garten gesegelt war.
Nate zuckte die Achseln. »Dafür hab' ich einen Caddie.« Er wandte sich mir zu. »Such!«
»Du kannst mich mal.«
»Wenigstens hat er weit geschlagen«, sagte Barney.
»Hä?« fragte Fred.
»Ich sagte, wenigstens hat er weit geschlagen.«
Terry lächelte. »Forcieren Sie den Schlag nicht. Lassen Sie einfach den Schwung arbeiten.«
»Ich weiß was Besseres.« Nate drehte sich nach Gallo um. »Ich lasse Sie für mich arbeiten. Okay?«
Fred und Barney entpuppten sich als zwei Oberlangweiler, die sich mit der Geschwindigkeit von überfressenen Schildkröten bewegten. Als wir zum achten Abschlag kamen, war die erste Gruppe mit Bob Winchester nahe daran, uns zu überrunden.
Ich hatte vor Beginn des Turniers kurz mit Hal Pucinsky gesprochen, der mir berichtet hatte, daß von Dwight Robinson noch immer jede Spur fehlte. Mike O'Leary war nicht wie versprochen zur Pressekonferenz gekommen, ich bekam also die Informationen, die er mir hatte bringen wollen, nicht.
Während wir am achten Loch ungeduldig darauf warteten, daß Fred endlich einlochte, sagte ich mir erbittert, daß die Teilnahme an diesem Turnier die reine Zeitverschwendung war. Doch das erwies sich bald als eine voreilige Schlußfolgerung.
Als wir zum neunten Abschlag kamen, zog Blotter mich auf die Seite und fragte, ob ich mit ihm und Julius, die eingeteilt waren, die abgeschlagenen Bälle zu orten, ein Stück den Fairway hinuntergehen würde. Als wir fast am Grün waren, zog er grinsend eine selbstgedrehte Zigarette aus seiner Hemdtasche.
»Wir wollen einen Joint rauchen«, sagte er und wies mit dem Kopf zum alten Caddie-Schuppen, der ungefähr fünfundzwanzig Meter links vom Fairway stand. »Ich hab' Julius gesagt, daß Sie ein cooler Typ sind.«

»Es ist so eine Art Tradition, wissen Sie«, warf Julius ein. »Orten Sie hier die Bälle für uns?«
Ich versicherte ihm, daß ich vor jeder Art von Tradition die höchste Achtung hätte, und wandte mich dem Abschlag zu, um die Bälle beobachten zu können, während die beiden Jungen zum Schuppen hinüberliefen.
Terrys erster Schlag war wieder eine Wucht. In vollkommenem Bogen flog der Ball durch die Luft und landete am Rand des Grüns. Dwight Robinson, dachte ich, hatte völlig recht: Terry hatte das Zeug dazu, an Profiturnieren teilzunehmen und alle zu schlagen.
Als nächster schlug Gallo, aber ich versäumte es, seinen Ball zu beobachten. Ich wurde von den lauten Rufen meiner Mit-Caddies abgelenkt. Ich verstand nicht, was sie schrien, aber ich glaubte, etwas von Dwight Robinson zu hören.
Sie wedelten wie die Wilden mit den Armen, als ich mich nach ihnen umdrehte, und ich rannte los. Im selben Moment sah ich Ray Salvino aus dem Schuppen stürzen. Er brüllte die beiden Jungen an, aber als er mich kommen sah, hielt er schlagartig die Klappe und suchte sein Heil in der Flucht.
Er schlug einen Bogen, der durch einen kleinen Wald zum neunten Abschlag führte. Ich jagte ihm nach, aber sein Vorsprung war so groß, daß ich ihn nicht abfangen konnte.
Das war jedoch nicht weiter schlimm. Inzwischen war nämlich Ed Gallo aufmerksam geworden und erwartete Salvino schon auf der anderen Seite des Wäldchens. Ich haute die Bremse rein und nahm wieder Kurs auf das achte Grün, für den Fall, daß Salvino auf den Gedanken kommen sollte, einen Haken zu schlagen.
Er tat es nicht. Ihm blieb gar keine Zeit für taktische Überlegungen.
Ich kam nicht rechtzeitig zum Fairway zurück, um es zu sehen, aber Nate erzählte mir später, daß Gallo Salvino mit einem Bodycheck flachlegte, der sich gewaschen hatte. Soweit ich sehen konnte, als ich den Fairway erreichte, brauchte Gallo keine Unterstützung, deshalb machte ich wieder kehrt und rannte zum Schuppen.
»Dwight Robinson«, schrie Julius mir entgegen und wies in den Schuppen. »Er rührt sich nicht. Ich glaub', er ist tot.«

Ich schaute gar nicht erst durchs Fenster, sondern trat gleich die Tür ein und rannte in den Keller. Julius hatte richtig gesehen: Dwight rührte sich nicht. Aber sobald ich das Pflaster auf seinem Mund und die gefesselten Hände und Füße sah, wußte ich, daß er nicht tot war. Sein Gesicht war voller Blutergüsse, ein Auge zugeschwollen.
Erst zog ich ihm das Pflaster vom Mund, dann flößte ich ihm einen kräftigen Schluck aus meinem Flachmann ein.
»Mann! Was ist denn das für Fusel?« Zum erstenmal, seit ich Dwight kannte, lachte er in aller Offenheit.
»Wenn ich gewußt hätte, daß Sie mich hier erwarten, hätte ich ein Täßchen Tee mitgebracht.«

## 31

»Dieses Schwein und Shake Johnson waren es.« Dwight wies mit ausgestrecktem Finger auf den rücklings daliegenden Salvino, auf dessen Brustkasten sich Ed Gallo niedergelassen hatte. Die Geste hätte bedrohlich gewirkt, hätte Dwight sich nicht auf Terry stützen müssen, um überhaupt auf den Beinen stehen zu können.
Während wir auf Hal Pucinsky warteten, nach dem ich Blotter und Julius ausgeschickt hatte, entstand natürlich ein Stau auf dem Golfplatz. Ich hörte Bob Winchester am Abschlag schimpfen und sah ihn dann mit Riesenschritten den Fairway herunterkommen.
»Was ist hier eigentlich los?« fragte er wütend. »Mr. Sinatra muß heute abend in den Poconos auftreten.«
»Noch ein Grund mehr, die Poconos zu meiden«, sagte ich.
Schreck und Entsetzen breiteten sich auf Winchesters Gesicht aus, als er nahe genug gekommen war, um Dwight Robinson zu erkennen. Wie angewurzelt blieb er stehen, starrte erst Terry, dann Nate an.
»Glückwunsch zu Ihrer Rede heute morgen, Mr. Winchester«, sagte Nate. »Sehr aufrichtig.«
Winchester sah voller Nervosität seine Nichte an. »Was ist hier passiert, Terry?«

Sie wich seinem Blick aus, und ich antwortete an ihrer Stelle. »Wie wär's, wenn Sie uns das sagen.«
»Ich verstehe nicht, was Sie da reden. Aber Ihr Ton gefällt mir nicht. Warum machen Sie nicht den Fairway frei und lassen uns fertigspielen.«
»Soll mir recht sein«, sagte ich.
Als Winchester kehrtmachte, bemerkte Nate: »Genießen Sie's, Bob. Es ist vielleicht für lange Zeit Ihre letzte Golfpartie.«
Winchester drehte sich um, ohne anzuhalten, und schüttelte nur den Kopf.
»Wie kann er nur unter solchen Umständen noch ans Spiel denken«, sagte Terry.
»Tut er gar nicht«, erwiderte ich. »Er denkt drüber nach, was er jetzt tun soll. Ob Salvino singt.«
Gallo stand auf und riß Salvino grob in die Höhe.
»Stimmt's, Ray?« fragte ich.
Salvino antwortete nicht.
»Da kommt unser Oberbulle«, sagte Barney.
Flankiert von Julius und Blotter kam Hal Pucinsky auf uns zu. »Verdammt noch mal, Renzler, ich hatte gerade einen prima Lauf, und da müssen Sie –« Er brach ab, als er Dwight Robinson sah. Ich hatte geglaubt, die Caddies hätten ihn informiert, aber vielleicht hatte er sie gar nicht zu Wort kommen lassen. »Allmächtiger, was ist Ihnen denn passiert?« fragte Pucinsky.
Dwight zuckte nur die Achseln. Er hatte offensichtlich was gegen Bullen. Kein Wunder, daß die ihn auch nicht mochten.
»Er wurde von Mr. Salvino und Shake Johnson entführt«, sagte ich. »Sie hatten ihn drüben im Schuppen eingesperrt.«
»Das darf ja nicht wahr sein. Dann hatten Sie also doch recht. Und wo ist Shake?«
»Bei der Gruppe, in der mein Vater spielt«, antwortete Terry.
Pucinsky zündete sich eine Zigarette an. »Gut, wir warten im Clubhaus auf ihn. Der Junge hier muß schleunigst ins Krankenhaus. Können Sie zu Fuß gehen, oder sollen wir einen Wagen besorgen?«

»Mir fehlt nichts.« Dwights schmerzverzerrtes Gesicht strafte die Behauptung Lügen. »Und ins Krankenhaus geh' ich schon überhaupt nicht.«
»Du wirst dich wundern«, sagte Gallo. »Ich werde dich höchstpersönlich hinbefördern.«
»Und ich fahre auch mit«, sagte Terry.
Dwight konnte ein Grinsen nicht ganz unterdrücken. »Ja, wo soll ich denn dann sitzen?«
»Keine Sorge, Sportsfreund«, antwortete Gallo. »Krankenwagen sind geräumig.«
Als wir uns dem Clubhaus näherten, bemerkte Nate eine vertraute Gestalt, die im Sandbunker nach einem verschlagenen Ball scharrte. »Ich denke, das ist ein Prominententurnier«, sagte er. »Was hat da ein Kerl wie Shepherd hier zu suchen?«
Terry lächelte flüchtig. »Jeder, der die fünfzig Dollar Turniergebühr zahlen kann, darf mitspielen.«
»Für einen Burschen wie Shepherd scheint mir das eine Menge Kohle zu sein«, meinte Nate.
»Ja«, stimmte ich zu, »Besonders wenn man bedenkt, daß er seinen Job aufzugeben gedenkt.«
Aber als wir auf die Terrasse des Clubhauses kamen, wo Mike O'Leary hinter einem Glas Whisky hing, bekamen wir etwas zu hören, das bei mir Alarm auslöste.
»Ich hab' die Informationen, die du haben wolltest«, sagte Mike, nachdem Dwight mit Gallo und Terry ins Krankenhaus abgefahren war. »Warren Shepherd wohnte bis vor ungefähr fünf Jahren in Nutley. Da war er Elektriker. Aus irgendeinem Grund ist er aus der Gewerkschaft ausgeschlossen worden. Ich bin nicht dahintergekommen, warum. Aber dafür hab' ich was anderes erfahren.«
Er legte der Spannung halber eine Pause ein.
»Das will ich hoffen«, bemerkte ich. »Du hast den Kerl jetzt zwei Tage ausgekundschaftet.«
Mike warf mir einen unwirschen Blick zu. »Ich hab' rausgekriegt, du undankbarer Knochen, daß Warren Shepherd vor sechs Jahren vor Gericht stand, weil er vor einer Minderjährigen, die im Nachbarhaus wohnte, die Hosen runtergelassen hatte.«
»Wurde er verurteilt?« fragte Pucinsky.

»Nein. Die Beweise reichten nicht aus. Aber ich hab' mich mit einem Kollegen unterhalten, der in der Gegend wohnt, und der erzählte mir, eine Bekannte von ihm hätte eines Tages, als sie von der Arbeit kam, einen splitternackten Mann in ihrer Küche vorgefunden. Sie meinte, es könnte Shepherd gewesen sein, aber bei einer Gegenüberstellung konnte sie ihn nicht identifizieren.«

»Na, ich denke, das reicht uns«, bemerkte Pucinsky. »Ich hatte immer den Verdacht, daß bei dem Burschen was nicht stimmt.«

Nate und ich sahen uns verblüfft an. Kaum zu glauben, diese Sinneswandlung, die Pucinsky durchgemacht hatte.

»Aber Shepherd hat Cynthia nicht getötet«, sagte ich.

»Woher wollen Sie das wissen?« blaffte Pucinsky.

»Ich denke, daß Shepherd weiß, wer sie getötet hat, und daß er Geld dafür bekommen hat, daß er sagte, es wäre Dwight gewesen.«

»Das wäre die Erklärung dafür, wieso er es sich leisten kann, seine Stellung aufzugeben«, sagte Nate.

»Ja, aber wenn er sie nicht getötet hat, wer dann?«

»Das weiß ich noch nicht. Aber wenn Sie die Beteiligten alle zusammentrommeln können, werden wir, denke ich, schnell dahinterkommen.«

## 32

Die Wahrheit von den Halbwahrheiten, die kleinen Schwindeleien von den dreisten Lügen, die Schuldigen von den nicht so Schuldigen zu trennen, war gar nicht so einfach. Jeder der Versammelten hatte sich irgend etwas zuschulden kommen lassen, auch wenn es sich bei manchen nur um Kavaliersdelikte handelte. Nachdem ich mich ein Leben lang lautstark über falsche Spielentscheidungen beschwert hatte, bekam ich plötzlich Verständnis für Linienrichter und Schiedsrichter.

Pucinsky hatte alle Spieler in die Bar getrieben, auch den verdutzten Warren Shepherd, und zu meiner Verwunderung hatte kaum einer ernstliche Einwände erhoben. Die große

Ausnahme war Thomas Vreeland, der entrüstet protestierte, als Pucinsky einem seiner Leute befahl, Shake Johnson Handschellen anzulegen und ihn neben Ray Salvino auf die Armesünderbank am Ecktisch zu setzen.

»Das ist unerhört«, beschwerte er sich. »Sie lassen das Turnier platzen. Was glauben Sie eigentlich, wer Sie sind?«

»Ich bin der Leiter der hiesigen Polizeidienststelle, Mr. Vreeland«, antwortete Pucinsky ruhig. »Sie mögen es nicht glauben, aber es gibt im Leben Wichtigeres als Golf.«

»Wenn Sie es so sehen«, entgegnete Vreeland prompt, »werden Sie ja wohl keinen Wert darauf legen, weiterhin hier zu spielen.«

»Nein, Mr. Vreeland«, gab Pucinsky zurück. »Von jetzt an spiele ich drüben auf dem öffentlichen Platz.«

»Da gibt's sogar achtzehn Löcher«, gab Nate tröstend drauf.

Vreeland warf ihm nur einen mißbilligenden Blick zu.

Während Pucinsky seine Einführungsrede hielt, ging ich an die Bar und begann, Drinks zu mixen.

»Bezahlen Sie die auch?« fragte mich Tommy Vreeland höhnisch.

Ich legte einen Zwanziger auf den Tresen. »Klar«, antwortete ich. »Die erste Runde geht auf mich.«

»Ruhe jetzt, und hören Sie zu«, sagte Pucinsky. »Ich weiß, Sie sind alle etwas nervös, aber die Sache wird nicht lange dauern. Vor etwas mehr als zwei Wochen wurde Mr. Vreelands Tochter ermordet. Mr. Renzler und sein Partner sagten ebenso wie Mr. O'Leary von Anfang an, Dwight Robinson hätte den Mord nicht begangen. Ich weiß, daß die meisten hier vom Gegenteil überzeugt sind, und ich war es auch. Erst gestern, als Melody Winchester ermordet wurde, wurde ich nachdenklich –«

»Ermordet? Was soll das heißen?«

Pucinsky nickte. »Ihre Frau wurde ermordet, Mr. Winchester.«

»Hat *er* Ihnen das erzählt?« Winchester wies auf mich.

Pucinsky wedelte mit dem Arm, als wolle er eine Schmeißfliege vertreiben. »Lassen Sie mich ausreden, Mr. Winchester, dann können Sie sich dazu äußern.« Pucinsky zündete sich eine Zigarette an. »Also, wie gesagt, erst gestern wurde ich

nachdenklich. Als ich dann heute herausfand, daß Shake Johnson und Ray Salvino Dwight Robinson entführt und im alten Caddie-Schuppen eingesperrt hatten –«
»Wer hat Ihnen das erzählt?« fuhr Vreeland dazwischen.
Pucinsky zog die Brauen zusammen. »Dwight Robinson hat es mir erzählt, Mr. Vreeland. Er war ziemlich übel zugerichtet.« Er schaute erst auf Salvino, dann auf Shake. »Möchte einer von Ihnen mir sagen, wer Ihr Auftraggeber ist?«
Sie wollten nicht, das war klar.
Pucinsky wandte sich mir zu. »Jetzt sind Sie dran. Versuchen Sie's kurz zu machen.«
Ich nahm mein Bier und kam hinter dem Tresen hervor. Ohne aufzublicken sagte ich: »Einer der Gründe, warum niemand Dwight Robinson glaubte, als er sagte, er hätte seine Frau nicht ermordet, war, daß er kein Alibi vorweisen konnte. Aber er hatte eines. Er schwieg nur, um eine andere Person zu schützen. Diese Person beauftragte Mike O'Leary, seine Verteidigung zu übernehmen.« In der Ecke neben Nate blieb ich stehen und sah auf. »Melody Winchester und Dwight Robinson hatten ein Verhältnis. Sie war mit ihm zusammen an dem Abend –«
»Das ist Verleumdung!« Roy Cohn, der Anwalt Thomas Vreelands, trat mitten in den Saal. Offenbar vertrat er auch Bob Winchester. Er zeigte mit dem Finger auf mich. »Gleich am Montag erhebe ich Klage gegen Sie. Und wenn ich mit Ihnen fertig bin –«
»Ruhe, verdammt noch mal!« brüllte Pucinsky. »Sie können Klage erheben, wann Sie wollen, aber jetzt lassen Sie Renzler erst mal ausreden. Ich hab' keine Lust, hier rumzuhängen, während Sie Ihre Privatfehden austragen.«
Cohn retirierte gehorsam. »Keine Sorge«, flüsterte er Winchester zu. »Der Kerl kann überhaupt nichts beweisen.«
Winchester nickte mit einem Ausdruck nachsichtiger Belustigung auf dem Gesicht. »Ich weiß. Reden ist billig. Vor Gericht wird ihm seine Großspurigkeit schon vergehen.«
»Sind Sie fertig, Mr. Winchester?« fragte ich.
Er antwortete mit einem kalten Blick.
»Melody sagte mir, Sie wüßten von ihrer Beziehung zu Dwight, aber sie war nicht sicher, ob Sie auch wußten, daß sie

am Abend von Cynthias Ermordung mit ihm zusammen war. Ich denke, Sie wußten es, oder vermuteten es zumindest, sonst hätten Sie nicht von einem Ihrer Handlanger fünftausend Dollar bei O'Leary abliefern lassen. Wer war der Lieferant? Sie, Pete?«
»Blödsinn«, sagte Winchester. »Ich habe nichts dergleichen getan.«
Cohn legte ihm die Hand auf die Schulter und flüsterte ihm etwas zu. Wahrscheinlich, daß er den Mund halten solle. Ein guter Rat.
»Zugegeben, es ist eine Vermutung von mir«, versetzte ich. »Es sind auch noch andere hier, die das Geld hinterlegt haben könnten. Sie zum Beispiel, Tommy. Sie glaubten, Dwight hätte Ihre Schwester umgebracht, und hatten einen solchen Haß auf ihn, daß sie ihn töten wollten. Aber das mit dem Geld ist sowieso nur eine Kleinigkeit, die sich leicht überprüfen läßt. Ein paar Bankauszüge genügen. Das ist eine Sache von einer halben Stunde. Tommy könnte allerdings ganz schön in die Bredouille geraten, wenn er jetzt lügt. Das könnte ein Hinweis darauf sein, daß er auch an Dwights Entführung beteiligt war.«
»Quatsch! Damit hatte ich nichts zu tun.«
Ich hatte damit gerechnet, daß Tommy Vreeland am leichtesten in die Enge zu treiben war. Er war im Grund nur ein verzogener Fratz und nicht gewöhnt, hart angefaßt zu werden.
»Okay, ich geb's zu, ich hab' das Geld geliefert. Aber ich hab' ihn nicht zusammengeschlagen. Ich konnte ja nicht mal rauskriegen, wo das Schwein war.«
»Das hat Sie nicht davon abgehalten, seinen Bruder zu verprügeln«, warf Mike ein.
»Ist ja nicht wahr. Damit hatte ich genauso wenig zu tun. Ich war hier, in diesem Saal.«
Ich wandte mich an Mike. »Das stimmt, Mike. Er hat Dexter nichts getan. Ebensowenig Shake Johnson.«
»Wer war's dann?«
»Dwight«, antwortete ich. »Er hatte eine Riesenwut auf Dexter, weil der ihn immer wieder reingelegt hat. Er gab ihm ein völlig unzureichendes Alibi für den Mordabend

und war schuld daran, daß Dwight letztes Jahr wegen Drogenbesitzes verknackt wurde und aus der Baseball-Liga rausflog. Dwight regelt seine Angelegenheiten gern auf seine eigene Art.«
»Ich hab' Sie gebeten, sich kurz zu fassen«, erinnerte mich Pucinsky.
Ich richtete meine Aufmerksamkeit wieder auf Winchester. »Gut, also die Sache mit dem Geld ist geklärt. Jetzt zu Ihnen. Am Mittwoch abend hatten Sie und Melody Streit. Sie machte reinen Tisch und nahm ihr Versprechen zurück, die Scheidung erst nach der Wahl einzureichen. Sie hatte beschlossen, auf die Abfindung zu verzichten, die Sie ihr als Gegenleistung versprochen hatten. Sie hatte ferner beschlossen, beim Prozeß gegen Dwight für ihn auszusagen. Als Sie das hörten, zitierten Sie Becker zu sich.«
Winchester verdrehte nur die Augen, aber unserem Mr. Universum wurde sichtlich mulmig.
»Mir scheint, Sie könnten einen Whisky gebrauchen, Pete«, sagte ich. »Wer spendiert die nächste Runde?«
Nate ging grinsend zum Tresen. Binnen einer Minute standen alle außer Shake und Salvino mit ihren leeren Gläsern bereit. Es war fast wie auf einer Party, nur nicht ganz so lustig.
»Melody hörte das Gespräch, das ihr Mann mit Pete über Dwight Robinson führte«, sagte ich in den Saal hinein. »Sie fürchtete, der nächste Senator von New Jersey würde Dwight umbringen lassen. Leider erkannte sie nicht, daß er plante, auch sie aus dem Weg zu räumen.«
»Das ist eine gemeine Lüge«, sagte Winchester.
Der Anwalt zupfte ihn am Ärmel. Winchester nickte.
»Für die Sache mit Dwight delegierte er Becker. Melody wollte er selbst erledigen.« Ich sah Becker an. »Stimmt's oder hab' ich recht?«
Becker starrte mich nur finster an, aber ich sah die Angst in seinen Augen.
»Sie wollten es als Unfall kaschieren«, fuhr ich fort, »aber Sie haben es vermasselt. Sie haben zum Beispiel Spuren von Schuhcreme am Treppengeländer hinterlassen. Die Schuhcreme hatten Sie sich ins Gesicht geschmiert, um für

einen Schwarzen gehalten zu werden, falls Sie gesehen werden sollten.«
»Sie sind ja verrückt«, zischte Becker. »Sie können überhaupt nichts beweisen.«
Da hatte er recht. Aber ich hoffte auf Pucinsky.
»Einer der Nachbarn sah einen Schwarzen ins Haus gehen«, bemerkte Pucinsky. »Er sagte, er hätte etwa Ihre Figur gehabt, Pete.«
Becker lachte. Aber sehr erheitert klang es nicht.
»Fand der Arzt Spuren sexuellen Mißbrauchs?« fragte ich.
»Eindeutige. Mrs. Winchester wurde ver –«
»Sie haben sie vergewaltigt!« schrie Winchester und stürzte sich auf Becker. »Sie brutales Schwein haben sie vergewaltigt.« Er begann, mit beiden Fäusten auf Becker einzuschlagen, war dem Jüngeren und Kräftigeren jedoch bei weitem nicht gewachsen. Becker versetzte ihm nur einen wuchtigen Stoß, und er flog taumelnd gegen Thomas Vreeland, der direkt am kalten Buffet stand. Geschirr klapperte, und einen Augenblick später landeten die beiden Gründungsväter des Mountain-Lake-Gedächtnis-Turniers mitten in einer Ladung Bohnensalat auf dem Boden.
Pucinsky winkte inzwischen die beiden Beamten herein, die er hinter der Tür postiert hatte, und befahl ihnen, Becker, der sich bereits gegen den nächsten Angriff wehren mußte – von seiten Tommy Vreelands diesmal –, Handschellen anzulegen.
Während die beiden Bullen sich bemühten, den jungen Vreeland zu bändigen, sah Becker seine Chance. Er verpaßte einem der Beamten einen Schlag, dann wandte er sich nach rechts, um die Tür zu erreichen. Sechs Schritte, und er hätte es geschafft. Aber Mike O'Leary stellte ihm ein Bein, und er stolperte krachend gegen die Wand neben der Tür. Ehe er sich hochrappeln konnte, war Nate zur Stelle und rammte ihm die Schulter in den Magen. Becker japste stöhnend, aber er war noch nicht erledigt. Er war ein bulliger Kerl, und er kämpfte um sein Leben.
Becker traf Nate mit einer Linken, aber der Schlag hatte kaum Wirkung, da wenig Schwung dahintersteckte. Nate trat einen Schritt zurück, ehe er mit einem rechten Haken konterte, der King Kong zu Boden geschickt hätte. Becker riß es den Kopf

nach rückwärts. Noch einmal holte er mit der Linken aus, aber der Schlag, der Nate rechts im Gesicht traf, hatte keine Kraft mehr. Nate konterte mit einer Linken, die genau auf Beckers Kinn landete. Ich hörte Knochen krachen, dann sackte Mr. Universum zusammen.
Nate drehte sich mit schmerzverzerrtem Gesicht um. »Mist«, sagte er, sein linkes Handgelenk umfassend. »Ich glaube, ich hab' mir die Hand gebrochen.« Plötzlich grinste er mit zusammengebissenen Zähnen. »Vielleicht kann ich jetzt nie wieder Golf spielen.«

## 33

»Und wer hat nun meine Tochter getötet?« fragte Thomas Vreeland. Es war, soweit ich mich erinnern konnte, das erstemal, daß er mir gegenüber einen zivilen Ton anschlug. Aber eine Spur von Ungeduld schwang doch noch mit.
Ich unterdrückte den Impuls, ihn zu fragen, ob er es eilig hätte, wieder aufs Grün zu kommen. Hätte er von Beginn an etwas Entgegenkommen gezeigt, so hätte ich seine Frage viel früher beantworten können, und Melody Winchester hätte wahrscheinlich nicht sterben müssen.
Jedoch Thomas Vreeland hatte genug gelitten. Seine Tochter war tot. Sein bester Freund und politischer Drahtzieher stand unter Mordverdacht. Vreeland hatte voller Entsetzen zugesehen, wie man Winchester Handschellen angelegt und ihn dann abgeführt hatte. Nichts in dieser kleinen, wohlkontrollierten Gemeinde, die er sich aufgebaut hatte, würde mehr so sein wie vor diesem Tag.
Außerdem war ich noch nicht mit ihm fertig. Es würde ihm, auch wenn ich ihm den Mörder seiner Tochter lieferte, noch leid tun, daß er mir je begegnet war.
»Ihre Tochter hatte viel Besuch an dem Abend, an dem sie getötet wurde«, sagte ich zu Vreeland. »Fangen wir mit Ihrem Sohn an.« Ich richtete den Blick auf Tommy, der neben seinem Vater an der Bar stand.
»Nein, Vater«, protestierte er. »Was der Mensch redet, ist

Wahnsinn. Ich hätte Cynthia niemals getötet. Das weißt du doch.« Er drehte sich nach mir um, die eisigen blauen Augen über den vom Alkohol aufgedunsenen Wangen voller Haß.

»Ich habe nicht gesagt, daß Sie sie getötet haben. Ich sagte lediglich, daß Sie sie an dem Abend besuchten. Sie liehen sich Terrys Wagen. Sie waren betrunken. Sie könnten sie getötet haben. Es wäre nicht das erstemal gewesen, daß sie im Jähzorn eine Ihrer Schwestern geschlagen hätten.«

»Ich war's nicht!« Er schrie jetzt.

»Aber Sie waren dort, nicht wahr?« entgegnete ich ruhig.

»Ja, okay, ich war dort. Aber ich war nicht mal im Haus.«

»Weil Sie dazu gar nicht mehr fähig waren. Sie waren so blau, daß Sie Shake fahren ließen. Er war an dem Abend mit Dwight verabredet, um Spielschulden einzutreiben.«

»Was?« Pucinsky war bislang merkwürdig still gewesen.

»O ja«, sagte ich lässig. »Shake handelt mit Drogen, macht illegale Geschäfte und erledigt alle möglichen kleinen Gefälligkeiten für Ray und Pete. Stimmt's, Shake?«

Der Mann, dem die Country-Club-Creme den Spitznamen Shakespeare gegeben hatte, schwieg sich aus.

»Was ist denn?« fragte Nate. »Bleibt Ihnen das Dichterwort im Hals stecken?«

»Sie fuhren den Wagen und gingen ins Haus, weil Tommy sternhagelvoll war«, fuhr ich fort. »Sie waren wahrscheinlich froh, daß Dwight nicht da war, weil Sie dachten, daß dann mit Cynthia was zu machen wäre.«

»Das ist unerhört. Sie Lügner!« Thomas Vreeland versuchte wahrscheinlich, den Ruf seiner toten Tochter zu schützen. Zu spät.

Ich ignorierte Vreeland. »Sie sollten den Mund aufmachen, Shake. Wenn Sie's nicht tun, wird man annehmen, Sie hätten sie getötet. Wir wissen, daß Sie versuchten, Dwight den Mord anzuhängen. Sie schlugen den Scheinwerfer von Terrys Wagen ein, weil Sie wußten, daß er in der Woche zuvor den Scheinwerfer an seinem eigenen Wagen eingeschlagen hatte.«

»Mann, ist das ein Quatsch.« Shake war aufgesprungen. »Ich bin einfach schnell weggefahren. Ich hab' an gar nichts gedacht. Ich wollte nur weg. Sie war tot, Mann, als ich reinkam.«

»Und was ist mit dem Pokal?« fragte Pucinsky.
»Ich weiß nichts von einem Pokal. Ich bin ins Haus gegangen und hab' sie liegen sehen. Es roch komisch. Wie – ich weiß auch nicht.«
»Nach Schuhcreme vielleicht?« fragte Mike.
»Genau. Das war's.« Shake drehte sich langsam nach Becker um. »Schuhcreme.«
»Sie gottverdammtes Schwein, Sie haben auch meine Tochter umgebracht.« Vreeland stürzte durch den Saal und schlug auf Becker ein, ehe der sich verteidigen konnte.
»Er war es nicht«, rief ich laut, während Pucinskys Leute Vreeland wegzerrten. »Er war zwar an dem Abend bei Cynthia, aber nur um sich mit ihr zu vergnügen, wie die beiden sich vermutlich schon oft vergnügt hatten. Ich nehme an, es gehörte zum Spiel, daß er sich als Caddie verkleidete.«
Thomas Vreeland konnte nur noch den Kopf schütteln. Sein Gesicht war aschfahl und verfallen.
»War sie am Leben, als Sie aus dem Haus gingen?« fragte ich Becker.
Er nickte. Im selben Moment sah ich aus dem Augenwinkel, daß Warren Shepherd zur Tür neben der Bar schleichen wollte. Ich war natürlich nicht der einzige, der es bemerkte. Pucinsky befahl ihm stehenzubleiben. Da zog der Kerl plötzlich ein Messer aus seiner Windjacke.
Es war eines jener billigen Steakmesser, wie man sie an jeder Tankstelle geschenkt bekommt, wenn man mehr als zehn Liter tankt.
Einer von Pucinskys Elitetruppe zog seine Kanone. Da wurde mir erst richtig mulmig.
»Stecken Sie das Messer weg, Shepherd«, sagte ich.
»Bleiben Sie ja weg«, zischte er und fuchtelte mit dem Messer in der Luft herum. »Sie zwei Idioten wollten von Anfang an mir den Mord anhängen. Sie wollten mich unter Druck setzen, weil Sie dachten, dann würde ich gestehen!« Er grinste. »Aber Sie täuschen sich. Ich war's nicht.«
»Ich weiß, daß Sie es nicht getan haben. Aber Sie waren drüben im Haus, als es passierte, stimmt's? Sie kam früher als sonst aus der Kirche wieder und überraschte Sie dort.«
Shepherd starrte mich verblüfft an. Er legte das Messer auf

den Tresen. »Ja, das stimmt.« Verwunderung und Erleichterung schwangen in seiner Stimme.
»Die Situation muß ganz schön eindeutig gewesen sein, daß die alte Dame so ausrastete«, sagte ich. »Hat sie Sie mit runtergelassener Hose erwischt, Shepherd?«
Shepherds Gesicht spiegelte tödliche Verlegenheit.
»Also?«
Er senkte den Kopf. »Ja, Sie haben recht.«
»Ich versteh' überhaupt nichts mehr«, rief Pucinsky. »Was hat das alles zu bedeuten?«
»Shepherd hat Cynthia nicht getötet«, sagte ich. »Seine Freundin war's.«
»Und wer ist seine Freundin?« fragte Pucinsky.
Ich beantwortete die Frage nicht. Jetzt hatte ich das Wort, und ich wollte die Versammelten erst noch ein wenig mit meinen detektivischen Fähigkeiten blenden.
»Es war kein vorsätzlicher Mord. Die Tat geschah aus dem Affekt heraus. Wenn einer der hier anwesenden Männer in einem Wutanfall auf Cynthia losgegangen wäre, hätte er wahrscheinlich mit den Händen zugeschlagen. Sie sind ja alle größer und kräftiger, als Cynthia es war.« Ich sah kurz von einem zum anderen. »Nur jemand, der kleiner war als Cynthia, hätte nach dem Pokal gegriffen. Das ist auch der Grund, warum der Schlag, der sie tötete, sie *seitlich* am Kopf traf.«
»Ja, wer, zum Teufel, ist denn nun seine Freundin?« schnaubte Pucinsky ungeduldig. Ich hatte ihn offenbar nicht blenden können.
Nate grinste. »Meine Lieblingskandidatin – Anna Paslawski.«
»Die Nachbarin? Warum soll sie Cynthia getötet haben?«
»Da gibt es mehrere Gründe. Zunächst einmal müssen Sie sich vorstellen, wie einsam und trostlos man sein muß, um sich mit Shepherd zusammenzutun. Shepherd pflegte Cynthia heimlich zu beobachten, und Anna Paslawski ist eine sehr eifersüchtige alte Dame. Aufgrund ihrer eigenen verzerrten religiösen Ansichten ist sie der Meinung, daß alle Frauen heimtückische Verführerinnen sind. Sie beschuldigte beispielsweise einmal die junge Frau im Haus gegenüber, Shepherd verführen zu wollen; dabei war *er* zu ihr hinübergegangen und versuchte mit ihr anzubändeln.«

Ich schwieg und sah Thomas Vreeland an, der bei seinem Sohn am hinteren Ende des Tresens stand. Er schien sich wieder erholt zu haben, aber der nächste Niederschlag würde gleich folgen.
»Ich denke, den zweiten Grund kann Mr. Vreeland uns erläutern«, sagte ich.
»Wieso? Ich habe keine Ahnung, wovon Sie reden.«
Ich sah Mike an. »Du hast doch die Entdeckung gemacht. Möchtest du's nicht erklären?«
»Mit Vergnügen.« Mike trat in die Mitte des Zimmers, ganz der Staranwalt vor dem großen Plädoyer.
»Ich behaupte, Mr. Vreeland, daß Sie systematisch Häuser im Überflutungsgebiet aufgekauft haben. Genauer gesagt, Sie haben genau dort Häuser gekauft, wo in Zukunft der neue Highway gebaut werden soll. Die Informationen wurden Ihnen vermutlich von Ihrem Schwager, dem wenig ehrenwerten Bob Winchester, geliefert.
Ich behaupte ferner, daß Sie, um diese Grundstückskäufe zu vertuschen, Anna Paslawski dafür bezahlten, die Grundstücke auf ihren Namen eintragen zu lassen. Doch Mrs. Paslawski war entweder mit ihrem Lohn nicht zufrieden, oder aber Sie wollten ihre Beteiligung kürzen. Wie dem auch sei, damit zogen Sie den Haß der alten Dame auf sich und vermutlich auch auf Ihre Tochter.«
Vreeland war zweifellos betroffen über die Unterstellung, daß er indirekt am Tod seiner Tochter schuldig sei. Aber ich bin sicher, die Aufdeckung seiner Immobiliengeschäfte ging ihm mehr an die Nieren. Da Roy Cohn mit Winchester abgezogen war, mußte er nun selber in die Bresche springen.
Er lachte sarkastisch. »Sehr interessant. Aber ich glaube doch nicht, daß diese Angelegenheit unter Hal Pucinskys Zuständigkeit fällt.«
»Da haben Sie recht, Mr. Vreeland«, bestätigte Pucinsky. »Ich muß die Informationen leider an das FBI weitergeben.«
»Eines müssen Sie noch wissen«, sagte ich zu Pucinsky. »Shepherd erpreßte Mrs. Paslawski. Er brannte ihr Haus nieder, damit sie bei der Versicherung kassieren konnte.«
»Das ist gelogen!« Shepherd wirkte nicht mehr so erleichtert.
»Sie sind Elektriker«, sagte ich. »Sie haben sich bestimmt et-

was einfallen lassen.« Ich wandte mich an einen der Polizeibeamten. »Schauen Sie in seine Taschen. Ich wette, Sie finden den Schlüssel zu ihrem Haus.«
»Sie können überhaupt nichts beweisen«, schrie Shepherd.
»Mit Anna Paslawskis Hilfe wird es uns schon gelingen«, versetzte ich und fügte zu Pucinsky gewandt hinzu: »Sie machte bei der Brandstiftung mit, weil sie das Geld brauchte, um Shepherds Forderungen bezahlen zu können. Die Reise nach Israel hat nie stattgefunden.«
»Was? Wo ist sie dann?« Es war ein Tag voller Überraschungen für Hal Pucinsky.
»Im Howard Johnson's«, antwortete Nate. »Wahrscheinlich unter falschem Namen.«
Pucinsky nickte völlig verdattert.

## 34

Ich fuhr mit Pucinsky und zwei seiner Leute zum Howard Johnson's hinaus, nachdem wir Nate mit seiner gebrochenen Hand im Krankenhaus abgesetzt hatten. Anna Paslawskis goldfarbener Rambler stand noch da. Der Mann am Empfang gewährte dem Chief of Police bereitwillig Einblick in sein Register.
Die alte Dame reiste in der Tat unter falschem Namen: Aus Anna Paslawski hatte sie Edna Paslawski gemacht.
»Das versteh' ich nicht«, sagte Pucinsky.
»Sie kennen eben unsere Anna nicht«, meinte ich. »Sie hängt sehr an ihrem verstorbenen Gatten. Er hieß Ed.«
»Ich versteh's trotzdem nicht.«
Als wir oben im ersten Stock vor ihrer Zimmertür standen, hörte ich von drinnen Joe Franklins dröhnende Stimme. Auf Pucinskys Klopfen rührte sich nichts. Wahrscheinlich hatte Anna es gar nicht gehört. Beim zweiten Versuch donnerte Pucinsky mit der Faust gegen die Tür, und der Fernseher wurde leiser.
»Ja, wer ist da?« Anna Paslawskis Stimme hatte etwas Unheimliches, das mir bei der ersten Begegnung mit ihr nicht

aufgefallen war. Damals hatte ich allerdings auch noch nicht gewußt, was ich jetzt wußte.
»Polizei«, blaffte Pucinsky. »Machen Sie auf.«
Ich fand das ein bißchen plump. Es hätte mich nicht gewundert, wenn sie sich bei diesem groben Ton entschlossen hätte, lieber nicht zu öffnen. Es dauerte auch wirklich eine ganze Weile, ehe die Tür aufging.
Anna Paslawski musterte uns über die Ränder ihrer kleinen Brillengläser. Sie trug denselben fetzigen blauen Morgenrock wie bei unserer ersten Begegnung.
»Ach, Sie sind es.« Sie lächelte mich an. »Und wo ist der andere nette junge Mann?«
»Er war verhindert«, antwortete ich. »Aber ich soll Sie von ihm grüßen.«
Sie nickte und richtete ihre Aufmerksamkeit dann auf Pucinsky. »Sie sind wohl gekommen, um mir zu sagen, ›He, Schwester, das Spiel ist aus‹?« Ihre Nachahmung eines Fernseh-Detektivs war beeindruckend.
»Ja, Madam«, antwortete Pucinsky höflich. »Sie haben leider recht.«
»Krieg' ich jetzt Handschellen an?«
»Nein, Madam, das wird wohl nicht nötig sein.«
Sie wirkte leicht enttäuscht. »Na, dann kommen Sie erst mal rein.« Sie machte eine einladende Geste. »Sie haben doch nichts dagegen, wenn ich rasch ins Bad gehe und mich umziehe, ehe wir gehen.«
»Natürlich nicht.« Pucinsky sah sich im Zimmer um. »Wartet ihr beide doch draußen«, sagte er zu den zwei Beamten.
Als Anna Paslawski zum Schrank ging, sah ich, daß sie etwas in der linken Hand hielt. Ich bekam einen Schrecken.
»Was haben Sie da in der Hand, Mrs. Paslawski?«
Sie öffnete die Faust und zeigte mir eine kleine Heiligenplakette. »Der Heilige Christophorus. Er ist mein Schutzpatron. Den kann mir keiner nehmen.« Die Augen hinter den Brillengläsern waren feucht.
Wir heuchelten Desinteresse, während Anna Paslawski ihren Ausgehanzug auswählte. Er hing unter einer durchsichtigen Plastikhülle auf dem Bügel. Früher einmal war er weiß gewesen; jetzt hatte er die Farbe von Margarine. Die

hartnäckigen Fettflecken verrieten, daß er viel getragen worden war.
Anna drehte sich um und hielt den Anzug hoch, um ihn uns sehen zu lassen. Auf der rechten Tasche prangte das Emblem der Flying-A-Tankstellen. Auf der linken Tasche stand der Name »Ed«.
»Na, wie finden Sie ihn?« fragte sie.
»Sehr schön«, log ich.
»Er hat Ed gehört. Er trug ihn jeden Tag. Und ich habe ihn abends immer gewaschen.«
Ich hätte gern gefragt, warum er sich denn nicht einen zweiten angeschafft hätte, aber ich unterließ es. Pucinsky und ich sahen uns stumm an, als sie an uns vorbei ins Bad ging.
»Das kommt mir eher vor wie ein gemeiner Überfall und nicht wie eine Verhaftung«, brummte er.
Ich zündete mir eine Zigarette an und setzte mich aufs Bett. Es war nicht gemacht. Eine Detektivzeitschrift und eine Bibel lagen darauf.
An der Tür zum Bad blieb Anna Paslawski stehen und drehte sich um. »Ich weiß, daß das, was ich getan habe, nicht recht war«, sagte sie. »Aber diese schreckliche kleine Nutte hatte es nicht anders verdient. Und soll ich Ihnen sagen, was mich am meisten geärgert hat? Ich hab' ihr dauernd meine Zeitschriften gegeben. Aber glauben Sie vielleicht, sie hätte mir auch nur einmal eine von sich gegeben? Kein Drandenken!«
»Es ist in Ihrem Interesse, nichts zu sagen, solange Sie nicht mit Ihrem Anwalt gesprochen haben«, erklärte ihr Pucinsky. »Wenn Sie keinen Anwalt haben, ernennt der Richter einen Rechtsbeistand für Sie.«
»Gott ist mein Richter«, erwiderte sie. »Er ist der einzige Richter.«
Amen.
Wir hockten da und rauchten und warteten. Plötzlich hörten wir einen Schrei. Es klang überhaupt nicht wie Anna Paslawski. Es war der Schrei einer Wahnsinnigen.
»Lebend kriegen Sie mich niemals!« kreischte sie, dann stieß sie einen so grauenvollen Schrei aus, daß mir fast übel wurde.
Ich sprang vom Bett und raste durch das Zimmer. Auf dem Schild an der Badezimmertür stand »Eds Kabinett«. Entweder

hatte sie ein neues machen lassen oder das alte bei ihrem Auszug vor dem großen Brand mitgenommen. Als Pucinsky die Tür aufbrach, sah ich, daß sie praktisch das gesamte Inventar von »Eds Kabinett« mitgenommen und damit die Wände in ihrem Hotelbad dekoriert hatte. Jetzt konnte ich Nate nachfühlen, wie ihm zumute gewesen war, als fünftausendmal der milde lächelnde Jesus ihn angestarrt hatte.
Anna Paslawski saß auf dem Thron. Ihr Oberkörper hing nach rechts, die linke Hand war um den Sitz geklammert. Die ehemals weiße Uniform ihres verstorbenen Gatten war mit Blut getränkt, und aus ihrem Herzen ragte der weiße Plastikgriff eines jener billigen Steakmesser, die man in jeder Tankstelle geschenkt bekommt.
Anna Paslawskis Gesicht war noch vom Schmerz verzerrt. Sie spürte zwar sicher keinen Schmerz mehr, aber sie ruhte auch nicht in Frieden.
Auf einen Zettel, der auf dem Bord über dem Waschbecken lag, hatte sie geschrieben: »Endlich komme ich zu Dir, mein Liebster.«
»Entsetzlich«, sagte Pucinsky nur, und ich nickte stumm.

## 35

Terry drehte sich auf die Seite und sah mich mit ihren prachtvollen grünen Augen lächelnd an. Wir waren wieder in dem namenlosen Park hinter der John F. Kennedy High School am Ufer des Passaic im idyllischen Paterson. Nate, Terry und ich lagen auf einer Decke im Gras und aalten uns in der Sonne. Die dröhnenden Rhythmen der Black Power Band schallten nur gedämpft zu uns herüber. Ed Gallo hatte alle getreuen Anhänger Dwight Robinsons zusammengerufen, um die Rehabilitierung seines Schützlings zu feiern.
Das Ereignis des Tages war Dwight Robinsons Pressekonferenz gewesen, bei der sein Anwalt und Hal Pucinsky bekanntgegeben hatten, daß seine Unschuld am Tod seiner Frau Cynthia nunmehr eindeutig erwiesen war. Im Beisein seiner Mutter und seines Bruders hatte der Mann, den Thomas

Vreeland den schwarzen Mickey Mantle getauft hatte, seine Absicht verkündet, der schwarze Arnold Palmer zu werden. Dwight Robinson hatte beschlossen, unter die Golf-Profis zu gehen.

»Hast du Lust auf einen Spaziergang?« fragte mich Terry.

»He, das ist ein guter Gedanke.« Nate wälzte sich gähnend zu uns herum.

Terry antwortete mit einem Lächeln, aber ich sah wohl den kleinen Schatten, der gleichzeitig über ihr Gesicht flog. Anscheinend hatte Nate ihn auch bemerkt.

»Ach so«, sagte er. »Ihr zwei Turteltauben wollt allein sein, was?«

»Nicht immer sind aller guten Dinge drei«, meinte ich.

»Und zu viele Köche verderben den Brei«, sagte er und stand auf. »Na, dann bleibt ihr beide mal hier und machts's euch gemütlich. Ich werd' sehen, ob ich drüben eine Frau finde, die bereit ist, mit einem Mann mit Gipsarm zu tanzen.«

»Ich muß dir etwas sagen«, begann Terry leise, als Nate weg war, »und ich hoffe, du faßt es nicht falsch auf.«

Ich wartete stumm.

»Ich habe in der letzten Woche zweimal mit Larry telefoniert – das ist mein ehemaliger Freund.«

Ich nickte. »Der in Florida, der gar nicht weiß, wie glücklich er sich preisen kann.«

»Ja.« Sie lächelte, aber in ihren Augen glänzten Tränen. »Ich gehe wieder zurück. Ich will mich endlich als Profi versuchen und an den großen Turnieren teilnehmen.«

»Das finde ich gut.«

»Wirklich? Ich dachte – ich hatte Angst, es täte dir weh.«

»Das tut es auch. Aber ich werde schon darüber hinwegkommen.« Ich versuchte, es uns beiden leichtzumachen.

»Ich möchte mich nicht im Bösen von dir trennen.«

Ich legte meine Hände um ihr Gesicht und zwang mich zu einem Lächeln. Wieder hatte ich das Gefühl, in sie hineinsehen zu können. Aber diesmal machte es mir keine Angst. »Ich bin nicht böse«, sagte ich. »Aber zwei Fragen möchte ich dir gern stellen.«

»Ja?«

Ich gab ihr einen Kuß auf die linke Wange. »Ist er älter als

du?« Dann gab ich ihr einen auf die rechte. »Kannst du ihn beim Golf schlagen?«
Sie lachte und küßte mich, während ihr die Tränen aus den Augen liefen. »Ich muß los«, sagte sie und löste sich von mir, um ihre Sachen zusammenzusuchen.
Ich begleitete sie zu ihrem Wagen. Wir umarmten uns ein letztes Mal, und ich hielt ihr die Tür, als sie einstieg. Sie kurbelte das Fenster herunter und sah mich lange an. Sie weinte jetzt nicht mehr.
»Ich werde viel an dich denken«, sagte sie leise. Dann ließ sie den Motor an. »Es war wunderschön«, sagte sie noch, dann brauste sie davon.
Nate und ich kamen fast gleichzeitig bei unserer Decke an.
»Du siehst ein bißchen angeschlagen aus«, sagte er. »Was war denn? Hat sie dir den Abschiedskuß gegeben?«
»Ja.«
»Das tut mir leid. Ich mochte sie.«
Ja, ich mochte sie auch. Mag sie immer noch.
Als ich ihm bei unserem letzten Bier von Terrys Plänen erzählte, stieß Mike O'Leary zu uns.
»Also, ihr beide habt echt ganze Arbeit geleistet. Ihr verdient einen kräftigen Klaps auf den Rücken.« Er lachte. »Nein, eine ganze Massage.«
»Wir erwarten mehr als das, O'Leary.« Nate stand auf und pflanzte sich vor ihm auf. Er überragte ihn um Kopfeslänge. »Sie sagten, heute wär' Zahltag.«
»Ach, ja, klar. Ich weiß. Aber es gibt da ein paar Schwierigkeiten, wie ihr euch denken könnt. Ich meine, Melody Winchester ist tot, folglich haben wir strenggenommen keinen Mandanten mehr.«
»Unser Honorar, Mike«, sagte ich.
»Kein Problem. Demnächst –«
»Jetzt!« Nate packte Mike beim Kragen und hob ihn auf Augenhöhe hoch.
»Okay, okay. Lassen Sie mich runter«, winselte er. »Also, mal schauen.« Er griff in die Innentasche seines Jacketts und zog seine Brieftasche heraus. Nachdem er fünfhundert Dollar abgezählt hatte, legte er mir die Scheine in die geöffnete Hand. »Das muß fürs erste reichen. Als Vorauszahlung, bis der

Nachlaß von Melody Winchester geregelt ist. Aber da wär' noch eine andere Sache.«
»Was denn?« fragte Nate.
O'Leary riß mir die Scheine aus der Hand.
»Renzler hat Kathy nie den gesamten Unterhalt bezahlt. Darüber müssen wir jetzt verhandeln.«
Ich starrte den unverschämten kleinen Kerl so wütend an, daß sein Grinsen langsam erlosch und einem Ausdruck echter Furcht Platz machte. Nur ein einziges Mal vorher hatte ich diese Miene bei ihm gesehen: vor vier Jahren, kurz ehe ich ihn in Downey's Kneipe flachgelegt hatte.
Ich ballte die Hand zur Faust und überlegte, ob eine Reprise angebracht war.
»Genau wie in alten Zeiten, nicht, Mike?«